제1부 풍림화산의 깃발

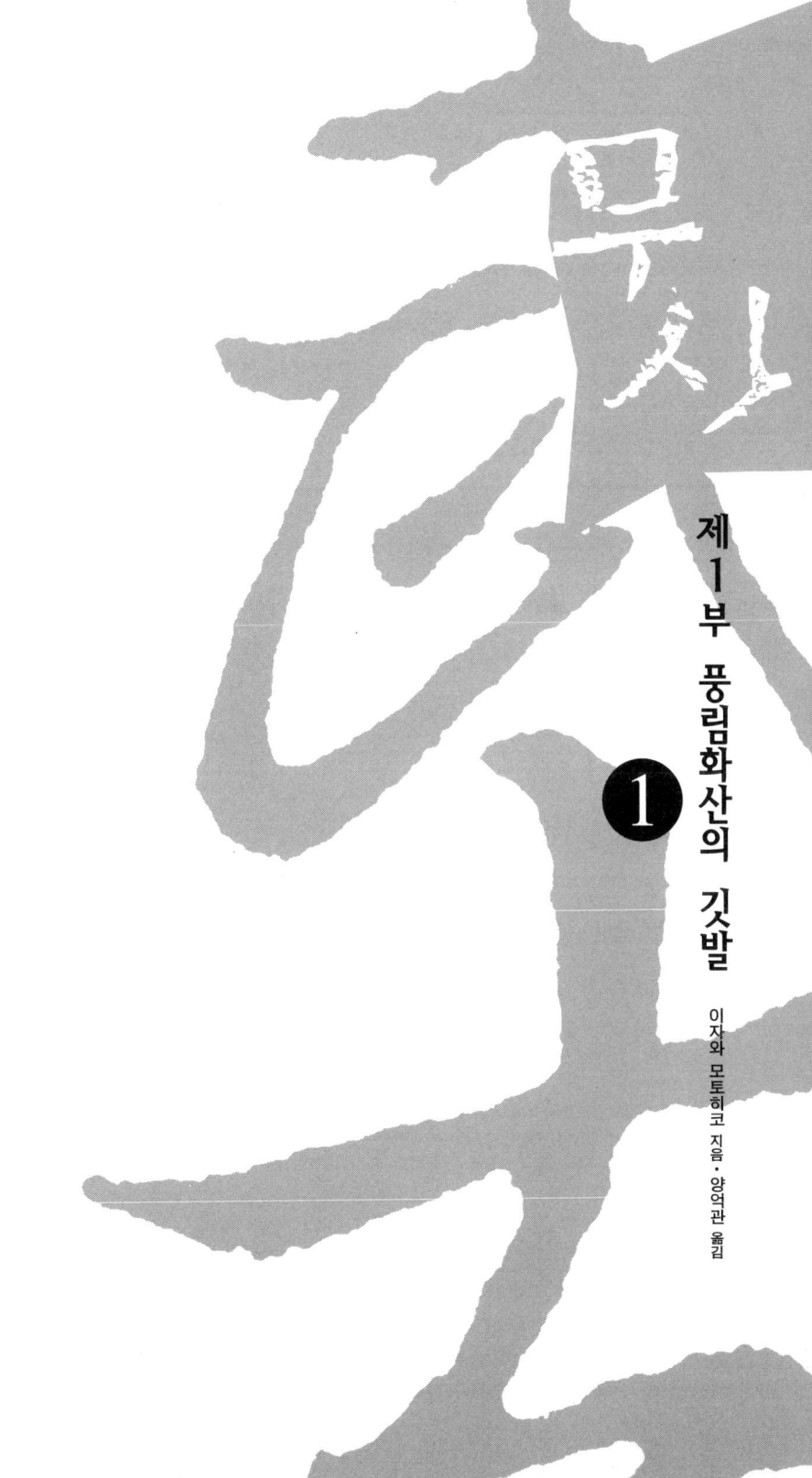

①

이자와 모토히코 지음 · 양억관 옮김

YABOU Vol. 1 by Motohiko Izawa
Copyright ⓒ 1988, 1995 by Motohiko Izawa
All rights reserved.

Korean translation Copyright ⓒ 2001
by Dulnyouk Publishing Co.

Original Japanese edition published by Shodensha Publishing Co., Ltd
Korean Translation rights arranged with Shodensha Publishing Co., Ltd
through Japan Foreign-Right Centre/Best Agency

이 책의 한국어판 저작권은 Best Agency를 통한 저작권자와의 독점계약에 의하여 도서출판 들녘에 있습니다.
신저작권법에 의해 한국내에서 보호를 받는 저작물이므로 무단전재와 무단복제를 금합니다.

무사 1
ⓒ 들녘 2001

초판 1쇄 발행일 2001년 1월 10일
중판 2쇄 발행일 2011년 9월 23일

지 은 이 이자와 모토히코
옮 긴 이 양억관
펴 낸 이 이정원

출판책임 박성규
편집책임 선우미정
편집진행 이은
디 자 인 정정은 · 김지연
편   집 김상진 · 이상글
마 케 팅 석철호 · 나다연 · 최강섭
경영지원 김은주 · 박혜정
제   작 이수현
관   리 구법모 · 엄철용

펴 낸 곳 도서출판 들녘
등록일자 1987년 12월 12일
등록번호 10-156
주   소 경기도 파주시 교하읍 문발리 출판문화정보산업단지 513-9
전   화 마케팅 031-955-7374   편집 031-955-7381
팩시밀리 031-955-7393
홈페이지 www.ddd21.co.kr

ISBN   978-89-7527-178-9(04830)
       978-89-7527-464-0(세트)

값은 뒤표지에 있습니다. 잘못된 책은 구입하신 곳에서 바꿔드립니다.

옮긴이의 말

재미와 곁들여 일본사의 인물을 접할 좋은 기회

　모든 문화에는 역사가 있다. 관습, 윤리, 정치체제, 미의식을 아우르는 한 공동체의 문명이나 문화는 결코 하루아침에 형성되는 것이 아니다. 지금 일본인의 의식이나 문화는 가깝게는 제국주의 시대에서 패전 이후의 미군정美軍政, 그리고 현대 서구문명에 많은 영향을 받아 형성된 것이다. 그 이전에는 메이지 유신(明治維新)이라는 거의 혁명에 가까운 사건에 많은 것을 신세지고 있다.
　그리고 메이지 유신을 포함하여 현대에 이르는 일본인의 의식 거의 대부분은 1600년 세키가하라(關ヶ原)의 결전을 거쳐 도쿠가와 이에야스의 일본 통일로부터 1853년 페리의 흑선黑船이 도래하기까지 약 250년 사이에 형성된 것으로 역사학의 권위자들은 보고 있다. 그 가운데서도 초기와 후기의 혼란기를 제외하면 약 200년의 평화가 현재의 일본이라는 문명의 뼈대를 형성했다고 할 수 있다.
　200년의 평화, 대단한 시간이다. 한 민족(국가) 공동체가 체제의 여하를 떠나서 한 문화의 스타일을 형성하기에 충분한 시간이다. 그러나 그것은 단순한 평화가 아니었다. 농축도가 짙은 평화였다. 거기에 이르기까지 1백 년이 넘게 그들은 미야코(京都)를 중심으로 목숨을 걸고 싸웠다.

이 소설은 그 1백 년 내전의 기간 중, 후기의 유력 세력의 하나였던 다케다 신겐(武田信玄)과 오다 노부나가(織田信長)를 중심으로 삼되, 신겐과 노부나가를 바깥에서 바라볼 수 있는 장치로서, 그들 신하의 시선으로 기술한 것이다. 국내에 이미 소개된 도쿠가와 이에야스의 일생을 다룬 소설 이후에 발견된 많은 사료를 활용하여 사실성을 더하였다.

다케다 신겐은 특별히 매력적인 인간미가 풍기는 인물이다. 그는 동양 전통의 무인이 갖추어야 할 지략과 카리스마를 모두 가진 인물이다. 손자의 병법에서 끌어들인 '풍림화산風林火山'의 깃발에는 그의 군사적 전략이 응축되어 있다. 싸우기 전에 온갖 권모술수와 회유책으로 적의 항복을 유도하고, 일단 싸움에 임하면 일본 최고의 기마 병단으로 철저히 공략한다. 그래서 신겐이란 이름은 거의 호랑이를 도망치게 하는 곶감 같은 울림을 가졌다. 전장에서는 얼굴이 닮은 동생을 그림자 무사로 활용하는 재미있는 장면도 연출하는 그였다. 신겐이 얼마나 강력했던가는, 일본 통일을 눈앞에 두고 급사한 이후 그의 나라 '가이(甲斐)'가 얼마나 허망하게 무너지는가를 보아도 알 수 있다. 이 전국시대의 무장들의 인물상만 분석해도 인간이 얼마나 다양하고 또 얼마나 어리석고, 때로는 얼마나 천재적인지를 알 수 있다.

그 가운데 도쿠가와 이에야스(德川家康)라는 인물도 재미있다. 신겐에게 패하여 도망치면서 똥오줌을 싸고, 그 몰골을 신하들에게 솔직하게 보이면서 꿋꿋한 자세로 화공畵工을 불러 그림을 그리게 하여 살아갈 날의 교훈으로 삼는 대범함과 활력을 가진 사람이었다.

도요토미 히데요시(豊臣秀吉)는 거의 종복從僕 수준에서 위를 향해 오로지 치고오른 사람이다. 치밀한 두뇌의 소유자였지만 그는 배운 게 없었다. 그러나 토목기술과 대인관계에 능했다. 한마디로 그는 인기 있는 사람이었고, 남에게 욕을 먹지 않는 사람이었다. 치밀한 두뇌의 소유자였지만 건방지게 나서지 않았다. 그러나 군사적 능력에서는 누구에게도 지지 않았다.

오다 노부나가는 거의 일본인이 아니다. 그는 일본사의 어떤 장면에서도 그와 비슷한 스타일을 발견할 수 없는 특이한 캐릭터의 소유자였다. 현대인에 가깝다고나 해야 할까. 천재였고, 강력한 미의식의 소유자였다. 1543년 다네가시마에 표착한 포르투갈인이 남긴 2정의 화승총에서 비롯된 철포의 전래 이후, 재빨리 철포를 전술에 도입하여 전쟁의 양상을 바꾸어버리는 기민함과 천재적 발상을 가진 인물이다.

전쟁 중에도 아즈치 땅에서 스모와 연희演戲 등의 흥행을 벌여 입장료를 받는 그 사고방식하며, 아즈치 성의 화려한 장식에다 예술품에 대한 취향과 감식안, 포르투갈의 선교사에게 야소교의 자유로운 포교를 허용하고 교회 설립을 인가하는 열린 태도하며, 남보다 몇 배나 바쁘게 사는 가운데서도 선교사를 불러들여 로마사 강의를 듣는 등 앎에 대한 욕구, 천황과 귀족들에 대한 혁명적 태도, 상인들의 독점 상권을 폐지하여 직접 세금을 거둬들이고자 하는 경제 감각, 몇만의 종교집단을 그냥 몰살시켜버리는 잔혹한 정치적 결단, 엄격한 군율과 아랫사람에 대한 엄한 태도, 이 모든 것을 종합해볼 때 그의 행위는 모든 면에 걸쳐 혁명적이었다.

그러나 앞에서 언급한 이들은, 어떤 사람들에게는 저주의 대상이며 악의 현현顯現이었다. 모치즈키 세이노스케라는 인물의 눈에 비친 다케다 신겐은 자신이 모시는 스와의 옛 주군을 살해하고, 사랑하고 흠모하는 미사 공주를 강탈한 살인자이며 도적에 지나지 않는다. 세이노스케는 미사 공주를 잃고 다케다 가의 몰락을 꿈꾸며 전국시대의 무사로서 다케다 가를 꺾어줄 무장을 찾아 방랑한다. 아마도 이 소설에서 전국시대 사무라이의 모습을 가장 잘 드러내주는 인물일 것이다. 자신의 이익과 목적에 따라 사무라이는 주인을 선택한다. 결코 주인이 사무라이를 선택하는 것이 아니다.

신겐의 군사軍師 야마모토 간스케도 스스로 주인을 찾아간다. 배신과 술수가 난무하는 난세亂世의 무사가 충성과 의리로 움직일 리는 없다. 사무라이는 그야말로 배신의 중심에 선 전투의 핵심 계급이었다. 그 사무라이 계급의 세이노스케와, 신겐 휘하에서 활약하는 군사 야마모토 간스케를 스승으로 둔 미남 무사 가스가 겐고로의 시선으로 바라본 신겐과 노부나가의 전국시대가 묘사되고 있다. 재미와 곁들여 일본사의 주요 인물을 접할 좋은 기회가 되기를 바란다.

양 억 관

주요 등장인물

◉ 다케다 하루노부 | 武田晴信 |
가이(甲斐)의 영주. 아버지 노부토라를 스루가(駿河)의 이마가와(今川) 가문으로 추방하고 22세의 나이로 영주의 자리에 오른다. 뛰어난 근골에, 무술로 단련된 몸, 햇빛에 그을린 얼굴, 그리고 치밀한 성격의 소유자다. 후일 신겐(信玄)으로 개명. 천하제패의 야망을 불태운다.

◉ 야마모토 간스케 | 山本勘助 |
미가와 국 우시쿠보 출신. 한쪽 눈을 안대로 가린 애꾸눈이며 얼굴은 솔방울처럼 울퉁불퉁하며, 키도 거의 난쟁이에 가깝다. 그러나 생김새와는 전혀 다르게 지략과 전술에 뛰어나 하루노부의 군사軍師 역을 맡으면서 하루노부의 천하통일을 위한 길을 열어준다.

◉ 가스가 겐고로 | 春日源五郎 |
여자보다도 더 아름다운 미남으로, 하루노부의 측근 경호원. 처음에는 괴물처럼 생긴 간스케를 경멸하지만 차츰 지략과 군략에 뛰어난 간스케를 존경하게 된다. 군사인 간스케를 따라다니며 군략의 요체를 몸소 익혀 다케다 가의 요직을 차지하게 된다.

◉ 아키야마 신자에몬 | 秋山新左衛門 |
하루노부의 측근 경호원. 겐고로와 은근히 경쟁하는 사이며, 선이 굵고 사무라이의 기백을 긍지로 삼는 젊은이다. 후일 간스케의 천거로 사무라이 대장을 비롯하여 하루노부의 무장으로서 눈부신 활약을 펼친다.

◉ 다케다 노부시게 | 武田信繁 |
하루노부의 첫째동생. 아버지 노부토라의 총애를 받아 차기 영주의 물망에 오르기도 한다. 그러나 천성이 온화하여 자신은 영주의 자질이 아니라며 하루노부를 보좌한다. 하루노부와의 사이가 나쁘다는 거짓 연극을 꾸며 스와 공략에 결정적인 역할을 한다.

◉ 산조 | 三條 |
하루노부의 정부인으로 미야코 귀족의 딸. 외진 곳으로 시집온 것을 불평하여 점점 하루노부와의 사이가 벌어진다.

● 다케다 가의 중신들

| 이타가키 노부카타 | 板垣信方 |
군사 야마모토 간스케를 하루노부에게 추천한 다케다 가의 최고 중신. 노부토라 대의 장수로 하루노부를 어린 시절부터 가르쳐온 스승이다. 스와를 손에 넣은 후 그곳을 통치한다.

| 아마리 도라야스 | 甘利虎泰 |
노부토라 대의 장수로 다케다의 가신. 수많은 전쟁에서 공을 세워 인근 제국까지 용맹을 떨친 인물이다.

| 오부 도라마사 | 飯富虎昌 |
하루노부의 장남 다로의 스승. 무가武家의 동량에 어울리는 후계자의 스승일 정도로 용맹한 장수이며 다케다 가의 중신.

● 스와 가의 사람들

| 미사 공주 |
스와 요리시게의 딸. 빛나는 미모와 감히 범접할 수 없는 기품 때문에 스와 백성들에게 여신으로 숭배받을 정도로 스와의 보배다. 그러나 스와가 하루노부의 손에 넘어가자 그의 측실이 된다.

| 모치즈키 세이노스케 | 望月誠之助 |
스와의 미사 공주 시종. 동갑내기인 미사 공주를 위해서라면 물불을 가리지 않는다. 하지만 스와가 하루노부의 손에 넘어가고 스와의 주군마저 하루노부에 의해 세상을 떠나자 타도 다케다를 인생의 목표로 삼는다.

| 스와 요리시게 | 諏訪賴重 |
스와 대사大社의 모든 종교적 행사를 관장하는 제사장이며 스와의 영주. 그러나 처남이기도 한 하루노부에게 스와를 빼앗기고 그의 종용으로 할복한다.

| 네네 |
하루노부의 여동생으로 요리시게의 부인. 요리시게의 아들 도라오마루를 낳고 스와가 함락되자 하루노부의 비호를 받지만 오빠에 대한 분노와 아들의 장래를 걱정하다가 끝내 한많은 인생을 마감한다.

| 도라오마루 |
요리시게와 네네 사이에 태어난 아들. 스와가 하루노부의 손에 넘어가자 네네와 함께 가이 성에 들어가 성장한다.

| 스와 미쓰지카 | 諏訪滿隣 |
스와 요리시게의 숙부. 하루노부의 다케다 복속의 종용에 굴복하고 만다.

| 모리야 요리자네 | 守矢賴眞 |
스와의 신장관(神長官). 대신사를 책임지는 제사장을 보필하며 그 아래에 속한 각 신사를 통솔하는 인물. 하루노부의 책략에 휘말려 요리시게의 뒤를 이은 갓난 도라오마루를 제사장에 임명하여 다카토 요리쓰구의 운신의 폭을 좁게 한다.

● 다케다의 주변인물

| 우에스기 노리마사 | 上杉憲政 |

고즈케(上野) 국의 영주. 예전에 다케다의 선대인 노부토라가 시나노를 쳤을 때, 패배한 운노와 사나다(眞田) 일족을 받아들여 그 이후로 다케다 가와 우에스기 가는 대립관계에 놓이게 된다.

| 다카토 요리쓰구 | 高遠賴繼 |

스와 일족의 일족이며 다카토의 영주. 하루노부와 손을 잡고 종가인 스와 요리시게를 궁지로 몰아넣지만, 결국 하루노부에게 배신당한다.

| 다카토 요리무네 | 高遠賴宗 |

요리쓰구의 동생. 출가하여 법명이 렌보겐이다. 스와의 우에하라 성에서 다케다 군과 일전을 벌일 때 형을 대신하여 장렬하게 전사한다.

| 덴카이 | 傳海 |

선광사(善光寺)의 수수께끼 승려. 스와를 빼앗기고 하루노부의 암살마저 실패하여 자결하려는 세이노스케에게 인생의 목표를 심어준다.

차 례

| 제 1 부 풍림화산의 깃발 | 1권 |

복점 卜占	21
가이의 호랑이	34
축복과 재앙의 봄	49
무욕대욕無慾大慾	68
질풍처럼	94
망국亡國의 유민遺民들	124
손안의 보석	159
두 마리 토끼를 잡으려면	183
지는 꽃, 피는 꽃	202
흐르는 구름	225
아수라의 길	246
이합집산離合集散	261
스와 평정	288
부록	317

- 다케다 신겐 상
- 스와 침공도
- 다케다 24무장 프로파일

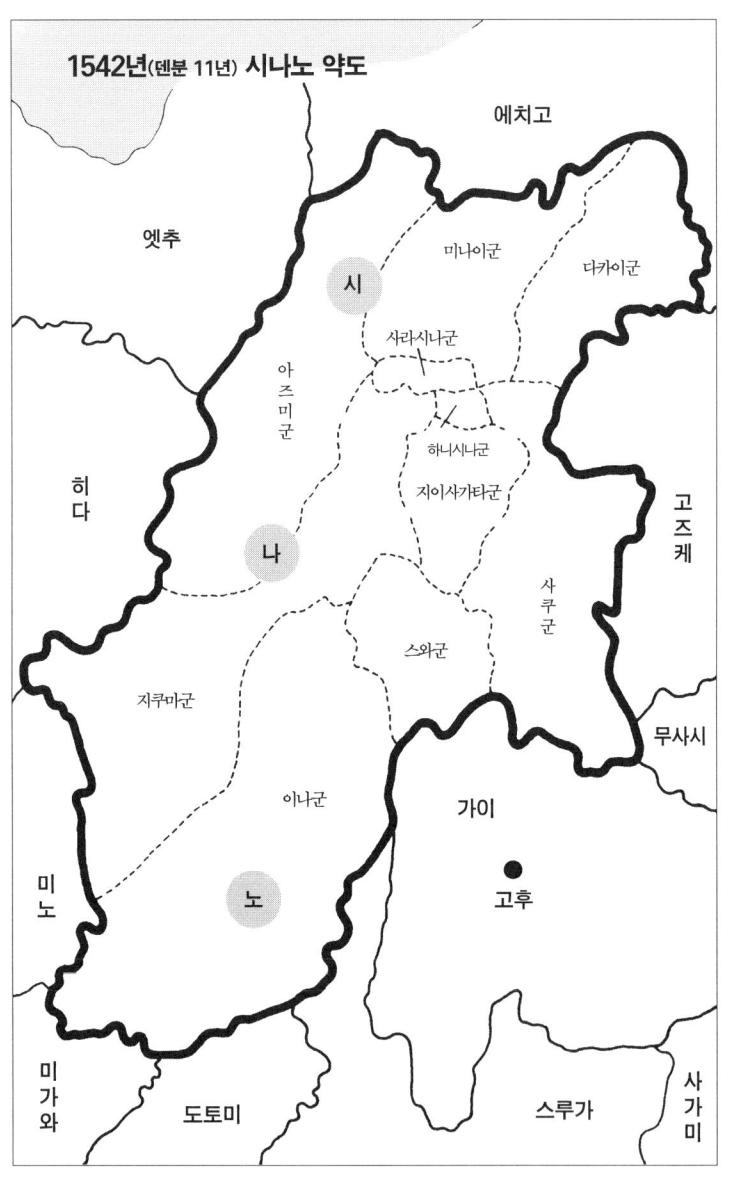

복점 卜占

1

 얼어붙은 들판에 바람이 불어오고, 산에는 눈꽃이 피는 계절. 이 나라에서는 일 년의 길흉을 점치는 오미와타리(御神渡り)라는 행사가 벌어진다.
 스와(諏訪) 호수가 이 지방 특유의 혹한으로 얼어붙어 부풀어오르면 그 한가운데가 쩍 갈라진다. 사람들은 그것을 스와의 수호신인 다케미나가타노가미(建御名方神)가 여신에게로 나아간 흔적이라 믿고 있었다. 겨울 추위가 절정에 달하면 새벽녘에 큰 소리를 내며 호수 한가운데가 갈라지는 것이다. 그것을 오미와타리라 한다. 그러면 신관은 길일을 택해 그 갈라진 흔적을 자세히 살핀다.
 1542년(덴분天文 11년) 정월, 예년처럼 올해를 점치는 그 의식이 행해졌다.
 "아, 신딸이 나오셨다!"

은색 빙판으로 변한 호수 위를, 신관을 따라가는 무녀복 차림의 소녀를 보고 호숫가에서 구경하던 소년이 외쳤다. 소녀는, 스와 대사(大社)의 모든 종교적 행사를 관장하는 제사장이며 스와의 영주이기도 한 스와 요리시게(諏訪賴重)의 딸이다.

올해 열네 살인 공주는, 빛나는 미모와 범접하기 힘든 기품 때문에 스와 사람들에게 여신으로 숭배받았다. 아니, 숭배라기보다 공주는 스와 사람들의 보배이며 자부심 그 자체였다.

"공주님, 조심하세요."

"세이노스케, 네가 더 위험해 보이는구나."

마치 방울이 구르는 듯한, 웃음 띤 맑은 목소리였다.

"공주님이 저 같은 소인을 걱정하시다뇨?"

부끄러움에 얼굴이 발갛게 달아오른 모치즈키 세이노스케(望月誠之助)는 애써 감정을 억누르는 목소리로 말했다.

"세이노스케는 늘 그런 식으로 말하는구나. 다른 말은 모르는 모양이지?"

공주와 동갑이지만, 자신이 더 어리다고 생각하는 세이노스케였다. 때로 공주는 세이노스케에게 어머니 같은 말투로 말을 걸었다. 그때마다 이제 막 어머니를 여읜 세이노스케는 공주를 보호해야 하는 자신의 사명마저 잊어버리곤 했다. 그런 말씀 하시면 안 된다고 하면 공주는 쓸데없는 소리라고 나무랐다. 그러나 세이노스케는 결코 불쾌해하지 않았다.

공주를 모시는 가신이 되었을 때, 아버지는 죽을 각오가 되어 있느냐고 물었다. 공주를 모시는 이상 목숨을 걸어야 한다. 그것이 세이노스케에게 주어진 운명이었다.

물론 스와 가문을 대대로 모셔온 모치즈키 가문의 의무였지만, 세이노스케는 의무 이상의 뭔가를 느끼고 있었다.

지금 세이노스케는 날아갈 듯한 기분이었다. 왜냐하면 공주의 이름을 비로소 알았기에.

공주의 이름은 미사(美紗).

고귀한 여성의 이름은 아무에게나 가르쳐주지 않는다. 이름을 널리 알리는 것은 재앙을 불러온다는 믿음 때문이었다. 이름을 알려준다는 것은 상대에게 자신의 혼을 맡기는 일과 같았다.

스와 대사의 제사장을 맡고 있는 스와 가문은 특히 고대의 관습에 충실했다. 가신 가운데서도 공주의 본명을 알고 있는 사람은 손에 꼽을 정도였다. 세이노스케는 공주의 측근이 됨으로써 이제야 알게 되었다. 그것은 하늘을 오를 것 같은 기쁨이었다. 마치 미사 공주와 자신 사이에 비밀스런 관계가 형성된 듯한 느낌이 들었으니까.

"세이노스케, 왜 그리 넋이 빠져 있느냐?"

미사 공주가 어처구니없다는 표정으로 물었다. 퍼뜩 제정신을 차린 세이노스케는 눈을 똑바로 뜨고 온몸의 신경을 긴장시켰다. 얼어붙은 스와 호수 한가운데서는 이미 신의 뜻을 묻는 의식이 행해지고 있었다.

오미와타리의 흔적을 야즈루기(八劍) 사의 신관이 검사하고, 그 결과를 제사장 대리인 미사 공주에게 보고하는 것이다. 공주는 그것을 아버지 스와 요리시게에게 전하고, 그 내용을 나라 안에 공표한다. 벼농사와 양잠의 풍작을 예견하는 일뿐만이 아니었다. 나라 전체의 운명도 이 얼음의 균열로 점치는 것이다. 사람들이 경건한 마음으로 그 결과를 기다리는 것은 너무도 당연했다.

신관은 심각한 표정으로 살펴보고 있었지만, 세이노스케는 그 결과를 낙관하고 있었다. 풍작, 흉작은 알 수 없는 일이다. 그거야말로 신의 뜻에 맡길 수밖에 없는 일이지만, 나라 전체는 평온한 한해를 보낼 것이다. 거기에는 단순한 희망이 아닌, 타당한 근거가 있었다.

이웃나라 가이(甲斐)와 강화조약을 맺은 것이다.

가이의 다케다(武田) 가문과는 적이었다. 전 영주 노부토라(信虎)는 호전적인 인물로 명성이 자자했다. 스와 가문도 많은 피해를 입어왔다. 그러나 그 노부토라의 딸 네네 공주가 요리시게에게 시집을 온 것이다. 양가의 화친을 위해서였다. 양가는 다시는 싸우지 않기로 영주끼리 굳은 맹약을 나누었다.

동맹은 잘 유지되고 있었다.

노부토라와 요리시게는 공통의 적인 운노(海野) 씨를 토벌했고, 요리시게와 네네의 금실도 좋았다. 네네는 봄에 자식을 낳을 터였다. 네네는 두 살 어린, 전처 소생의 딸 미사와도 사이가 좋았다.

스와 가문에 또 하나의 경사가 겹쳤다. 강화조약을 맺었지만 오랜 세월 동안 스와를 괴롭히던 노부토라가 갑자기 장남에 의해 스루가(駿河)의 이마가와(今川) 가문으로 추방된 것이었다. 그 뒤를 이은 장남 하루노부(晴信)는 올해 스물두 살이다. 게다가 아버지 노부토라에 비해 온건한 젊은이로 평가받고 있었다.

하루노부, 훗날의 다케다 신겐(信玄)이다.

하루노부는 여동생 네네를 귀여워했다. 네네는 현재 요리시게의 부인, 즉 하루노부와 요리시게는 처남매제지간인 셈이다. 하루노부는 평판 그대로 박력도 없었고, 믿음직스럽지 못한 사내이긴 해도 그 휘하의 가이 사무라이들은 대단했다.

다케다와의 동맹은 스와의 평화를 지켜주는 반석이 되어줄 것이다. 미사 공주도, 세이노스케도, 스와의 백성들도 강국 다케다에 대한 두터운 신뢰와 기대를 품고 있었다. 다케다야말로 오랜 전란으로 피폐한 스와의 평화를 지키는 초석이 되어줄 테니까. 바로 그런 이유로 노부토라가 추방되었다는 것은 참으로 다행스런 소식이었다. 그 후계자 하루노부가 온건하다니, 더 바랄 것이 없었다. 그것이 스와의 영주와 백성들이 한결같이 품고 있는 봄날의 희망이며, 그런 기대에 가득 찬 행사가 바로 오미와타리였다.

미사 공주는 아까부터 고개를 갸우뚱거렸다. 얼음덩어리를 살펴보는 신관의 움직임이 마음에 걸렸기 때문이다. 새파랗게 질린 얼굴이 뭔가 심상치 않은 듯했다. 말을 걸기가 두려웠다. 신사에 쓸데없이 말참견하는 것은 금물이었다. 미사 공주는 신관을 격려하고 싶은 마음을 간신히 억눌렀다.

이윽고 신관은 고개를 들어, 마음을 굳힌 듯 지팡이를 고쳐잡더니 공주 앞으로 나아갔다.

"신의 뜻은 어떻게 나왔나요?"

미사 공주는 긴장하면서 물었다.

"황공하옵게도 대흉이옵나이다."

머리를 숙이고 신관은 울먹이는 목소리로 말했다.

"방금 뭐라고 했나요?"

미사 공주는 저도 모르게 되물으면서, 황급히 입을 닫았다. 신관이 틀릴 리가 없었다. 신관은 머리를 숙인 채, 마치 흉보凶報를 전하는 것이 자신의 탓이라도 되는 양 맥이 빠져 있었다.

세이노스케를 비롯해 수행하던 사람들도 놀라움을 감추지 못하고, 조용히 지켜보고 있었다. 어색한 침묵의 시간이 흘렀다. 미사 공주가 그 침묵을 깨야 했다. 그것이 신딸의 의무이기도 했다. 아직 어리지만 미사 공주는 자신의 처지를 가늠할 만큼 총명했다.

"대흉이라면, 그 내용은?"

떨리는 목소리로 미사 공주가 신관에게 물었다.

한마디로 대흉이라고는 하지만, 여러 가지 종류가 있을 것이다.
"병란兵亂인 줄 아옵니다."
"병란?"
의외의 대답에 미사 공주는 당황했다. 오랜만에 평화를 누리는 이 시기에 도대체 어떤 병란이 일어난단 말인가.
"동쪽에서 흉한 기운이 다가올 것이라는 신의 계시이옵니다."
신관이 엄숙하게 선언했다.

2

미사 공주는 성으로 돌아가는 길 내내 스와 명신의 계시를 생각하고 있었다. 동쪽에서 대흉, 병란. 그것은 바로 다케다를 의미하는 말과 같았다. 스와 동쪽에는 바로 다케다의 나라가 있었다. 그러나 다케다와 영구 평화조약을 맺지 않았던가.
"세이노스케, 너는 어떻게 생각하느냐?"
도중에 본궁本宮에 들러 휴식을 취하면서 미사 공주는 세이노스케의 의견을 물었다.
스와 대사는 네 개의 신사로 구성되어 있었다. 상사上社는 전궁前宮과 본궁, 하사下社는 춘궁春宮과 추궁秋宮. 이 네 개의 신사가 모여 하나의 '스와 대사'를 형성했다. 그 중에서도 가장 격이 높은 곳이 바로 이 본궁이었다.
세이노스케는 그런 질문을 받기는 처음이라 깊이 생각한 끝에 대답했다.
"다케다 가문에 소동이 일어난다는 말이 아닐까 합니다. 지금의 주군인 하루노부님과 동생인 노부시게님의 사이가 좋지 않다고 합니다."
"그런 일은 함부로 입에 담아서는 안 되는 거야."
"예, 그렇지만……."
어떻게 생각하느냐고 해서 대답했는데, 그런 말을 해선 안 된다니, 토라진 세이노스케를 보고 미사 공주가 미소를 지었다.
"금세 또 그런 표정을 짓는구나. 세이노스케는 사무라이가 될 배짱이 없는 것 같아."
악의를 담은 말투는 아니었다. 그것을 잘 알고 있었지만, 사무라이로서 자질이 없다는 말에 그냥 참고 있을 수만은 없었다.
"아무리 공주님 말씀이지만, 절대로 그냥 지나칠 수 없사옵니다."
세이노스케는 비록 작은 목소리로 말했지만 강렬하게 항의하는 투였다.
"그럼, 어떡하겠다는 거냐, 세이노스케."
미사 공주는 분명 장난을 걸고 있었다.
"여기서 세이노스케의 담력을 보여드리겠나이다."
"호오, 어떤 걸 보여주려고?"
"배를 가르겠나이다, 지금 여기서."
세이노스케는 친구들에게 인형 같다고 놀림받는, 그 단정하고 하얀 얼굴을 빨갛게 물들이며 단호하게 말했다. 정말로 배를 가를 수 있다고 생각했다. 사무라이의 고집만은 아니었다. 공주에 대한 자신의 진실된 마음을 보여주고 싶었다.
"안 돼."
미사 공주는 냉랭하게 말했다.
"아니옵니다. 가르겠나이다."
세이노스케의 의지는 흔들림이 없었다. 이대로 물러서지 않겠다는 기세였다.

미사 공주는 느긋했다.

"세이노스케, 여기는 신이 계신 곳이야."

그 한마디에 억울하다는 듯이 세이노스케는 칼집에서 손을 뗐다. 신의 집에 피를 뿌리는 것은 대죄였다.

쿳, 하고 미사는 웃었다.

성으로 돌아온 공주의 보고를 들고 요리시게는 믿을 수 없다는 표정이었다.

"이게 무슨 일이냐. 신의 계시가 그러하다니?"

스와 요리시게, 미사 공주의 아버지이며 스와 명신을 모시는 최고위 신관, 그리고 스와 무사단의 동량이기도 했다. 서른을 갓 넘은 나이, 무사라고 하기에는 어딘가 선이 가늘어 보였다.

미사 공주는 아버지가 젊은 시절 사랑하던 여인의 몸에서 난 딸이다. 어머니는 이미 이세상 사람이 아니었다. 그러나 미사 공주는 무장으로서 어딘가 부족해 보이는 아버지를 너무 사랑했다. 아버지는 대흉이라는 점괘에 신경을 쓰고 있었다. 웃어넘길 수 없는 신탁의 내용이었다.

"형부刑部."

요리시게는 가로(家老 : 중신들을 지휘하고 내정을 돌보는 원로격 신하)인 렌보(蓮峰) 형부에게 의견을 구했다.

"아마도 다케다 가문에서 내분이 일어날 것입니다."

형부는 솔직히 자신의 의견을 말했다. 스와 가신 가운데 가장 용맹하고 지혜로운 신하로, 대장 요리시게의 오른팔 렌보 형부와 자신의 의견이 일치하자 만석에 앉아 있던 세이노스케는 만족스런 표정을 지었다.

"내분이라면?"

"아마도 지금의 주군이신 하루노부님과 동생 노부시게님의 분쟁이 아닐까 합니다."

"흠."

형부의 말에 요리시게는 고개를 끄덕였다.

다케다 가의 전 주군인 노부토라는 장남 하루노부보다 차남 노부시게를 귀여워해서, 하루노부를 폐하고 노부시게를 후계자로 삼으려 했다는 소문도 있었다. 하루노부가 아버지 노부토라를 추방한 것도 후계 자리를 노부시게에게 빼앗기지 않을까 두려워했기 때문이라는 풍문이 돌고 있었던 것이다. 그 소문이 사실이라면 하루노부, 노부시게 형제의 사이가 좋을 리 없었다.

요리시게는 대흉의 정체를 파악한 것으로 믿었다. 그것은 그 자리에 모인 스와 가신단 모두의 확신이기도 했다. 동쪽에서 병란, 그것은 다케다 가의 내분 외에는 달리 생각할 수 없는 일이었다.

"어쨌든 우리는 움직이지 말아야 할 것이옵니다."

형부는 다짐을 주듯이 말했다. 다른 가문의 내분이 아닌가. 무조건 관계하지 않는 게 좋았다. 한쪽 편을 들다가 만일 반대편이 승리하면 후환이 두려웠다. 그것이 형부의 판단이었다.

"하루노부님이 도움을 요청하면 어떻게 할 건가?"

요리시게가 물었다. 하루노부는 다케다 가의 적통이었다. 도움을 요청하면 응해줘야 하지 않을까. 나이는 어리지만 네네의 오빠이며, 처남이었다.

그러나 형부는 엄한 표정으로 고개를 가로저었다.

"가만 계셔야 할 것이옵니다."

"왜?"

요리시게는 불만스런 눈길로 형부를 쳐다보았다.

이미 그런 반응을 예견하고 있었다는 듯이 형부는 가볍게 고개를 숙이며 말했다.

"물론 하루노부님은 다케다 가의 주군이십니다. 그러기에 말씀드리는 것이옵니다."

"……."

"주군, 하루노부님이 가신 모두를 장악하고 있다면 설령 노부시게님이 무슨 획책을 하든 다케다 가는 미동도 하지 않을 것이옵니다. 그런데 우리 힘을 빌려야 할 처지라면……."

"다케다의 그릇이 모자란다는 말이로군."

"그러하옵니다."

"그렇다고 노부시게가 동량棟梁의 그릇이라는 보장도 없지 않는가."

"바로 그 때문에 사태가 수습될 때까지 지켜봐야 한다는 것이옵니다. 모든 것이 정리되었을 때 새로운 관계를 만들어가면 되는 것. 섣부른 동조는 혼란만 가중시킬 따름이옵니다."

"잘 알았네."

요리시게는 씁쓸한 표정으로 형부의 의견을 받아들였다.

"다들 수고가 많았네."

요리시게는 모두를 향해 노고를 치하하고 이렇게 덧붙였다.

"오늘 일은 이 자리에서 끝내도록 하고, 절대로 입 밖에 내서는 안 된다. 특히 부인의 귀에 들어가지 않도록 하라. 알겠느냐? 내 말을 명심하도록 해라."

다케다 가에서 요리시게에게 시집 온 네네를 염두에 두고 하는 말이었다. 아이를 가진 네네에게 쓸데없는 걱정을 끼치고 싶지 않았다.

가신들이 정청을 물러나자 미사와 세이노스케만이 남았다.

"공주야, 피곤하겠구나."

요리시게는 사랑이 듬뿍 담긴 눈길로 미사를 바라보았다.

"아니옵니다. 조금도 피곤하지 않사옵니다. 오히려 재미있는걸요."

미사 공주는 하얀 이를 드러내며 웃었다.

"호오, 재미있다고? 뭐가 그리 재미있더냐?"

젊은 아버지는 아름답게 성장해가는 딸을 마치 여동생처럼 생각하고 있었다.

"세이노스케가 갑자기 할복을 하겠다고 해서."

미사 공주는 고개를 살짝 돌려 뒤를 돌아보았다.

세이노스케는 갑작스런 그 말에 얼굴만 붉히고 있었다.

요리시게는 놀란 표정으로 물었다.

"무슨 사연으로?"

"별다른 일은 없었나이다."

미사는 웃음 띤 얼굴로 대답했다.

요리시게는 불퉁해 있는 세이노스케에게 물었다.

"왜 그랬느냐, 세이노스케. 할말이 있는 모양이로구나. 어디 한번 말해보거라."

세이노스케는 입을 꾹 다문 채 그 자리에 넓죽 엎드렸다.

"왜 말을 하지 않느냐?"

요리시게가 재촉했지만 세이노스케는 꼼짝도 하지 않았다.

"고집이 센 놈이로구나. 내 말이 들리지 않느냐. 내가 너의 주인이라는 것도 모르느냐?"

"황공하옵니다만, 그렇지 않사옵니다."

세이노스케는 더듬거리며 되받았다.

"뭐라? 그럼 아니란 말이냐?"

요리시게는 세이노스케를 수상쩍은 눈길로 내려다보았다.

"예."

세이노스케는 얼굴을 들고 단호하게 말했다.

"그럼, 누가 너의 주인이냐?"

"공주님이십니다."

무슨 쓸데없는 질문을 다 하느냐는 태도였다.

요리시게는 껄껄거리며 웃었다. 세이노스케에게 그렇게 명한 것은 바로 자신이었던 것이다.

"공주는 좋은 가신을 두었구나."

요리시게는 감탄했다. 언젠가 공주는 다른 가문으로 시집 갈 것이다. 그때는 세이노스케도 스와 가를 떠나야 한다. 그 가문이 스와 가와 늘 좋은 관계를 가지라는 법은 없었다. 때문에 공주에게는 충견 같은 신하가 필요했다.

"아버님 덕분이옵니다."

미사 공주는 진심으로 아버지에게 감사해하고 있었다. 원래 미사 공주에게 세이노스케는 믿음직한 가신이라기보다 무료를 달랠 장난감 같은 존재였다. 그것도 모르고 결의에 찬 표정으로 앉아 있는 세이노스케이니, 미사 공주가 웃음을 참지 못하는 것도 무리가 아니었다.

요리시게는 문득 생각난 듯이 말했다.

"세이노스케, 네게 동생이 있지? 몇 살이나 되었느냐?"

"고지로는 올해 여덟 살이옵니다."

"흐음, 여덟 살이라……."

요리시게의 뇌리에 임신 중인 네네의 모습이 떠올랐다. 봄에는 아이가 태어날 것이다. 아직 후계자가 없는 요리시게였지만, 이번에야말로 아들을 보게 될 것 같은 느낌이 들었다.

'만일 남자애라면 고지로를 붙여줘야겠군.'

요리시게는 그렇게 생각했다. 언젠가 세이노스케는 스와 가를 떠나야 할 것이다. 그러나 모치즈키 가문은 누군가가 이어가야 한다. 고지로가 차기 주군의 측근이 되면 출세는 따놓은 당상이었다. 미사 공주는 요리시게의 심중을 읽고, 세이노스케 동생의 행운을 기뻐했다. 세이노스케는 왜 동생의 나이를 묻는지 짐작조차 못하고 있었다.

요리시게가 자리에서 일어났다.

"수고가 많았다. 물러가 쉬도록 해라."

요리시게는 정청에서 나와 네네의 거실로 들어섰다. 네네는 다케다 하루노부의 여동생으로, 아직 열여섯밖에 되지 않았다. 그러나 그 뱃속에는 요리시게의 자식이 숨쉬고 있었다.

"점점 배가 불러오는구나."

요리시게는 기쁜 표정으로 네네의 배를 쓰다듬었다.

네네는 말없이 웃고만 있었다.

저 용맹한 다케다 가에서 어떤 엄청난 여자가 올까 두려워했지만, 그건 기우에 지나지 않았다. 네네는 너무도 여자다운 여자였다.

가이의 호랑이

1

한 필의 준마가 들판을 가로지르고 있었다.

뛰어난 근골에 무술로 단련된 몸, 햇볕에 그을린 얼굴, 말 위의 인물에게서 강철 같은 힘이 느껴졌다.

가이 다케다 가의 젊은 주군 하루노부. 훗날 신겐으로 불리는 이 젊은이는 아직 스물두 살밖에 되지 않았다. 아버지 노부토라를 추방하고 가업을 이은 지 일 년도 채 되지 않았다. 그러나 하루노부에게는 명문가인 겐지(源氏), 다케다 가의 동량에 어울리는 품위가 있었다. 말을 몰아 하루노부는 동광사東光寺로 들어섰다.

동광사는 가이 국의 수도인 고후(甲府)에서 손꼽히는 명찰이다. 임제종의 절로서 가마쿠라 시대(鎌倉時代 : 1185~1333년. 겐지 일족인 미나모토 요리토모가 전국의 토지 경영권을 장악하고 가마쿠라에 창건한 일본 최초의 막부. 미나모토는 3대에서 끊어지고 호조 씨가 뒤를 이었다)에 창건되었고, 송나라의 명승 난계도륭(蘭溪道隆 : 1213~1278. 1246년에 일본으로 건너와 일본 임제선의 기초를 세운 송나라의 승려. 가마쿠라 막부의 지원을 받으며 선불교 포교에 힘썼고, 가이 동광사에서 잠시 유배 생활을 했다)이 잠시 머물던 곳이기도 하다.

수행원도 없이 주군의 갑작스런 방문에 놀라는 주지 스님을 본 척도 하지 않고 하루노부는 서원으로 들어섰다.

"미가와(三河)의 낭인이 와 있을 게야."

"예."

주지는 떨리는 목소리로 대답했다. 그런 사람이 하나 와 있었다. 괴이쩍은 인상에 초라한 초로의 남자. 쫓아내려고 했다. 그러지 못한 것은 다케다 가의 중신 이타가키 노부카타(板垣信方)의 소개장을 지참하고 있었기 때문이었다. 주군이 그런 인물을 만나러 오다니, 너무도 의외였다.

"불러오게. 조용히 이야기하고 싶으니 다른 건 필요없네."

주지에게 명하고 하루노부는 서원의 상좌에 앉았다.

이윽고 남자가 들어섰다.

담이 큰 하루노부였지만, 그 남자를 보는 순간 마른침을 꿀꺽 삼켰다. 괴물처럼 추악한 얼굴이었다. 한쪽 눈을 안대로 가린 얼굴은 솔방울처럼 거칠거칠하고 울퉁불퉁했다. 아마도 포창(천연두)을 앓았을 터였다. 걸음걸이도 뒤뚱거리는 게 한쪽 다리가 온전치 못한 것 같았다. 게다가 키는 난쟁이에 가깝고, 젊지도 않았다.

집요하게 인재를 구하고 있는 하루노부였지만, 그 남자를 보는 순간 고소를 금치 못했다.

"미가와 국 우시쿠보 출신, 야마모토 간스케 하루유키(山本堪介晴幸), 인사 올립니다."

간스케는 넓죽 엎드렸다.

목소리가 쇳소리처럼 울려 듣기가 거북스러웠다.

"하루유키, 라고 했느냐?"

"그러하옵니다."

"어떻게 쓰느냐?"

"청천의 청晴, 행복의 행幸."

"무례한 놈! 나와 똑같은 자를 쓰지 않느냐, 청晴이라니?"

"성인식을 올릴 때, 쇼군 아시카가 요시하루(足利義晴) 공께서 그 한 자를 하사해주셨사옵니다."

간스케는 침착했다. 하루노부는 기세를 누그러뜨렸다. 화를 내면서 상대의 허점을 찌르는 것이 그의 상투적인 수법이었다.

"간스케, 자네는 뭘 잘하는가? 그런 몸으로는 싸울 수도 없을 텐데."

하루노부가 단도직입적으로 물었다.

"군사軍師."

"뭐라고? 군사?"

하루노부는 너무도 어이가 없이 껄껄거리며 웃었다.

"군사라고 했느냐, 간스케? 천하 육십여 주의 그 많고 많은 호족 중에 군사를 둔 가문은 하나도 없다는 사실을 알고 있느냐?"

하루노부의 말 그대로였다.

원래 군사란 중국의 병서에 나오는 군략軍略의 입안자를 말했다. 『손자』, 『오자』 등 군략의 요체를 기록한 서적은 모두 군사에 의해 쓰여진 것이었다. 중국에는 제갈공명을 비롯해 역사에 이름을 남긴 군사가 수도 없이 많았다. 그러나 이 일본이란 나라에 전략을 연구하는 학자는 있어도, 전문 군사가 있다는 이야기는 들어본 적이 없었다. 난세지만, 군사에 어울리는 지혜와 지식을 가진 자가 없었다. 고작 나이 많은 무사(사무라이)가 수군의 의논 상대가 되어줄 따름이었다. 그런데 이 남자는 지금 일본에 없는 군사의 역을 하겠다는 것이었다.

"우리 나라 최초로 다케다 가가 군사를 두는 게 어떠하실는지요? 주군의 가문은 『손자』의 일절을 인용하여 깃발을 세우고 있지 않나이까. 그야말로 군사를 두기에 가장 잘 어울리는 가문인 줄 아옵니다."

간스케는 엄청난 이야기를 너무도 태연자약하게 했다.

하루노부는 이 남자가 다케다 가를 지목한 이유를 알 수 있었다.

다케다 가의 깃발에는 두 종류가 있었다.

하나는 붉은 태양이 그려진 '히노마루(日の丸)', 고레이제이(後冷泉) 천황이 다케다 가의 선조에게 하사했다는 유서 깊은 깃발로, '미하타(御旗)'라고도 한다.

또 하나는 '손자의 기'라는 것인데, 『손자』의 「군쟁편」 일절이 새겨져 있었다.

'질여풍疾如風, 서여림徐如林 침략여화侵掠如火, 부동여산不動如山.'

이 네 구절의 끝자에서 따온 '풍림화산風林火山'이다. 군은 바람처럼 달려, 숲처럼 고요하게 머물고, 적을 칠 때는 불과 같고, 움직이지 않을 때는 산과도 같아야 한다는 뜻이었다.

하루노부는 이 일절을 좋아해서 군대의 깃발로 삼았지만, 이번에 가업을 이으면서 다케다의 대장 깃발로 바꾼 것이었다. 간스케는 그것을 알고 손자를 좋아하는 대장이라면 군사를 둘지도 모른다고 생각한 것이다. 그러나 하루노부는 그 기대에 부응할 생각이 추호도 없었다.

"우리 가문은 군사를 두지 않아."

하루노부는 단호하게 말했다.

"왜 두지 않으시나이까?"

"우리 가문에는 이미 천하의 군사가 있기 때문이야."

간스케는 놀란 눈으로 하루노부를 올려다보았다.

하루노부는 빙긋 웃으면서 말을 이었다.

"바로 내가 그 군사다."

이번에는 간스케가 빙긋 웃었다.

"그렇다면 그 천하 제일의 군사님께 여쭤보겠나이다."

"염려 말고 말해보아라."

하루노부는 상대의 도발을 받아들였다.

"군사님은 다케다 가문을 어떻게 일으키실 생각이시온지요?"

"두말할 것도 없이 인근 제국을 다케다의 깃발 아래 무릎 꿇게 하여, 천하에서 알아주는 영주가 되는 거지."

"앗핫핫핫!"

간스케는 큰 소리로 웃더니 이내 엄숙한 표정으로 말했다.

"배포가 너무 작으시나이다. 어떻게 그런 생각으로 천하 제일의 군사라 자부하시나이까."

하루노부의 얼굴이 시뻘겋게 달아올랐다. 그러나 하루노부는 화가 난다고 경솔하게 상대를 칠 그런 남자는 아니었다.

"그렇다면 네 생각을 말해보아라."

"천하를 취하여 다케다 막부를 열어, 주군을 쇼군으로 만드는 것, 그것이 바로 군사의 할 일이 아니옵니까?"

간스케는 엄숙하고 진실된 표정으로 말했다.

너무도 어처구니없는 말에 하루노부는 일순 말을 잃었다. 천하를 취한다니, 그건 말을 타고 달까지 간다는 것만큼이나 허무맹랑한 생각이었다. 오닌(應仁)의 난(1467~1477년. 아시카가 쇼군의 상속 문제를 둘러싸고 천황이 있는 교토를 중심으로 전국의 영주가 동서로 나뉘어 벌인 전란. 그 이후로 아시카가 막부의 권위가 실추되면서 이 소설의 무대가 되는 군웅할거의 전국시대로 접어들게 된다) 이후 칠십여 년, 천하는 혼란을 거듭하여 아시카가 막부는 유명무실한 존재가 되어버렸다. 중앙이나 지방 할 것 없이 하극상의 풍조가 만연하고 있었다. 그러나 모두들 영지 쟁탈전에 광분할 뿐, 천하를 도모하는 영주는 아무도 없었다. 물론 가이도 사정이 다르지 않았다. 미치지 않고서야 이런 자리에서 천하를 취할 계략을 이야기할 수 없는 것이다.

하루노부는 화가 있는 대로 치솟았다.

"이런 사기꾼 같은 놈이 있나!"

"주군, 결코 허풍이 아니옵니다."

간스케는 엄숙하게 말했다.

"입으로는 못할 말이 어디 있다더냐."

"그렇게 의심이 가신다면 이 간스케의 천하 평정 계략을 들어보시는 게 어떠하신지요"

"좋다, 어디 해보아라."

간스케는 자세를 고쳤다.

"다케다 가가 천하를 취하기 위해서는 먼저 시나노(信濃)를 손에 넣어야 하나이다. 시나노는 가이와 달리 쌀이 많이 나고 산물이 풍부한 곳이옵니다. 시나노와 가이, 이 두 나라의 역량을 합쳐 힘을 비축한 다음 오와리(尾張)로 나아가야 하나이다. 일단 해로만 열리면 미야코(京 : 천황이 있는 현재의 교토)까지는 한 달음, 주군은 겐지(源氏 : 源을 음독하면 '겐', 훈독하면 '미나모토'가 된다. 이 성은 814년 사가 천황 때 시작되었는데, 당시 천황 가는 재정 상태가 좋지 않아 황실 일족들을 신하로 격하시켜 관직에 종사하게 했고, 이들에게 내린 성이 바로 源이다)의 적통이므로 천황으로부터 쇼군으로 인정받기에 충분하옵나이다."

"고작 십오만 석(이 당시는 쌀 생산력으로 국력을 나타냈다)인 우리 가문이 천하의 주인이 될 수 있으리라 생각하느냐?"

하루노부가 냉랭하게 물었다.
"십오만 석이라뇨? 가이는 이십이만 석은 되지 않나이까?"

2

'이 친구, 그냥 허풍만 떨고 있는 게 아니군.'
그 한마디에 하루노부는 간스케를 다시 보았다.
가이의 쌀 생산량은 간스케의 말대로 이십이만 석이었다. 현실을 정확히 인식하는 것은 전략의 기초였다. 자기 영지의 생산량은 알아도, 가이의 전체 생산량은 모르는 것이 보통이다. 그것은 딱히 부끄러운 일도 아니다. 그것이 대부분의 영주들이 갖고 있는 기질이기 때문이다. 무사는 계산에 밝아서는 안 된다는 기풍 탓이었다.
'그러나 그래서는 안 돼. 앞으로는 무사도 계산에 밝아야 해.'
하루노부는 평소 그런 생각을 갖고 있었다. 간스케라는 사내는 그런 자질을 갖추고 있었다. 그러나 아직 진짜인지 엉터린지 알 수 없는 노릇이었다.
"말이야 쉽지만, 시나노를 취하기가 어디 쉽다더냐?"
하루노부가 말했다. 본심이었다. 시나노 침략은 아버지 노부토라 대부터 다케다 가의 숙원이었다. 가이는 토지가 척박하여 가난한 나라에 속했다. 천하를 운운하기 전에 가신을 먹여살리기에도 급급했다. 가난한 현실에서 벗어나기 위해 하루노부로서는 보다 풍족한 나라를 침략하는 방법밖에 없었다.
가이의 동쪽에는 무사시(武藏)와 사가미(相模) 국, 남쪽으로는 스루가, 그리고 북쪽과 서쪽에는 시나노 국이 있었다.

이 가운데 사가미는 호조(北條), 스루가는 이마가와라는 유력 영주의 세력 범위이므로 그들과 싸운다는 것은 어리석은 짓이었다. 그런 점에서는 시나노가 적당했다. 시나노의 생산력은 가이의 두 배에 달하는 사십만 석이었다. 게다가 호조나 이마가와 같은 주도 세력이 없었다. 오가사와라(小笠原), 무라카미(村上), 운노(海野)와 같은 호족이 여기저기 흩어져 세력 다툼을 벌이고 있었다. 하지만 아무리 통일된 세력이 형성되어 있지 않다 해도, 시나노 침략은 그리 간단한 일이 아니었다.

가이에서 시나노로 나아가는 진로는 두 개밖에 없었다. 사쿠(佐久)와 스와였다. 그 가운데 사쿠는 험준한 산을 넘어야 하므로 군대의 이동이 어려웠다. 그에 비해 스와는 평탄하여 진군하기는 좋지만, 스와 일족이 걸림돌이었다. 스와 일족이 그저 단순한 무사집단이라면 문제가 달랐다. 스와 일족은 스와 명신의 신관으로 백성들에게 신성시되고 있었고, 그 결속력은 단순한 영주와 백성과의 관계를 넘어섰다. 섣불리 손을 댔다가는 '신의 적(敵)'으로 지목되어, 영지의 모든 백성들이 일체가 되어 조직적으로 저항할 것이었다. 자칫 치명상을 입을 수도 있었다. 그래서 하루노부는 어떤 방법으로 시나노를 장악할 것인지 묻고 있는 것이었다.

"간스케, 어떻게 시나노를 취할 수 있단 말이냐?"

간스케는 거침없이 대답했다.

"스와, 무엇보다 먼저 스와를 멸하여 다케다 가의 손에 넣어야 하옵니다."

"그런 말도 안 되는 소리를!"

하루노부는 버럭 화를 냈다.

"스와의 영주 요리시게는 여동생 네네의 남편이야."

"알고 있사옵니다."

간스케는 조금도 동요하지 않았다.

"그뿐만이 아니다. 스와 씨는 스와 명신의 제사장을 겸하는 가문이기도 해."

"그것도 잘 알고 있나이다."

"자넨 아무것도 모르고 있지 않느냐?"

"아니옵니다. 잘 알고 있사옵니다."

간스케는 힘주어 말했다.

하루노부가 간스케를 노려보았다. 간스케는 그 시선을 고스란히 받으며 말했다.

"모든 것을 알고 말씀드리는 것이옵니다. 주군께서 무엇을 걱정하시는지 이 간스케, 잘 알고 있나이다."

"내가 무슨 걱정을 하는지 말해보아라."

하루노부가 따지듯이 물었다.

"섣불리 스와를 치면 스와 명신을 신앙하는 백성들의 격렬한 저항에 부딪칠 거라고, 그걸 걱정하고 계시지 않나이까?"

"그렇다. 너는 거기에 대처할 방책이라도 있다는 말이냐?"

하루노부는 설마 하는 생각을 하면서도 듣지 않고는 견딜 수 없었다. 스와 씨를 멸하고, 게다가 스와 백성의 저항에 부딪치지 않는 방법이 있었다면 이미 실행했을 터였다. 그런 방책이 없었기 때문에 하루노부는 스와 요리시게와 혼인관계로 강화조약을 맺고, 시나노 침공을 위해 사쿠 방향을 선택하지 않을 수 없었던 것이다.

"방책은 있사옵니다. 앞으로 두 달, 봄이 오면 다케다 가의 운도 열릴 것이옵니다."

간스케의 말에 하루노부는 고개를 갸웃거렸다.

그런 하루노부를 향해 간스케는 미소를 띠며 말했다.

"네네님이 계시지 않사옵니까?"

"네네가 어쨌단 말이냐?"

하루노부는 간스케의 말을 알아들을 수 없었다.

"네네님께서 회임하셔서 봄에 출산을 한다고 하옵니다만."

"그래서 그게 어쨌단 말이냐?"

"앞으로 태어날 아기는 남자든 여자든 다케다의 피를 이어받을 것이므로, 그 아이를 스와의 후계자로 삼는 것이옵니다."

하나밖에 없는 눈을 위로 치켜뜨고 하루노부를 올려다보며 던진 간스케의 그 말은 도대체 무슨 뜻일까. 스와 요리시게는 전처와의 사이에서 태어난 딸이 하나 있을 뿐이었다. 그러므로 네네가 남자아이를 낳으면 스와의 후계자가 될 게 뻔했다. 다케다 가문이 쓸데없이 간섭하지 않아도 그렇게 될 일이었다. 그러나 간스케가 한 말은 그렇게 단순한 이야기는 아닐 것이다.

'이놈이 도대체 무슨 생각을 하고 있는 겐가?'

하루노부는 신기한 동물이라도 대하는 듯한 눈길로 간스케를 바라보았다. 말이 많던 간스케가 갑자기 입을 다물었다. 할말을 다 했으니, 나머지는 스스로 깨우치라는 태도였다.

'교활한 놈.'

지금껏 하루노부는 자신보다 지혜로운 자를 보지 못했다. 지식의 문제가 아니었다. 풍부한 지식을 가진 사람은 얼마든지 있었다. 그러나 그런 사람들은 사소한 현실적인 문제 하나도 해결하지 못하고 우왕좌왕하기 일쑤였다. 하루노부는 그런 사람들을 조소했다. 아무리 지식이 있다한들 지혜가 없으면 무슨 의미가 있는가. 그것은 하루노부의 신념이었다.

'나를 오히려 웃음거리로 만드는, 이런 놈이 있다니.'

그때 갑자기 하루노부는 간스케가 하려는 말뜻을 알아차렸다. 그것은 하루노부의 간담을 서늘하게 할 정도로 냉혹한 책략이었다.

간스케는 하루노부가 알아챘다는 것을 알고, 만면에 흉측한 미소를 떠올렸다.

"간스케, 자네는 희대의 악당이로구먼."

하루노부는 신경질적으로 부채질을 하면서 말했다.

"황공하옵니다."

그러나 간스케의 얼굴에는 아무런 표정도 없었다.

그 책략이란 바로 이런 것이었다.

이제 곧 스와 요리시게의 자식이 태어난다. 아기의 어머니는 하루노부의 여동생 네네다. 아이가 무사히 자라고 있음이 확인되면 즉시 거병하여 요리시게를 친다. 그리고 태어난 아이를 스와의 주군으로 추대한다. 주군이라고는 하지만 아직 갓난아기다. 그 어머니는 여동생이므로, 스와는 다케다의 뜻대로 움직이게 된다.

그러나 하루노부는 망설였다.

"내 손으로 여동생을 과부로 만들라는 말인가?"

"대의大義는 부모도 죽인다고 했나이다."

"대의란 무엇이냐?"

"천하를 평정하여 백성에게 편안한 생활을 보장하는 것이옵니다."

간스케는 하루노부를 똑바로 쳐다보며 매섭고 심각한 어조로 그렇게 말했다.

"그건 보살행이 아니더냐?"

"그러하옵니다. 부처님의 길이지요"

"매제를 치고, 여동생을 과부로 만드는 것이 부처님의 길인가?"

그러나 그 어조에는 힘이 없었다. 자조 섞인 어투였다.

간스케는 아무 대답이 없었다. 하루노부가 자신의 제안에 매력을 느끼고 있음을 간스케는 직감했다.

하루노부의 뇌리에는 스와로 시집가던 날의 그 아름답고 가련한 네네의 모습이 떠올랐다.

'그 네네를 울려야 하는가.'

그러나 하루노부는 간스케의 계략에 매력을 느끼고 있었다.

'설마 이 다케다가 치고 들어올 줄은 요리시게도 생각하지 못할 것이다. 네네가 아이를 낳으면 다케다와의 인연은 더욱 깊고 단단해지리라 생각할 것이 당연하다.'

그렇게 되면 요리시게는 다케다에 대해 경계심을 풀 것이다. 간스케는 그 틈을 노리라는 것이었다.

그러나 이 계략에 문제가 없는 것도 아니었다.

"간스케."

"어떤 명분으로 병사를 일으키느냐는 말씀이시겠지요."

마치 속을 들여다보고 있기라도 하듯이 간스케가 말했다.

"어떻게 할 생각인가?"

상대는 매제다. 게다가 평화조약을 깨뜨리고 쳐야 한다. 어떤 식이든 대의명분이 있어야 한다.

"다카토(高遠)님과 손을 잡으면 될 것이옵니다."

간스케가 말했다.

하루노부는 혀를 찼다.

'세상에 이런 악질적인 지혜를 짜낼 수 있는 사람도 있었던가.'

다카토의 성주 다카토 요리쓰구(賴繼), 스와 씨의 일족이지만, 유서 깊은 명문 가문에서 흔히 볼 수 있는 불평분자이기도 했다. 요리쓰구는 본가인 요리시게에 대해 반감을 품고, 틈만 나면 불평불만을 늘어놓는 사람이었다. 본가를 자신의 손에 넣으려는 흑심을 품고 있었다. 예로부터 스와 일족은 제사장 자리를 둘러싸고 일족끼리 싸워왔다. 다케다가 뒤에서 밀어준다면 요리쓰구는 반드시 일어설 것이다. 그리고 요리시게와 요리쓰구를 싸우게 하고, 그 내분을 틈타 스와를 손에 넣는다.

'그렇게만 된다면 가능하다.'

하루노부는 확신했다.

"주군, 어떠하오신지요?"

"멋진 책략이야, 야마모토 간스케. 그대를 봉록(俸祿) 백 관(貫)으로 발탁하겠네."

백 관, 즉 쌀 오백 석에 해당하는 봉록이었다. 신참자로서는 파격적인 대우였다. 그러나 간스케는 조금도 놀라는 기색을 보이지 않았다.

"군사의 자격으로 주군을 모시라는 말씀이시온지요?"

하루노부는 쓸쓸한 표정으로 대답했다.

"신분은 아시가루 대장으로 하고, 이타가키 노부카타에게 몸을 의탁하도록 하게. 삼시 그렇게 지내도록 해."

신참자를 갑자기 군사로 발탁하면 다른 가신들의 질투를 살 것이다. 모든 사람이 간스케의 실력을 인정할 때까지, 그렇게 하는 것이 무리가 없을 듯했다.

"그러나 나와 둘이 있을 때는 마음껏 의견을 펼치도록 하게."

"명심하겠사옵니다."

"간스케, 내게 할말이 있을 텐데?"

하루노부는 심술궂은 표정으로 간스케를 바라보았다.

"글쎄요, 무슨 말씀이시온지?"

간스케는 고개를 갸우뚱했다.

"시침떼지 말게. 다른 사람이 없을 때는 거리낌없이 의견을 말하라 하지 않았느냐?"

"물론 그러셨사옵니다만……."

"그럼 말해보게. 주군에게 모자란 점이 있다면 그것을 고쳐주는 것이 군사의 의무가 아니냐?"

하루노부는 간스케의 기를 꺾어놓고 싶었다. 이렇게 일방적으로 당한다면 체면이 말이 아니다.

"지금의 주군께는 어떤 결점도 없사옵니다."

"이런 멍청한 놈 같으니라고! 가이의 영주라는 사람이 혼자서 낯선 사람과 만나고 있지 않느냐. 조심스럽지 못하다고 생각지 않느냐?"

하루노부는 엄하게 꾸짖었다.

간스케는 태연한 표정으로 얼굴을 들고, 문을 활짝 열어제쳤다. 연못이 있고, 자연석이 배치된 노송 그늘 아래로 잘 가꾸어진 조그만 정원이 자리잡고 있었다.

"정원에 숨어 있는 경호무사들은 들어라, 주군께서 돌아가신다."

간스케는 인기척이 없는 정원을 향해 외쳤다. 보이지는 않았지만 사람이 있었다. 소나무 그늘 아래, 몇 사람이 움직이는 기척이 났다.

"하하핫! 간스케, 내가 졌어. 괜찮다. 이리 나오도록 해라."

하루노부는 정원을 향해 말했다.

짐승처럼 민첩한 동작으로 정원의 좌우에서 한 사람씩, 젊은 무사들이 나타났다.

'저들이 주군의 호위로군. 제법 괜찮은 놈들이구먼.'

간스케는 감탄했다. 주군을 곁에서 모시며 일상적인 잡무에서 경호까지 담당하는 저들의 자질을 보면 영주의 자질을 알 수 있었다.

"간스케, 소개하지. 나의 손발이야."

하루노부가 말했다.

"야마모토 간스케라고 하오"

"아키야마 신자에몬(秋山新左衛門)."

"가스가 겐고로(春日源五郞)."

두 호위무사가 자기 소개를 했다.

신자에몬은 자라목에다 뼈대가 굵고 강건해 보이는 체격의 젊은이였다. 거기에 비해 겐고로는 얼굴이 새하얗고 늘씬한 체격의 미남형이었다. 아마도 일부러 대조적인 사람을 선발한 것 같았다. 이 또한 하루노부의 심사숙고임을 간스케는 직감할 수 있었다. 속을 알 수 없는 낯선 사람을 혼자서 만나는 것처럼 보여 상대의 반응을 살펴보는 것이다. 암살 의도가 있다면 상대는 반드시 행동을 취하고 나올 터였다.

그것을 간스케는 간단히 알아챘다.

"간스케."

"예."

"백 관은 너무 싸. 그대의 봉록을 이백 관으로 하지."

하루노부는 쓴웃음을 지으며 그렇게 말했다.

축복과 재앙의 봄

1

스와 땅에 봄이 왔다.

겨우내 몸을 움츠리고 있던 스와 사람들은 봄을 맞이하면서 들떠 있었다. 스와 일족에게는 특별한 봄이었다. 영주인 스와 요리시게의 정부인 네네가 아기를 낳는다. 더구나 남자애라면 그토록 고대하던 적자의 탄생이었다.

요리시게의 딸 미사 공주는 따스한 봄바람을 맞으며 나물을 뜯고 있었다. 두릅, 쑥, 달래, 민들레, 유채, 그야말로 산나물 천지였다.

"세이노스케, 거기도 있잖니?"

"아, 예."

두릅 새순을 따려던 세이노스케는 축축한 지면에 미끄러져 엉덩방아를 찧었다.

"세이노스케는 정말 조심성이 없구나."

쿳쿳, 하고 웃으며 미사 공주는 바구니를 집어들었다.

세이노스케는 바지에 묻은 흙을 털어냈다. 같은 나이인데도 미사 공주는 자신을 마치 어린아이 다루는 듯했다. 그게 싫어서 뭐든 빨리빨리 처리하려 했지만, 오히려 실수만 거듭했다. 미사 공주는 그런 세이노스케를 신하라기보다 동생처럼 대했다.

어린 새싹을 따는 미사 공주의 귓가에 말발굽소리가 들려왔다.

들판 건너편에서 무사 하나가 말을 몰아 달려오고 있었다.

"무슨 일일까요?"

세이노스케가 미사 공주 쪽을 돌아보았다.

"기쁜 표정을 짓고 있구나."

미사 공주가 중얼거렸다.

"아, 연락꾼이로군요. 무슨 나쁜 소식이라도 있는 모양입니다."

세이노스케는 불길한 표정을 지었다.

공주의 예상이 들어맞았다.

사무라이는 두 사람의 몇 발 앞에서 멈추더니 말에서 내려 쏜살같이 날려와 넓죽 엎드렸다.

"공주님, 알려드립니다."

"그래, 무슨 일이냐?"

미사 공주의 목소리는 봄바람보다 더 부드러웠다.

사자는 만면에 웃음을 띠며 말했다.

"경사가 났사옵니다. 원자가 나셨나이다."

"아, 정말 기쁜 일이로구나."

미사 공주는 놀란 표정으로 눈을 활짝 떴다.

계모 네네는 초산이라 예정일을 늦게 잡고 있었던 것이다.

"그런데 어머니는 무사하시냐?"

"다행히도 무척 건강하시옵니다."

아버지 요리시게가 기뻐하는 표정이 눈에 선했다.

그길로 미사 공주는 성으로 돌아와, 네네의 방으로 들어갔다.

네네는 시녀의 도움을 받으면서 산실에 누워 있었다. 그 곁에는 이제 막 태어난 아기가 비단 요에 싸여 있었다.

"어머니, 정말 축하드려요"

미사 공주는 베갯머리에서 네네에게 머리를 숙이며 말했다. 어머니라고는 하지만 두 살 위의 언니 같은 존재였다.

"고마워. 미사도 이제 시집을 가야지."

네네는 산후라서 그런지 얼굴도 부석부석하고 목소리로 쉬어 있었다. 새하얀 피부가 너무 아름다웠다.

"전 아직 멀었나이다. 시집 갈 곳도 정해지지 않은걸요"

미사 공주는 다소곳이 대답했다.

그렇게 말하면서도 미사 공주는 언젠가 어머니와 함께 하던 날을 떠올렸다.

'나도 언젠가는 시집을 가겠지. 도대체 난 어떤 사람의 자식을 낳게 될까.'

그런 상상을 하면서 얼굴을 붉히고 있는데, 복도에서 수런거리는 소리가 들려왔다.

"주군께서 오셨나이다."

시녀가 다급한 목소리로 고했다.

"네네, 고생이 많았지?"

밝은 표정으로 요리시게가 들어섰다. 네네가 몸을 일으키려 하자 요리시게는 고개를 절레절레 저었다.

"그대로 있도록 하시게. 몸에 좋지 않아."

요리시게는 소록소록 잠들어 있는 아기에게 다가가더니 조심스레 품에 안았다.

"이 녀석아, 내가 네 아버지란다."

"어머, 목을 가누지 못합니다."

"아, 그렇지. 그럼 이놈에게 먼저 이름을 지어줘야겠지? 올해가 호랑이띠니까, 도라오마루(寅珋)라고 해야겠어. 좋은 이름이지?"

요리시게가 네네를 보며 물었다.

"아직 칠 일도 지나지 않았나이다."

네네는 기쁨에 들떠 있는 남편을 바라보며 행복에 잠겼다. 그런 네네의 모습을 보며 미사 공주는 저도 모르게 미소를 지었다.

"다른 의견이 없다면 이걸로 됐어. 너는 오늘부터 스와 가문의 후계 도라오마루다. 도라오마루! 아비 말을 잘 알아들었느냐?"

요리시게는 아기를 향해 말했다. 그 목소리가 너무 커 아기가 갑자기 눈을 뜨면서 불에 데인 듯 자지러지게 울음을 터뜨렸다.

"아, 이걸 어쩌누. 빨리 어떻게 좀 해봐라."

낭황해하는 요리시세를 보고 시녀들은 일제히 웃음을 더뜨렸다.

"주군, 무사히 사내애를 낳았다고 고후의 큰오라버니에게 전하셔야지요"

네네의 말에 요리시게는 크게 고개를 끄덕였다.

하루노부에게 도라오마루의 탄생을 알리려는 사자가 길을 떠났다. 스와 관과 고후는 약 15리, 말을 달리면 금방이었다.

스와의 사자는 세이노스케였다. 스와 가를 대표하는 사자이니만큼 노련한 무사가 가야 하지만, 한 번쯤 가이 국을 보게 해두는 것도 괜찮겠다는 생각에 요리시게는 특별히 세이노스케를 지명했다. 세이노스케는 서둘러 하루노부의 저택으로 들어섰다.

하루노부는 고후의 일각에 좀 특이한 본거지를 가지고 있는데, 그 저택의 이름은 '쓰쓰지가사키(躑躅ヶ崎) 관관(館)'이다. 일반적으로 말하는 성도 아니고, 스와 관처럼 산성에 붙어 있는 단독 저택도 아니었다. 보통의 거리 안에, 그것도 지키기 힘들다는 평지에 그 저택이 있었다. 주위에 해자를 파고 목책을 두르긴 했지만, 성이라기보다는 정무를 집행하는 정청政廳이었다.

이 정청을 중심으로 네 개의 대로가 남쪽으로 곧장 뻗어 있었다. 그리고 동서에도 대로가 있었고, 그 길과 길이 교차하는 사각형의 내부가 사람들이 사는 구역이었다. 다케다 가문이나 유력 가신의 저택도 있었고, 대장간과 목공·장인 구역, 시장이 열리는 상인 구역, 사원이 모여 있는 사원 구역도 있었다.

쓰쓰지가사키 관은 그렇게 기능적으로 정비된 거리의 북쪽 끝에 자리잡고 있었다. 이 당시에 성하촌城下村이란 말은 없었지만, 그와 비슷한 계획도시였다. 원래는 하루노부의 아버지 노부토라가 당나라 수도 장안長安을 본떠 만든 것인데, 하루노부는 추방된 아버지의 사업 가운데 이 쓰쓰지가사키를 중심으로 한 도시 건설을 가장 높이 평가했다.

그 뒤의 산에는 견고한 산성이 있다. 세키스이지(積翠) 성 또는 요새 성이라고도 하는데, 이름 그대로 견고한 성이었다. 하루노부는 여기서 태어났다. 그러나 하루노부는 요새 성을 가능한 한 사용하고 싶지 않았다. 뭔가를 지키려는 자세는 사람을 왜소하게 만들어버린다.

'사람이 담이고, 사람이 성이다. 아무리 견고한 성이라도 일단 지키려는 자세를 가지면 흙벽돌이나 마찬가지지. 그보다는 밖으로 나가서 싸우는 게 현명하다.'

그것이 하루노부의 신념이었다.

축복과 재앙의 봄 53

그 쓰쓰지가사키 관에 세이노스케가 들어선 것은 그날 정오가 막 지나서였다. 세이노스케는 처음으로 커다란 역할을 맡아 어깨가 으쓱했다. 말에서 내린 세이노스케는 이웃나라 사자의 신분에 걸맞게 정중한 안내를 받으며 접견실로 들어섰다.

이윽고 호위무사와 시종들을 거느리고 들어선 하루노부가 상좌에 앉았다. 중신들도 자리에 앉았다.

"스와의 가신 모치즈키 세이노스케 인사 올립니다."

세이노스케는 긴장하여 온몸이 뻣뻣해졌다.

"하루노부라네. 먼길 오느라 수고가 많았네."

부드럽게, 사람에게 경계심을 주지 않는 웃음 띤 얼굴이었다.

"그런데 무슨 일로 왔는지, 사자는 어서 고하도록 하라."

세이노스케는 첫눈에 하루노부에게 반하고 말았다.

사람을 황홀하게 하는 젊은 대장이었다. 단단하게 뭉친 근육질의 몸, 낭랑하게 울리는 목소리, 스와 가에는 이런 장수가 없었다.

하루노부는 웃음 띤 얼굴로 다시 물었다.

"사자, 왜 그렇게 멍하니 있느냐?"

세이노스케는 퍼뜩 정신을 차렸다. 그제야 멍하니 하루노부를 바라보고 있는 자신을 느낀 것이었다.

"주, 주군 요리시게님께서 말씀하시기를……."

너무 당황해서 목소리가 떨렸다.

"오늘 아침, 네네님께서 무사히 아드님을 낳으셨고, 모자 모두 건강하니, 하루노부님께서도 안심하시라고 전하라 하셨사옵니다."

세이노스케는 말을 달리면서 몇 번이나 암송한 문구를 한달음에 읊었다.

"아, 정말 축하할 일이로구나."

하루노부는 기쁜 표정으로 외쳤다.

"정말 기쁜 일이로군. 네네가 사내애를 낳다니. 좀 늦을 걸로 생각했는데."

세이노스케는 하루노부가 기뻐하는 모습을 보고 사자로 온 것을 행운이라 생각했다.

"주군, 정말 축하드리옵니다."

중신들도 일제히 축하 인사를 했다.

하루노부는 즐거운 표정으로 세이노스케를 바라보며 말했다.

"후계자가 태어났으니 얼마나 기쁜 일이냐. 이 하루노부, 내 일처럼 기뻐하더라고 전하여라. 즉시 축하 사자를 보내겠다고, 요리시게님께 전하라."

"예, 받들어 전하도록 하겠나이다."

세이노스케는 안도의 한숨을 내쉬었다. 상대의 대답을 들으면 사자의 역할도 끝난다.

"사자님은 아직 젊으시구먼. 올해 몇이나 되었는가?"

물러서려는 세이노스케를 하루노부가 불러세웠다.

"열네 살이옵니다."

세이노스케는 등을 꼿꼿하게 펴고 대답했다.

"양친은 건재하신가?"

"예. 다만 몸이 불편하셔서 쉬고 계시옵니다."

"호오, 그것 참 안됐구먼. 그래서 이렇게 빨리 가업을 이었구나."

"예."

하루노부는 시종을 향해 말했다.

"사자님에게 다과를 대접하도록 해라."

"다과는 괜찮나이다."

축복과 재앙의 봄 55

세이노스케는 듣는 사람이 깜짝 놀랄 정도로 큰 소리로 외쳤다.

"왜 그러느냐, 다과를 싫어하느냐?"

"그건 여자나 어린애가 먹는 음식이 아니옵니까?"

아직 치기가 가시지 않은 세이노스케의 말에 그 자리는 웃음바다로 변하고 말았다.

하루노부는 웃으며 말했다.

"내가 큰 실례를 범했구나. 그럼 뭘 대접하면 좋겠느냐."

스와 가를 대표하는 사자였다. 절대로 얕잡아보게 해서는 안 된다고 세이노스케는 큰 맘 먹고 말했다.

"술을 마시겠사옵니다."

다시 웃음이 터져나왔다.

세이노스케는 벌겋게 달아오른 얼굴로 주먹을 불끈 쥐었다.

"정말 믿음직스런 청년이로군. 그런데 자네, 술을 마셔본 적이 있느냐?"

하루노부는 장난기가 발동했다.

"술은 틈만 나면 마시나이다."

세이노스케가 어깨에 힘을 넣고 대답했다.

"호오, 그럼 두주불사斗酒不辭의 주당이시로구먼."

주당이라는 말에 그 자리는 다시 웃음바다로 변했다.

세이노스케는 화가 치밀었지만 입술을 깨물고 참았다.

하루노부가 시종에게 명했다.

"뭘 하고 있느냐? 사자님께 술을 드려야지. 술을 좋아하신다니 양껏 들고 오너라. 아, 그래, 가장 큰 술잔으로 가져오너라."

이윽고 큰 잔이 나왔다.

그 잔을 보는 순간 세이노스케는 가슴이 덜컹했다. 가볍게 부어도 한 되는 족히 넘어 보이는, 빨간 옻칠을 한 나무잔이었다.

'이크, 큰일났다.'

사실 세이노스케는 설이나 축제일에 조금 맛만 봤을 뿐, 취하도록 마셔본 적이 없었다.

"왜 그러시는가, 사자님. 너무 잔이 커서 겁을 먹으셨나?"

놀리는 듯한 어투였다. 다시 웃음이 터져나왔다.

"아니옵니다. 단지……."

"단지, 어떻다고?"

세이노스케는 기지를 발휘해서 말했다.

"오늘은 중대한 임무를 부여받은 몸이라 마음껏 마시지 못하는 것을 실로 애석하게 생각하옵니다."

머리를 숙여 세이노스케는 정중하게 말했다.

하루노부도 쉽게 물러설 성격이 아니었다.

"아, 그렇구먼. 그럼 반 정도면 괜찮을 걸세. 술을 따라 드려라."

아직 성인식도 올리지 않은 시종이 술 주전자를 들고 앞으로 나왔다. 세이노스케와 시종들은 나이 차이가 거의 없어 보였다. 그러나 성인식을 치른 세이노스케는 명목상으로 어른이었다. 그게 마음에 안 들었는지, 시종들은 앞다투어 세이노스케의 잔에 술을 따랐다.

"아, 이제 됐어."

세이노스케는 서둘러 그들의 손길을 가로막았다.

그래도 다섯 홉은 족히 되어 보였다.

하루노부와 다케다의 가신들은 세이노스케가 어떻게 하는지 흥미로운 눈길로 지켜보고 있었다.

'다 마실 수밖에 없겠어. 만일 마시지 못하면 다케다 사람들은 스와 사람들을 바보 취급할 거야.'

세이노스케는 호흡을 가다듬고 큰 잔을 들더니 눈을 질끈 감고 단숨에 들이켰다.
"호오, 과연 대단한 젊은이야."
"그럼 이만 물러가도록 하겠사옵니다."
울렁거리는 가슴을 억누르며 세이노스케가 작별을 고했다.
"사자님, 잠깐 기다리시게."

                                2

세이노스케는 몸을 일으키려다 말고 잠시 앉았다.
복도에는 이쪽을 바라보고 젊은 무사 하나가 서 있었다. 분노에 타오르는 그 얼굴이 어딘지 모르게 하루노부와 닮았다.
그 모습을 보고 하루노부의 표정이 돌변했다.
"물러나거라, 노부시게. 스와님의 사자 앞에서 실례가 아니냐."
하루노부가 고함을 쳤다.
'저 사람이 노부시게?'
세이노스케는 소문만 들어 알고 있었다.
다케다 사마노스케 노부시게(武田左馬助信繁) 또는 덴큐 노부시게는 하루노부의 네 살 어린 동생이었다.
현재 추방 중인 노부토라는 장남 하루노부보다 차남 노부시게를 사랑하여, 가업을 차남에게 물려주려 했다. 아니, 하루노부가 아버지를 추방하지 않았더라면 그렇게 되었을 터였다. 그 때문에 노부시게는 형 하루노부를 미워해 형제 사이가 나쁘다는 소문이 나돌고 있었다.
노부시게는 형의 고함소리에도 아랑곳하지 않고 거침없이 접견실로 들어와 중신 이타가키 노부카타 앞에 섰다.

"노부카타, 비켜. 거기는 내 자리야."

하루노부가 다시 고함을 쳤다.

"어리석은 놈, 썩 물러나지 못할까! 스와님의 사자 앞에서 이 무슨 행패냐."

노부시게는 상좌의 형을 노려보며 말했다.

"사자님 앞이라고 하셨지요? 이웃나라의 사자를 접견하는 자리에 내가 함께 하지 않는 것이야말로 실례가 아닙니까?"

"닥치지 못할까, 노부시게! 넌 비록 내 동생이긴 하지만 아무 직책도 없지 않느냐. 이 자리에 나설 자격이 없어."

하루노부는 동생을 노려보면서 목소리를 낮춰 타이르듯이 말했다.

"물러나라. 물러나지 않으면, 아무리 동생이라 하지만 목을 베겠다."

노부시게는 볼에 경련을 일으키면서 아무 말 없이 자리를 떠났다.

"험한 꼴을 보여 정말 미안하이."

노부시게가 나가자 하루노부는 가볍게 고개를 숙이며 사과했다.

"형제란 한번 마음이 뒤틀어지면 회복하기가 힘들어. 아, 내가 무슨 신세타령을. 핫핫핫!"

세이노스케는 저도 모르게 덩달아 웃으려다가 표정을 고쳤다.

"그런데 사자님은 스와 가에서 어떤 일을 하고 있는가?"

하루노부가 화제를 바꾸었다.

"공주님을 모시고 있사옵니다."

세이노스케는 자랑스럽게 대답했다.

"호오, 이번에 태어난 아기의 누님이시구먼. 이름은 뭐라고 하느냐?"

"미사라고 하옵니다."

취기가 도는지 세이노스케의 말이 훨씬 매끄러워져 있었다.

"호오, 올해 몇 살이나 되는가?"

하루노부의 얼굴에는 여전히 은은한 미소가 떠올라 있었다.

"열네 살인 줄 아옵니다."

"아, 아름다운 공주님이시겠구먼."

"그러하옵니다. 스와 최고, 아니 천하절색이라고들 하옵니다."

기분이 좋아진 세이노스케는 시키지도 않은 자랑을 늘어놓았다. 그 말을 듣고, 하루노부의 눈이 빛나는 것을 세이노스케는 미처 보지 못했다.

"그럼, 요리시게님은 공주를 무척 아끼시겠구나."

"그러하옵니다. 우리 주군께서는 공주님 말씀이라면 뭐든 들어주시나이다."

하루노부가 알고 싶은 것은, 만일 요리시게로부터 인질을 잡아들인다면 누가 더 가치 있느냐는 점이었다. 세이노스케는 하루노부에게 그런 의도가 있을 줄 꿈에도 생각지 않았다.

하루노부는 세이노스케의 대답이 아주 만족스러웠다. 그만큼 사랑하는 공주라면 인질로서 충분히 가치가 있었다. 그러나 그 이상으로 하루노부의 마음을 움직인 것은 공주가 천하절색이라는 말이었다.

'한번 만나보고 싶군.'

하루노부는 아직 한 번도 보지 못한 미사 공주의 애달플 정도로 아름다운 모습을 상상해보았다.

하루노부의 표정에 세이노스케는 본능적으로 위험을 감지했다. 여전히 웃음 띤 얼굴이었지만, 여태 볼 수 없었던 음험한 기운이 서려 있다는 것을 순진무구한 어린아이의 직감으로 느낀 것이었다.

"이, 이제 소인은 물러갈까 하옵니다."

오래 질질 끌면 안 된다는 생각으로 세이노스케는 머리 숙여 인사를 올렸다.
 술기운 때문에 주위가 빙글빙글 돌아가는 것 같았다.
 "아직 시간이 많지 않으냐. 좀더 이야기나 나누도록 하자꾸나."
 하루노부가 잡았지만, 세이노스케의 태도는 단호했다.
 "아니옵니다. 주군께서 기다리고 계시나이다."
 기세 좋게 자리에서 일어서려던 세이노스케는 현기증이 일어 그만 바닥에 엉덩방아를 찧고 말았다.
 다시 자리는 웃음바다로 변했다.
 세이노스케는 얼굴을 붉히고, 세게 부딪쳐 욱신거리는 무릎을 감싸고 절뚝거리며 접견장을 물러났다. 그 모습이 너무도 우스꽝스러워 다시 웃음이 터져나왔다.
 "간스케를 불러오너라."
 하루노부는 곧바로 자신의 방으로 돌아가 간스케를 기다렸다.
 이윽고 복도에서 인기척이 났다.
 "간스케냐."
 문이 드르륵 열렸다.
 뜻밖에도 눈에 핏발을 세운 노부시게였다.
 "여기는 오지 말라고 하지 않았느냐."
 하루노부가 화를 냈다.
 "형님, 도대체 참을 수 없습니다."
 노부시게가 성화를 부려도 하루노부는 딱히 당황해하는 기색도 없었다.
 "그러지 말고, 거기 앉거라."
 노부시게는 화난 표정으로 자리에 털썩 주저앉았다.
 하루노부는 호위무사 가스가 겐고로에게 명하여 문을 닫게 한 다음 입을 열었다.

"뭐가 그리 참을 수 없단 말이냐."

"어린애 장난 같은 이런 연극 말입니다."

노부시게가 내뱉듯이 말했다.

"어린애 장난 같은 연극이라니?"

"그렇지 않습니까. 스와의 사자라고 해서 어떤 놈인가 했더니, 머리에 피도 안 마른 꼬마가 아닙니까? 그런 꼬맹이 앞에서 연극을 해서 무슨 소용이 있다는 겁니까?"

노부시게는 형에게 따지고들었다.

"죄송하지만, 그건 잘못된 생각이나이다."

바로 그때 문 저편에서 쉰 목소리가 들려왔다.

"간스케, 들어오너라."

하루노부가 불러들였다.

"감사하오니다."

간스케는 문을 열고 머리를 숙인 뒤 안으로 들어섰다.

"간스케, 잘못된 생각이라니, 뭐가?"

노부시게는 간스케에게 화살을 돌렸다. 간스케는 하루노부를 힐끗 바라보았다. 하루노부는 가볍게 고개를 끄덕였다.

"아무리 꼬맹이지만 입이 달려 있지 않나이까."

간스케는 노부시게를 향해 말했다.

"누가 그걸 물었느냐."

"입이 달려 있기 때문에 스와에 돌아가면 오늘 본 사실들을 요리시게님에게 고할 테지요. 설령 아무 말하지 않더라도 요리시게님이 물어볼 것입니다."

"그래서 어쨌단 말이냐?"

"즉 주군 형제분 사이가 나쁜 것으로 짐작할 거라는 이야기지요."
"……."
"노부시게님은 그런 아이를 상대로 무슨 짓이냐고 하시지만, 그 아이도 3년만 지나면 제몫을 하는 사무라이가 됩니다. 그렇게 어린 나이에 사자로 뽑혔다는 것은 주군의 눈에 들었다는 뜻. 그 젊은이는 훗날 스와 가의 사무라이 대장이 될지도 모르옵니다. 그런 젊은이에게 다케다 가에 내분이 있다는 착각을 일으키게 하는 건 절대로 헛된 일이 아닐 것이옵니다."

간스케는 일사천리로 설명했다.

그래도 노부시게의 울화는 가라앉지 않았다.

"난 형님과 이런 연극 따위는 하고 싶지 않아. 이런 게 무슨 이득이 된다는 건지 도무지 모르겠어."

노부시게는 진심으로 그렇게 생각했다. 추방된 아버지 노부토라는 장남 하루노부보다는 차남 노부시게를 귀여워했다. 보물처럼 아끼던 칼도 물려주었고, 새해를 축하하는 자리에서도 노부시게에게 먼저 술잔을 따랐다. 마음에 들지 않는 하루노부에 대한 심술이기도 했다. 그러나 노부시게는 형 하루노부야말로 다케다 가를 일으킬 인물이라 믿었고, 아버지를 배신하면서까지 형을 도왔다. 그런데도 왜 이런 연극이 필요하단 말인가.

"간스케, 좀더 설명해주도록 해라."

하루노부는 지겹다는 말투로 그렇게 명했다.

"예."

간스케는 가볍게 고개를 숙이고 다시 노부시게를 향해 입을 열었다.

"주군 형제분의 불화는 다케다 가에게는 큰 이득이 되는 일이지요. 우선 다케다 가를 치려는 타국의 영주라면 반드시 노부시게님에게 손을 내밀 것이옵니다. 즉 불온한 움직임을 사전에 알아챌 수 있다는 것이옵니다."

"그것뿐이냐?"

노부시게가 불퉁거리며 묻자 간스케는 크게 고개를 가로저었다.

"더 중요한 게 있지요. 다케다 가문 내부에 대해서도 같은 말을 할 수 있나이다. 만일 주군께 해를 가하려는 의도를 가진 사람이라면 반드시 동생님께 의논해올 것이옵니다."

"쓸데없는 소리! 우리 가문에 그런 배신자가 있을 리 없지. 그런 비열한 머리는 안 굴려도 돼."

"그런 불순한 자가 있고 없고의 문제가 아닙니다. 어디까지나 만일의 사태에 대비하자는 것이지요."

"교활한 놈! 그런 잔머리를 굴려서 뭘 하겠다고"

"그만둬, 노부시게."

드디어 하루노부가 분통을 터뜨렸다.

"형님!"

노부시게는 호소하는 듯한 눈길로 하루노부를 올려보았다. 하루노부도 노부시게의 마음을 잘 알고 있었지만, 일부러 비정하게 뿌리쳤다.

"더 이상 쓸데없는 말은 삼가고, 그만 물러가도록 해라."

가장인 하루노부의 명령은 절대적이었다. 노부시게는 말없이 간스케를 노려보고는 자리에서 일어섰다.

"저렇게 머리가 굳어서야, 쯧쯧."

동생이 화를 내고 나가버리자 하루노부는 간스케 앞에서 불평을 늘어놓았다. 간스케는 고개를 가로저었다.

"아니옵니다. 노부시게님은 저 정도로 고지식한 게 좋사옵니다."

"그럴까?"

"동생이 형을 넘어서면 아니 되옵니다. 인간적인 기량, 야심, 모두가 뛰어나면 형을 넘어서려 할 것이 아니겠사옵니까?"

"이놈, 말이 너무 직설적이지 않느냐."

하루노부가 웃었다. 간스케는 여전히 엄숙한 표정으로 말을 이었다.

"주군, 스와님께서 아드님을 얻으셨다는 기쁜 소식을 들었나이다."

"들었구나. 그럼, 내가 왜 자네를 불렀는지도 알겠구먼."

"스와를 언제 칠 것인지, 그 시기 문제가 아니오니까?"

하루노부는 크게 고개를 끄덕이고 단도직입적으로 물었다.

"언제가 좋겠느냐?"

"앞으로 석 달만 기다려주사이다."

"뭐라고, 석 달이나? 간스케, 왜 기다려야 하지?"

하루노부는 불만스런 표정으로 물었다.

간스케는 떼쓰는 어린애를 달래는 듯한 말투로 말했다.

"몇 가지 이유가 있나이다."

"말해보아라."

"우선 어린애가 잘 자라는지 지켜볼 필요가 있나이다. 적어도 한 달은 두고 봐야 할 것이옵니다."

간스케는 그렇게 대답하면서 애꾸눈을 번뜩였다.

"그리고 모내기가 있나이다."

"모내기가 어쨌단 말이냐?"

하루노부는 생각지도 않은 말에 의아심을 느꼈다.

"모내기 전에 병사를 일으켜서 만에 하나 싸움이 길어지면 올해 농사를 망치고 말 것이옵니다."

전국 어디서나 아시가루(足輕 : 말을 타지 않는 보병. 창을 들고 현대의 보병처럼 일선에서 싸우는 병사)는 백성들 가운데서 뽑는다. 뽑는다기보다는 휴한기 중에 백성들이 아시가루 역을 담당한다고 하는 것이 더 정확할 것이다. 전문 군사는 어디를 가나 신분이 높은 사무라이뿐이었다. 따라서 농번기에 병사를 동원하면 가만있어도 별것 없는 가이의 벼 생산량은 급격히 감소할 터였다.

이상적으로는 병사와 농민을 완전히 분리하여 전문직으로 삼는 게 좋지만, 병농 분리는 아직 전국 어느 나라에서도 실시하지 못하고 있는 실정이었다.

이유는 간단했다. 비용이 너무 들기 때문이었다. 전문 병사란 생산에 종사하지 않는 사람을 의미한다. 생산에 종사하지 않는 사람을 대량으로 부양할 수 있을 만큼 여유를 가진 나라는 어디에도 없었다. 그런 의미에서 간스케의 진언은 당연했다.

"빨리 끝내버리면 될 게 아니냐."

그래도 하루노부는 미련을 떨치지 못했다. 지금 즉시 병사를 일으켜 모내기를 하기 전에 끝내버리자는 뜻이었다.

"주군, 서둘러서는 아니 되옵니다. 어차피 스와의 쌀도 주군의 손에 들어올 것이니, 모내기를 하기 전에 공격해서 논을 버리는 것보다는 모내기를 하도록 두었다가 통째로 손에 넣는 것이 좋을 줄 아옵니다."

"과연 그렇군."

하루노부는 감탄했다. 역시 간스케는 보통 인물이 아니다.

"그리고 또 하나, 요리쓰구가 움직여주질 않사옵니다. 어떻게든 앞으로 석 달 안에 움직이게 만들어야 하옵니다."

간스케가 말했다. 우선 스와 가에 내분을 일으켜야 했다. 그러기 위해서는 친족인 다카토 요리쓰구의 반란이 필수적이었다. 그러나 요리쓰구는 하루노부의 유혹에도 동하지 않았다.

"어떻게 움직이게 만들 거냐?"

"제가 가서 설득하겠나이다."

"알았네. 그건 자네에게 맡기겠어."

"예. 반드시 성공해 보이겠사옵니다."

"앞으로 석 달이라……. 유월 장마철이로군."

하루노부는 그날이 기다려지는 듯이 아득한 눈길로 허공을 바라보았다.

무욕대욕無慾大慾

1

"이 마을의 봄 경치는 정말 아름답구먼."

간스케는 처음 보는 스와의 봄 경치에 감탄사를 연발했다. 드넓게 펼쳐진 새파란 스와 호수, 그 뒤로 산들이 병풍처럼 둘러쳐져 있었다. 여기저기 띠처럼 안개를 두르고 있는 산 정상에는 아직도 눈이 남아 있었다.

"산촌의 봄은 정말 사람 마음을 아늑하게 하는구먼. 그렇지 않느냐, 겐고로?"

간스케는 동행한 젊은 무사에게 물었다.

"간스케님은 산촌 출신이 아니신가요?"

젊은 무사는 별 흥미 없다는 듯이 되물었다. 하루노부의 측근 경호원 가스가 겐고로 평소 하루노부를 가장 측근에서 모시는 겐고로지만, 이번 여행에 일부러 데리고 온 데는 나름대로 이유가 있었다. 하루노부의 명이 있었던 것이다.

"겐고로에게 전략을 가르쳐주어라."

하루노부는 그렇게 말했다. 간스케는 그 뜻을 기꺼이 받아들였다.

하루노부는 영특한 젊은 인재를 골라 측근에 두고 전략회의나 밀담 자리에도 끼게 하여 실질적인 교육을 시켰다. 우수한 인재라면 출신 성분을 가리지 않았다. 실제로 겐고로는 백성의 자식이었다.

그러나 실질적인 교육이라고는 해도 주군인 하루노부의 곁에만 있다면 경험이 부족할 수밖에 없었다. 그래서 하루노부는 다카토로 파견하는 밀사 간스케에게 겐고로를 동행케 한 것이었다. 아무튼 다케다 가문을 떠받칠 장수가 될지도 모를 젊은이였다. 타국을 견문하는 것도 나쁘지 않았다. 게다가 간스케와 같이 떠나는 여행이니 많은 것을 얻게 될 터였다.

하루노부는 그런 기대를 품고 있었지만, 정작 겐고로는 그리 즐겁지 않았다. 간스케라는 인간이 싫었기 때문이다. 애꾸눈에다 걷는 것조차 불편하고 오십이나 된 난쟁이 같은 남자를 주군은 무엇 때문에 이리도 높이 평가하는지, 겐고로는 이해할 수 없었다. 이런 허풍쟁이에게 미혹당하다니 말도 안 된다는 생각이 떠나질 않았다. 천하를 얻는다는 둥, 피 한 방울 흘리지 않고 스와를 손에 넣는다는 둥 호언장담하고 있지만 아직까지 공을 세운 것은 하나도 없었다. 천하를 취한다는 말 정도쯤이야 누군들 못하겠는가.

'군사에 어울리는 솜씨를 보여달란 말이야.'

도발적인 눈길로 겐고로는 간스케를 쳐다보았다. 은근히 실패하기를 바라고 있다 해도 과언이 아니었다.

간스케는 스와 호수를 바라보면서 물었다.

"바다를 본 적이 있느냐?"

"바다라고요?"

"그래. 이 호수처럼 작은 웅덩이를 말하는 게 아냐. 건너편 땅이 보이지 않는, 끝없는 대해원大海原 말일세."

'웃기고 있네, 이 허풍쟁이.'

겐고로는 대답하지 않고 불만스런 표정으로 미간을 찌푸렸다.

간스케는 겐고로의 마음을 손바닥 보듯 파악하고 있었다.

"허풍이 아니야, 겐고로. 바다라는 놈은 말이야, 끝도 없어. 하늘과 맞닿아 있고, 크기도 하늘만해."

간스케는 미가와 국 우시쿠보 출신이라 어린 시절부터 바다를 보며 자랐다.

그러나 산의 나라에서 자란 사람에게 바다란 도저히 이해할 수 없는 말이었다. 바다를 한 번도 보지 못한 사람이 더 많았다. 원래 가이라는 나라 이름도 협곡이라는 말에서 유래한 것이었다. 산과 산 사이에 끼인 좁은 땅이라는 뜻이었다. 가이 땅에서 한 발짝도 나가보지 못한 겐고로가 바다의 크기를 믿지 않는 것도 무리는 아니었다.

'언젠가 젊은 놈들에게 바다를 보여줘야겠어.'

간스케는 반드시 그렇게 하리라고 다짐했다.

언제가 될지는 알 수 없었다. 그러나 다케다가 천하를 취하려면 반드시 바다에 접한 나라를 손에 넣지 않으면 안 된다. 천황이 있는 미야코로 나아가기 위해서라도, 바다를 가진 나라와 싸우기 위해서라도 그것은 필수적이었다. 그때까지 자신이 살아 있을지는 알 수 없었다. 이미 오십 고개를 넘지 않았는가. 지금부터 죽을 때까지 계속될 전쟁에서 이긴다 하더라도 수명이 다해버릴지도 모를 노릇이었다. 그때를 대비해 이 겐고로를 키워야 한다고 굳게 마음먹었다. 다케다의 깃발을 미야코에 세우는 것은 이 젊은이들의 몫이 될 테니까.

"배가 고프군. 겐고로, 이 부근에서 적당히 요기나 하도록 하지."

간스케는 조금 떨어진 산기슭에 옹기종기 모여 있는 산골 마을을 가리켰다. 백성들의 집이었다.

"난 배고프지 않아요."

겐고로가 무뚝뚝하게 대답했다.

아직 해는 중천에 걸려 있었다. 정오쯤 되었을까. 가이에서는 이 시각에 식사를 하지 않는 것이 보통이었다. 전투를 벌이거나 벼베기 할 때를 빼면, 이 시대에는 점심이란 것이 없었다.

"겐고로, 배가 비어 있으면 싸울 수 없어."

"그러니까 배가 고프지 않다고 하지 않습니까."

"그런가? 배가 고프지 않아도 나를 따라오너라. 배를 채우는 것만이 식사가 아니다."

그렇게 말하고 간스케는 마을 쪽으로 나아가기 시작했다.

'또 무슨 짓을 하려고……'

겐고로는 내심 혀를 차면서도 어쩔 수 없이 뒤를 따랐다. 간스케는 그리 풍족해 보이지 않는 집 앞에서 문을 두드리고, 얼굴을 내미는 농부에게 웃음을 보이며 말했다.

"여행 중인 몸이네만, 요기 좀 할 수 있겠는가?"

"엣?"

농부는 간스케를 아래서 위로 차근차근 훑어보며 눈을 데굴데굴 굴렸다.

간스케는 농부가 무슨 걱정을 하는지 잘 알고 있었다. 재빨리 가슴에서 둘둘 만 수건을 꺼내 펼친 다음 동전을 보여주었다.

"어떠신가? 돈은 있네. 쌀도 조금 있고, 원하는 쪽을 주겠어."

"예."

농부는 긴장을 풀면서 손을 비비기 시작했다. 간스케와 겐고로는 화톳불 앞으로 안내받았다.

"무사님, 잡탕이나 빙어죽이 있는데 괜찮으신지요?"

"아, 그거면 됐네."

간스케는 웃으며 고개를 끄덕였다. 농부는 남루한 차림의 아내에게 명해 식사 준비를 시켰다.

"간스케님, 저는……."

속삭이듯 말하는 겐고로를 간스케는 손을 저어 막았다.

"그냥 먹어. 이것도 수행이니까."

겐고로는 불퉁한 표정으로 젓가락을 들었다.

"아아, 이것 참 맛있군. 천하의 진미야. 이런 산골에도 좋은 음식이 있구먼그래."

간스케는 한 입 넣고는 짐짓 큰 소리로 칭찬했다. 그러고는 기세 좋게 한 그릇을 뚝딱 먹어치웠다. 칭찬 들어 기분 나쁜 사람은 없다. 농부의 얼굴에서 경계의 빛이 사라졌다.

"무사님은 어디서 오셨소?"

"나 말인가? 난 원래 미가와 출신인데, 볼일이 있어 관동에 갔다가 귀향하는 중일세."

"그렇다면 왜 이리 돌아오시오?"

관동에서 미가와로 가는데 일부러 산 깊은 시나노를 지날 필요는 없다. 바닷가의 평탄한 길을 따라가는 것이 더 편했다. 누구나 알고 있는 상식이지만 간스케는 엄숙한 표정으로 말했다.

"난 미가와 사람이나, 조상 대대로 스와 명신을 모셔왔다네. 기회가 있으면 꼭 스와 대사에 가서 참배하고 싶었지. 그래서 이 길로 오게 된 걸세."

"아, 정말 잘 오셨소"

농부는 기쁜 표정으로 되받았다.

이 부근의 백성들은 모두 스와 명신의 신자들이었다. 같은 신을 믿는다고 하면 호감을 갖게 되어 있었다. 그것이 간스케의 노림수였다. 겐고로도 그 정도는 알고 있었다.

'그렇지만 백성을 상대로 이런 연극을 해서 뭘 하겠다고'

겐고로는 여전히 차가운 눈길로 간스케를 바라보았다.

간스케는 웃음 띤 얼굴로 말했다.

"이곳 영주님께서 명신의 제사장이라 들었는데……."

"스와 가의 주군 말씀이시군요"

농부는 황공한 표정으로 말했다.

"어떤 분이신가?"

간스케의 말투는 너무도 자연스러웠다.

"그야 자비심 깊은 분이시죠"

"그런가? 자비심 깊은 분이시라……."

간스케는 평소와 달리 표정이 너무도 부드러웠다.

"그것 참 다행이군. 영주는 자비심이 깊어야 해. 영주가 무자비한 나라는 백성이 살기 어렵거든."

간스케는 일단 그렇게 칭찬하고 덧붙였다.

"그런데 주인장, 그것뿐이라면 걱정이구먼."

"그건 또 무슨 말이오?"

"사람이 좋으면 반드시 주위에서 잡아먹으러 들 걸세. 스와 주변에 그런 세력들이 없나?"

"그런 놈들이 나오면 내가 용서하지 못하오 영주님을 위해서라면 우리 마을 사람 모두가 뛰쳐나갈 게요."

"그것 참 믿음직스럽군. 영주님도 전쟁에 참가하시는가?"

간스케의 말에 농부는 말도 안 된다는 표정을 지었다.

"우리 스와를 바보 취급하지 마시오. 이래뺴도 가이 놈들을 몇 번이나 물리쳤는지 모르오."

"호오, 다케다 말이로군. 주인장은 대단한 무사인 것 같구먼."

"그렇소. 다케다는 이제 우리편이 되었지만, 누구든 스와 명신의 땅을 더럽히는 놈은 절대 용서 못하오. 스와 사람이라면 누구나 그런 각오를 하고 있소."

"하하하, 그렇구먼. 이제야 안심했네. 주인장 같은 무적의 용사가 있는 한 스와는 태평성대를 누리겠어."

간스케는 농부에게 인사를 하고 동전을 지불한 다음 내내 입을 꾹 다물고 있던 겐고로를 데리고 밖으로 나왔다.

"겐고로, 무엇이 사람을 움직인다고 생각하느냐?"

다카토로 이어지는 길로 들어서자 간스케는 사람이 바뀐 듯한 날카로운 눈길을 던지며 물었다.

"사람을?"

겐고로는 갑작스런 질문에 망연한 표정을 지었다. 간스케는 말없이 애꾸눈으로 겐고로를 응시했다.

"정의감인가요?"

"아냐."

겐고로는 '정의감'이라고 했다. 그러나 간스케는 딱 잘라 아니라고 했다.

"욕망이란 놈이야. 사람은 모두 욕망덩어리지. 모든 사람은 다 욕망이란 놈 때문에 움직이는 게야."

겐고로는 불편한 기분을 억누를 길이 없었다. 분명 그렇기는 하지만, 간스케의 단호한 말에 반감이 일었다.

"저 백성도 말입니까?"

겐고로는 일부러 백성을 지칭해 시비조로 물었다.

세상의 온갖 풍상을 다 겪은 간스케보다 스와 가에 이변에 생기면 달려가겠노라던 그 백성이 더 훌륭한 사람이라 생각했기 때문이다.

"그것도 욕망이야."

"어떻게 욕망이란 말입니까?"

"자신을 의리 있는 인간으로 보이고 싶은 욕망. 욕망 가운데서도 좀 나은 욕망이라 할 수 있지. 그러나 욕망이기는 마찬가지야."

'정말 넌더리나게 하는 작자로군.'

겐고로는 그렇게 생각했다.

"주군도 욕망으로 움직이고 있는 게야. 이 난세를 평정하고 싶다는 욕망이지. 대욕大欲이야. 그러나 세상을 위한, 사람을 위한 욕망. 욕망 가운데서도 최상의 욕망이라 할 수 있어."

간스케는 단호하게 말했다.

듣고 있던 겐고로는 눈앞에 있는 이자가 존경하는 주군을 경멸하는 듯한 느낌을 받았다. 반발심이 일어 반격을 가했다.

"그게 의리이고, 정의감이 아닌가요?"

간스케는 천천히 고개를 가로저었다.

"기억해둬라. 원래 정의란 것은 없는 게야. 그건 사람 마음속에 없는 것을 중국의 학자들이 제멋대로 만들어낸 말에 지나지 않아. 그러나 욕망은 다르지. 저 먼 옛날에 사람이 이 세상에 태어나면서 함께 생겨난 것이야. 사람을 움직이게 하기 위해서는 먼저 그 사람이 어떤 욕망을 가졌는가를 알아야 해. 욕망의 내용을 알게 되면 사람을 조종할 수 있거든."

겐고로는 아직도 납득이 되지 않았다. 간스케는 가슴에서 종이 봉투를 꺼냈다. 그 안에는 빙어 한 마리가 들어 있었다. 간스케는 그것을 풀밭 위에 던졌다. 겐고로는 조용히 지켜보았다.

때마침 커다란 고양이가 있었다. 눈앞에 던져진 물고기를 물까 말까 망설이는 눈치였다.

"저 고양이, 감각이 날카로워."

"……."

간스케의 오른손에는 어느새 돌멩이 하나가 들려 있었다.

"먹이는 먹고 싶고, 목숨은 아깝고, 어쩔 줄 몰라하고 있어."

그렇게 말하더니 간스케는 돌멩이를 버렸다. 그와 동시에 고양이는 생선을 물고 재빨리 그 자리를 떠나버렸다.

"보았느냐, 겐고로?"

"예."

겐고로는 아무런 감동도 없는 목소리로 대답했다.

"저건 고양이가 아니다."

간스케는 묘한 말을 했다.

"고양이가 아니면 뭐란 말입니까?"

어이없다는 표정으로 겐고로가 물었다.

"모르겠느냐?"

간스케가 되물었다.

"모르겠는데요."

겐고로는 아무 생각 없이 대답했다.

"저건 바로 다카토 요리쓰구다."

갑자기 간스케는 앞으로 만나게 될 상대방의 이름을 댔다.

"왜 요리쓰구란 겁니까?"

"먹이를 물고 갔으니까."

"그러나 요리쓰구가 먹이를 물지 않을지도 모르지 않습니까?"

"그렇다, 겐고로. 요리쓰구는 아직 미끼를 물지 않았다. 그렇다면 앞으로 그 고양이처럼 미끼를 물게 하려면 어떻게 해야 되겠느냐?"

간스케는 엄숙한 표정으로 물었다.

겐고로는 간스케의 말을 이해하지 못하는 건 아니었다.

다케다가 스와를 치기 위해서는 우선 그 전제로, 스와 일족에 내분이 일어나야 했다. 스와 본가에 불만을 품고 제사장 자리를 노리고 있는 다카토 요리쓰구에게 반란을 일으키게 하는 것이 절대적인 조건이었다. 그러나 요리쓰구는 이쪽의 유혹에 넘어가지 않고 있었다.

간스케의 말로는, 요리쓰구는 한 마리 고양이와 같다고 했다. 그것도 미끼를 물려는 고양이인데, 무슨 영문인지 물려고 하다가는 그만두고 만 고양이……. 간스케가 묻고 싶은 것은 바로 그 이유일 터였다. 거기까지는 알겠지만, 겐고로는 간스케의 거만한 말투가 마음에 들지 않았다.

"왜 가만 있느냐, 겐고로. 네 생각을 말해보거라."

간스케가 재촉했다.

"두려운 겁니다."

겐고로는 재미없다는 듯이 말했다.

"뭐가 두려운가?"

간스케는 모호한 대답을 용납치 않았다.

"일이 잘못될까 두려운 거죠."

"잘못되는 것도 여러 가지가 있는 법이야. 어떤 잘못?"

"그건……."

겐고로는 우물쭈물하다가 지금껏 생각지도 못했던 것이 떠올랐다.

요리쓰구가 실패를 두려워한다고, 그렇게 막연하게만 생각하고 있었던 것이다.
"왜 멍하니 있느냐?"
간스케는 빙긋 웃고 있었다.
겐고로는 갑자기 화가 치밀어 내뱉듯이 말했다.
"요리쓰구는 겁쟁이일 겁니다. 겁이 나서 싸우지 못하는 겁니다."
"뭐가 두려워?"
"그러니까 싸움이 시작되는 것 자체가."
"그 이유를 물었다."
"겁쟁이라서 그렇지요."
겐고로는 씩씩거리며 억지를 부렸다.
간스케는 연민이 가득한 눈길로 겐고로를 바라보며 말했다.
"겐고로, 내가 묻는 것은 요리쓰구가 왜 겁을 내고 있느냐는 거야. 그 이유를 묻고 있다."
겐고로는 화를 이기지 못했다. 겁쟁이는 선천적인 자질이 아닌가. 태어나면서 부모에게 물려받은 성격인데, 이유는 무슨 이유란 말인가. 입 밖에 내지는 못했지만, 간스케에 대한 반발심은 극에 달해 있었다. 불퉁해진 겐고로에게 간스케는 더욱 엄한 어조로 말했다.
"착각하면 안 돼. 요리쓰구가 미끼를 물지 않는 데는 이유가 있다. 물론 겁쟁이라고 할 수도 있지. 그러나 그건 이유가 있는 겁쟁이야."
겐고로는 이미 대답할 말이 없었다. 그냥 입을 다물고 간스케를 노려보고 있을 따름이었다. 간스케는 딱히 화난 기색도 없이 말했다.
"한 눈으로는 세상을 똑바로 볼 수 없어. 두 눈으로 봐야 하는 거야."
그 말에 겐고로는 어이가 없어 웃음이 터져나오는 것을 간신히 참으며 물었다.

"간스케님은 눈이 하나뿐이지 않습니까?"

기어코 무례한 말을 뱉어내고 말았다.

애꾸눈 간스케가 한쪽 눈으로는 세상을 잘 볼 수 없다고 하니 말이다. 겐고로가 웃음을 터뜨릴 뻔한 것도 무리가 아니었다.

간스케는 표정 하나 바꾸지 않고 말했다.

"그래, 나는 눈이 하나밖에 없는 애꾸눈이야. 그러나 나는 한쪽 눈을 잃고서 비로소 두 눈으로 세상을 볼 수 있게 되었지."

"……"

"그런데 너는 두 눈을 가지고 있으면서도 두 눈으로 세상을 보지 않고 있어."

"아닙니다, 보고 있습니다."

겐고로가 반발하자 간스케는 커다랗게 고개를 가로저었다.

"아냐, 보지 않고 있어. 넌 하나의 눈, 다케다의 눈으로 보고 있을 뿐이야. 또 하나, 요리쓰구의 눈으로 보아야 해."

"요리쓰구의 눈?"

겐고로가 되물었다.

"그렇다. 다카토의 눈으로 보면, 왜 그가 결단을 못 내리는지 알 수 있을 게다."

간스케는 그렇게 단언했다.

겐고로는 비로소 간스케가 던진 수수께끼 같은 질문을 심각하게 생각하기 시작했다.

'요리쓰구의 눈으로 본다는 것은 요리쓰구의 마음으로 이번 계략을 생각해보라는 뜻인데…….'

겐고로는 비로소 생각을 고쳤다. 요리쓰구가 다케다 가의 지원을 받아 병사를 일으키고 본가인 스와 요리시게를 친다. 즉 다케다와 다카토가 대對 스와 동맹을 결성한다는 것이다. 요리쓰구에게는 오랜 세월 그렇게 바라고 바라던 스와 본가의 동량이 될 수 있는 기회다.

'그렇게만 된다면 불만이 없을 것이다. 그런데 요리쓰구는 왜 망설이는 것일까.'

고개를 갸웃거리는 겐고로에게 간스케는 이렇게 덧붙였다.

"모르겠느냐, 겐고로? 우리 주군 하루노부님은 요리시게와 사돈이란 것을."

앗, 하고 겐고로는 속으로 비명을 질렀다.

눈을 가리던 장막이 걷히는 것 같은 느낌이었다.

'요리쓰구는 우리 주군을 의심하고 있다.'

생각해보면 당연한 이야기가 아닌가. 하루노부와 요리시게는 처남매제지간이었다. 그런 반면 요리시게와 요리쓰구는 사이가 나빴다. 그런 요리쓰구에게 하루노부가 요리시게를 치자고 제안한다는 것은 그 자체로 신용받을 수 없는 일이 아닌가. 오히려 요리쓰구는 하루노부와 요리시게가 짜고 자신을 함정에 빠뜨리려 한다고 생각할지도 모른다. 아니, 분명히 그렇게 생각하고 있을 것이다.

그래서 다케다의 제안에 선뜻 손을 내밀지 못하고 있는 것이다.

'흠, 다카토의 눈으로 본다는 게 바로 이런 것인가.'

요리쓰구에게 던진 먹이에만 신경쓰다 보니 상대방의 마음을 읽지 못하고 만 것이었다.

"미끼는 정말 먹음직스러워. 그러나 요리쓰구의 눈에는 돌멩이도 보여. 없는 돌멩이가 보이는 게지. 어떡하면 좋겠느냐, 겐고로?"

"돌멩이 같은 건 없다고 이야기하면……"

겐고로는 입을 열면서 이건 말도 안 되는 소리라고 느꼈다.

아니나다를까, 간스케는 그 말을 대수롭지 않게 여기고 묵살했다.

"네가 요리쓰구라면 그걸 받아들이겠느냐?"

"아니오."

겐고로는 눈을 내리깔았다. 할말이 없었다. 그래서 될 일이라면 이미 합의에 이르렀을 것이다. 서로 말이 통하지 않았기 때문에 이렇게 사자의 신분으로 다카토로 가고 있지 않은가.

"요리쓰구는 증거가 필요한 거야. 물론 다케다가 스와를 친다는 증거겠지."

"그걸 어떻게 보여줄 수 있나이까?"

겐고로는 심각한 표정으로 물었다. 어느덧 간스케를 깔보는 마음이 사라져버렸다.

"생각해보자. 머리를 쓰는 것도 무사의 자질이니까."

간스케는 내뱉듯이 말하고, 걸음을 빨리했다. 겐고로는 황망히 그 뒤를 따랐다. 잠시 두 사람은 아무 말 없이 걸음을 옮겼다. 이윽고 겐고로가 입을 열었다.

"인질을 보내는 건 어떤가요?"

생각 끝에 내린 결론이었다.

"누구를?"

뒤도 돌아보지 않고 간스케가 되물었다.

"중신의 자제들 가운데 뽑아서."

"그걸로는 안 돼."

"왜 안 되죠?"

"스와와는 사돈지간이니까. 그보다 확실한 혈족을 보내야 하지 않겠느냐?"

"그렇다면?"

"음, 주군의 젊은 혈족 중 하나가 되겠지."

다케다 하루노부에게는 두 명의 남자애가 있었다. 정실이 낳은 다섯 살, 두 살 난 아이였다. 말은 그렇게 하고 있지만, 간스케는 그럴 생각이 추호도 없었다.

"겐고로, 생각해봐. 인질을 보내는 방법은 불가능해."

"과연 그렇습니다."

겐고로는 안도의 한숨을 몰아쉬었다. 그런 어린아이를 인질로 보내다니, 말도 안 되었다. 그러나 간스케가 인질 정책을 내세우지 않는 것은 그런 감상적인 이유 때문이 아니었다.

'고작 스와를 치는 데 주군의 자식을 인질로 삼을 수는 없어. 다카토 같은 허섭쓰레기에게 인질을 보내면, 앞으로 그게 관례가 될 것이야. 다케다의 대를 이를 후계자를 위험에 빠뜨릴 순 없지.'

"그럼 간스케님, 어떻게 설득하실 생각인지요?"

겐고로의 물음에 간스케는 자신있게 고개를 끄덕이며 말했다.

"가만 지켜보거라."

다음날 정오 무렵 간스케와 겐고로는 다카토 성으로 들어섰다.

2

다카토의 성주 다카토 요리쓰구는 졸리는 듯한 눈을 가진 평범하면서도 뚱뚱한 중년 남자였다.

간스케는 내심 혀를 찼다.

'골치 아픈 놈이로군. 단순히 욕심만 많은 놈이 아냐.'

성내의 접견실로 들어섰다.

상좌에는 요리쓰구가 앉고, 좌우에는 중신들이 늘어섰다. 그 벽 뒤에는 무사들이 숨어 있음을 간스케는 재빨리 간파했다. 수명의 무사가 요리쓰구의 신호만 받으면 일제히 뛰쳐나올 만반의 준비를 갖추고 있는 것이었다. 물론 간스케와 겐고로를 베기 위해서였다. 이 자리에서 개죽음을 당할지도 모르는 일이었다.

간스케는 등뒤에 선 겐고로의 표정을 엿보았다. 겐고로는 다케다를 대표해 처음으로 타국을 방문하는 긴장감 때문에 볼이 발갛게 달아올라 있었고, 한껏 허세를 부리고 있었다. 그러나 경우에 따라서는 자신의 인생이 여기서 끝장날 수도 있다는 것을 꿈에도 생각지 못했다.

'그래서 젊음이란 좋은 게야. 아무것도 모르는 백지로 살아갈 수 있으니까.'

간스케는 그런 상념에 젖어들었다.

그때 문득 스와의 사자로서 다케다 가를 찾아왔던 젊은이의 얼굴이 떠올랐다. 모치즈키 세이노스케라는 젊은이. 그때 간스케는 뒤에 숨어서 하루노부와 주고받는 말을 엿들었다. 그 젊은이도 자신이 어떤 역할을 수행하고 있는지 전혀 모른 채 하루노부의 손아귀에서 놀아나고 있었다. 그러나 간스케는 세속의 때가 묻지 않은, 그런 천진무구한 혼이 더없이 부러웠다.

지금의 겐고로도 마찬가지였다.

만일 주위에 요리쓰구나 다카토의 가신이 없다면 간스케는 따스한 미소를 지으며 겐고로에게 이렇게 말했을 것이다.

"잘 들어라, 겐고로. 요리쓰구는 욕심 많은 사내야. 그러나 그 욕심은 그냥 영지와 지위일 뿐이다. 오히려 이 남자는 자신이 멍청이가 아니라는 사실을 사람들에게 알리고 싶은 게야. 남을 속일지언정 절대로 남에게 속아넘어가지 않겠다는 욕심. 다케다가 던진 먹이를 안전하게 먹어치우기 위해서, 절대로 속지 않기 위해서 이 사내는 나를 벨지도 모른다."

아니, 그냥 칼에 맞아 죽는, 그런 온건한 사태라면 오히려 다행이었다. 갈가리 찢어 죽일 생각을 하고 있었다. 요리쓰구는 자기 자신을 두려워하고 있었다. 그만큼 다케다가 던진 먹이가 매력적이었다. 자신도 모르게 선뜻 손을 내밀지도 모를 먹이였다. 요리쓰구는 자신이 두려웠다. 그런 두려움 때문에 간스케를 베는 것이 가장 편했다. 사자를 베어버린다는 것은 다케다와 절교하겠다는, 가장 확실한 의사표시였다. 그러나 그런 위기가 지금 눈앞에 닥쳤다는 것을 겐고로에게 설명할 여유 따위는 없었다.

'이런 걸 두고 도마 위의 생선이라 했던가.'

그러나 간스케는 조금도 두려워하지 않았다.

가장 큰 고비는 이 성에 들어온 직후였다. 요리쓰구가 자신의 욕망을 잘라버리기 위해 앞뒤 안 가리고 사자를 베어버릴지도 모르는 일이었다. 그것이야말로 간스케가 가장 두려워하는 사태였다. 말이 필요없다고 베어버리면, 매끄럽고 자신만만한 혀도 놀릴 틈이 없기 때문이었다. 간스케도, 겐고로도 개죽음으로 인생을 끝내고 말 터였다. 성 안으로 들게 해 일단 만나준다는 것은 아직 희망이 있다는 뜻이었다. 단지 그 가능성은 미미했다. 그 증거로, 지금 다카토의 배후에는 살기등등한 무사들이 숨어 있지 않은가. 죽이기 전에 무슨 말을 할 것인지 한번 들어보자는 심산일 뿐이었다.

겐고로는 그런 절박한 상황도 모른 채 어깨를 세우고 앉아 있었다.

'참 편한 놈이로군.'

그러나 당사자인 겐고로는 조금도 편하지 않았다.

평소의 간스케라면 얼굴에 느긋한 미소를 머금고 있겠지만, 지금 이 자리에서만은 불가능했다.

쓸데없이 여유를 부리다가 상대를 자극하면 큰일이다. 웃음은 금물이다. 보통사람이라면 여기서 웃음을 보이며 미사여구를 늘어놓고, 지금 다케다 가와 제휴하면 얼마나 유리한지를 조목조목 늘어놓을 것이다. 그러나 그랬다가는 목이 달아난다. 요리쓰구는 지금 목을 칠 작정으로 있는 것이다.

간스케는 공격에 나섰다.

"절대로 착각하지 마시길 바라옵니다. 주군께서는 다카토님에게 스와 땅을 그냥 드리겠다고는 하지 않으셨나이다."

요리쓰구는 비로소 표정을 바꾸었다.

"뭐라고? 그럼 뭘 주겠다는 거냐?"

이야기가 다르지 않느냐고, 요리쓰구는 화를 냈다.

지금까지 다케다는 세 번 사자를 보내왔다. 한결같이 만면에 미소를 머금고 스와의 제사장 자리를 드리겠노라고, 스와 본가의 동량이 되어달라고, 스와 땅은 다카토와 다케다가 나눠 갖자고 조목조목 미사여구를 늘어놓은 다음 병사를 일으켜 스와 요리시게를 토벌해달라고 혀를 놀리지 않았던가. 그때마다 요리쓰구는 가신들을 향해 짐짓 여유를 부리며 말했다.

"내가 그리 호락호락 넘어갈 줄 알고? 요리시게와 다케다 하루노부는 처남매제지간. 스와 본가와 짜고 내가 움직이면 그 화살을 나에게 돌릴 게야. 속이 빤히 보이는 그런 수법에 내가 넘어갈 사람인가?"

그러나 네 번째로 찾아온 애꾸눈 사내는 스와 땅을 줄 생각이 없다고 했다. 그렇다면 다카토에게 무슨 이득을 주겠다는 말인가.

"제사장과 스와 가의 동량, 두 가지 모두 드리겠나이다."

간스케는 거침없이 말했다.

요리쓰구는 간스케를 노려보았다.

"스와 땅은 한 치도 내줄 수 없다는 뜻이렷다?"

"당연한 일이옵니다. 우에하라(上原) 성과 구와바라(桑原) 성을 공격하는 것도 우리 다케다의 군세일 것이옵니다. 다카토님은 그저 멀리서 구경만 하실 게 아니신지요?"

간스케가 거만을 떨자 요리쓰구를 둘러싼 가신들이 격노했다. 뒤에서 지켜보던 겐고로는 바짝 몸을 긴장시켰다.

'도대체 적의 소굴에서 어떻게 저런 말을?'

겐고로는 왜 간스케가 일부러 요리쓰구의 감정을 건드리는지 알 수 없었다. 분노에 떠는 가신들을 막으며 요리쓰구가 고함을 질렀다.

"다카토 군대는 아무짝에도 쓸모없다는 말이더냐? 네 이놈, 어디 말해보아라!"

"천부당만부당하신 말씀입니다."

간스케는 이 성에 들어서서 처음으로 미소를 지었다.

"그런 뜻이 아니옵니다. 성을 공략하는 일은 우리 다케다 가에 맡겨달라는 것이지요."

"똑같은 말이 아니냐."

"아니옵니다. 이것은 오로지 다카토님에게 피해를 주지 않기 위한 조치일 뿐이옵나이다."

"그게 무슨 말이냐. 혀가 아주 매끄러운 놈이로군. 다케다는 스와 땅을 혼자서 독식하기 위해 우리더러 꼼짝도 하지 말라는 게 아니냐."

사냥감이 먹이를 물었다는 것을 간스케는 직감했다. 먹이감을 줄이자 요리쓰구는 그 먹이의 냄새를 맡기 위해 더 안달을 부리는 것이리라. 인간이란 정말 묘한 동물이다.

"그렇지 않나이다."

간스케는 여전히 웃음을 머금은 채 말을 이었다.

"오로지 성주님을 성가시게 하지 않기 위해서일 따름이나이다."
"입 닥치지 못할까! 뻔뻔스런 놈."
요리쓰구가 고함을 쳤지만 간스케는 전혀 굴하지 않고 말을 이었다.
"만일 요리쓰구님께서 힘을 빌려주신다면 그보다 더 바람직한 일은 없을 테지요. 그러나 그건 무리가 아니냐는 것이 저의 주군 하루노부님의 생각이나이다."
"왜, 무슨 이유로 그런 말을 한다는 게냐?"
요리쓰구가 퉁명스럽게 물었다.
"스와 요리시게님과 하루노부님은 사돈의 연을 맺었기 때문이나이다. 하루노부님이 말하기를, 우리 쪽에서 무슨 제안을 하든 요리쓰구님은 함정이 아닐까 염려할 것이다, 그것은 너무도 당연한 일이므로 요리쓰구님에게 과다한 부담을 지워서는 안 된다, 단지 스와 토벌의 병사를 일으키는 일만은 반드시 도와주셔야 한다고 간곡히 부탁드리라 하셨나이다."
그 말을 듣자마자 요리쓰구는 무릎을 앞으로 내밀었다.
"잠깐, 잠깐. 하루노부님이 그런 생각이시라면, 나도 가만있을 수 없는 노릇이 아닌가."
'드디어 물고기가 바늘을 물었다.'
"가만 계시지 않는다 하심은?"
간스케는 일부러 멍한 표정을 지으며 되물었다.
"두말할 것도 없이 성 공략에 우리도 가담하겠다는 걸세."
요리쓰구는 스스로 치고 나왔다.
"가세하시겠다는 말씀이나이까?"
"내 말을 의심하느냐?"
"아니, 소인이 어떻게? 그렇지 않나이다."

간스케는 당황하는 듯한 표정으로 얼른 되받았다.

"그럼 좋아. 그냥 가세할 수야 없지. 거기엔 조건이 있어."

요리쓰구는 너무도 조심스러웠다.

"말씀하사이다."

"좋아. 우선 영지 문제다. 요리시게가 다스리는 토지의 반을 가지겠어. 이게 그 하나."

간스케는 묵묵히 요리쓰구의 요구를 들었다.

"성 공격의 선두에는 다케다 군대가 맡을 것. 이것이 조건의 둘."

"그것뿐이시온지요?"

"그렇다."

"성주님의 뜻을 받들겠나이다."

"확실히 대답하게."

요리쓰구가 재촉하자 간스케는 서슴없이 말했다.

"그리 하겠나이다. 그 조건을 받아들이겠나이다."

"괜찮으냐, 하루노부님의 허락을 받지 않아도?"

너무도 시원스럽게 산스케가 받아들이자 요리쓰구는 김이 빠지는 기분이 드는지, 다짐하듯 물었다.

"괜찮나이다. 소인, 주군으로부터 모든 것을 일임받았사오니, 곧 주군으로부터 정식으로 대답이 올 것이옵니다. 말씀하신 조건, 확실히 받아들였음을 알려드리나이다."

간스케는 가슴을 활짝 펴고 말했다.

"믿어도 되겠느냐?"

"섭섭하신 말씀, 이 간스케, 결코 무책임하게 입만 놀리는 허섭쓰레기가 아니옵니다."

"아, 내가 실례했네. 그럼 야마모토 간스케, 선진先陣의 건을 확실히 하루노부님께 전하도록 하게."

요리쓰구는 마지막으로 그 점을 강조했다. 간스케는 그 의미를 잘 알고 있었다. 하루노부가 매제인 요리시게를 치겠다는 말이 진심이라면 우선 다케다 군이 공격하는 모습을 보여야 한다는 것이다. 그것을 보고 나서 다케다 군의 꽁무니에 붙어 요리시게를 치겠다는 뜻이다. 간단히 말해, 다케다 군이 선진에 선다는 것은 함정이 아님을 보여주는 증거다.

"잘 알았나이다. 그 말씀, 정확히 전해올리겠나이다."

간스케와 겐고로는 성에서 나와 곧장 가이로 향했다. 한시라도 빨리 이 소식을 하루노부에게 전하기 위해서였다. 밤길을 재촉하면서 겐고로는 간스케의 지혜에 혀를 내둘렀다. 다케다가 스와를 친다는 확실한 보증, 그것을 상대가 가르쳐주었던 것이다. 상대의 욕망을 교묘하게 자극하여 마침내 상대가 스스로 자신의 속내를 밝히게 했다.

'과연 군사다. 대단한 사람이야.'

겐고로는 새삼 간스케를 다시 보았다.

도중에 말 두 필을 구해 스와 호수 근처까지 달려온 간스케와 겐고로는 젊은 무사 몇에게 제지당했다.

"말에서 내려."

선두에 선 무사가 명령했다.

겐고로는 일순 얼굴이 창백해졌다. 다카토의 밀사 건이 발각된 게 아닐까 해서였다.

그러나 간스케는 오랜 경륜 탓인지, 눈곱만큼도 걱정하지 않았다. 경계하는 표정도 없었다. 상대가 젊으면 젊을수록 그 속내가 그대로 얼굴에 드러나는 법이었다.

"무슨 일이신가?"

곧바로 말에서 내려 간스케는 상냥한 목소리로 물었다.

"그대들은 어디서 온 사람이냐?"

젊은 무사가 거만하게 물었다.

"미가와의 낭인 야마다 간조라고 하네. 이애는 조카 겐스케."

간스케는 거짓 이름을 댔다.

"미가와 사람이 무슨 일로 이곳까지 왔느냐?"

"우리는 조상 대대로 스와 명신님을 믿는 가족이라네. 이 겐스케의 아버지가 급환으로 쓰러져 쾌유를 비는 기도를 드리려고 본궁으로 가는 중일세."

만에 하나 예상치 못한 사태에 직면하면 그렇게 말하기로 미리 생각이라도 해둔 듯한 말투였다. 스와 명신의 신자라는 것, 급한 여행길이란 것을 상대에게 알려 경계심을 누그러뜨리는 언변이었다.

'정말 대단한 혀다.'

간스케 뒤에서 말없이 머리를 숙이고 있는 겐고로는 감탄했다. 그런 이유라면 말을 달린다 해서 진혀 이상힐 게 없었다.

"아, 그런 사연인가? 그렇지만 본궁에 들어가려면 잠시 기다려야 할 거야."

젊은 무사가 안됐다는 듯이 말했다.

"그건 또 무슨 이유로?"

간스케가 물었다.

"스와님이 방문하셨어. 갓 태어난 원자와 함께 오셨지."

"그것 참 축하할 일이로군. 그럼 눈에 띄지 않는 곳에 조용히 서 있도록 하겠네."

간스케는 그렇게 말하고 겐고로와 함께 스와 본궁으로 향했다. 본궁의 위치는 가이와 정반대 방향이었다.

"간스케님, 이쪽은……."

겐고로는 걱정스러웠다.

"괜찮아. 본궁으로 간다고 했으니, 일단 참배해야 의심받지 않아. 게다가 스와 일족의 얼굴이라도 볼 수 있을지 모르잖느냐?"

간스케는 노련하게 말고삐를 휘둘렀다.

"겐고로, 스와 요리시게의 얼굴을 본 적이 있느냐?"

"없습니다."

겐고로가 주군의 측근 경호원이 된 것은 최근 일이었다. 그래서 아직 그런 기회를 갖지 못했다.

"그럼 봐두거라. 공명功名을 세우기 위해서는 평상심平常心을 유지하는 것이 무엇보다 중요해."

간스케가 타이르듯이 말했다.

스와 요리시게와 부인 네네가 그토록 기다리고 기다리던 적자 도라오마루의 첫 본궁 참배 나들이였다. 요리시게는 이제 막 태어난 도라오마루를 위해 성대한 행렬을 지어, 네네와 미사 공주를 대동하고 본궁으로 향했다. 물론 세이노스케도 미사 공주의 뒤를 따랐다.

"세이노스케, 아버님이 저렇게 기뻐하시는 모습은 처음이야."

본궁이 시야에 들어오자 가마에서 내려 걸어가는 도중에, 미사는 바로 뒤따라오는 세이노스케를 향해 나지막하게 말했다.

"적자가 태어나셨으니까요."

세이노스케가 말하면서 고개를 끄덕였다.

"그럼 여자애는 안 된다는 말이니?"

얼른 되받은 미사 공주는 뒤를 돌아보며 눈을 흘겼다.

"아닙니다. 그런 뜻이 아니라……."

"그만두거라."

미사 공주는 웃으며 고개를 가로저었다.

"역시 스와 가는 남자애가 이어야지. 온 나라가 기뻐하는 것만 봐도 알 수 있지 않느냐."

큰길가에는 후계자의 탄생을 축하하는 사람들로 가득했다. 스와 씨는 단순한 영주가 아니었다. 스와 명신의 신관 가운데서도 우두머리였다. 따라서 그 뒤를 이을 적자가 태어났다는 것은 스와 가를 떠받드는 무사들뿐만 아니라 백성에게도 커다란 기쁨이었다.

"깍!"

앞을 걸어가던 네네가 갑자기 비명을 질렀다. 요리시게가 깜짝 놀라서 물었다.

"왜 그러시오, 부인."

"저, 저기, 귀신이."

"뭐라고?"

네네의 손가락이 가리키는 곳에는 애꾸눈의 괴상한 사내가 서 있었다. 그 사내는 군중 가운데서 이쪽을 바라보고 있다가 네네가 비명을 지르자 슬그머니 눈을 내리깔았다. 요리시게는 적자의 첫 본궁 참배 날에 괴상망측한 놈이 나타난 것을 보고 화를 버럭 냈다.

"누구 없느냐? 저놈을 잡아오너라."

사내는 도망치지 않았다. 간스케였다. 도망치면 오히려 더 의심받을 터였다. 또한 도망칠 수도 없었다. 간스케는 겐고로에게 서로 모르는 사이처럼 행동하라고 이른 다음 요리시게 앞으로 끌려갔다.

"너, 사람이냐?"

요리시게는 저도 모르게 물었다. 그만큼 사내의 인상은 사람으로 보이지 않을 만큼 추악했다.

"미가와의 낭인 야마다 간조라고 하옵니다. 소인의 무례, 넓으신 아량으로 용서해주시옵소서."

간스케는 그 자리에 넓죽 엎드렸다.

"아버님, 용서해주세요. 애꾸눈은 이 사람의 죄가 아닙니다."

어느새 미사 공주가 다가왔다. 간스케는 슬쩍 미사 공주의 얼굴을 엿보고는 너무도 아름다운 모습에 그만 얼이 빠지고 말았다.

'스와의 공주.'

놀라운 걸 보았다고, 간스케는 생각했다.

질풍처럼

1

장마가 그쳤다.

1542년 6월 24일, 다케다 하루노부는 오천의 군사를 이끌고 국경을 넘어 시나노로 침입했다. 그와 동시에 다가토 요리쓰구는 스와 하신사의 신관 가나자시(金刺) 가, 본궁 신관 야지마(矢島) 가들과 내통하여 타도 요리시게의 깃발을 높이 올렸다.

스와 가의 본성인 우에하라 성을 동서에서 협공하는 태세였다.

다케다 하루노부는 이타가키 노부카타, 아마리 도라야스(甘利虎泰), 오부 도라마사(飯富虎昌)와 같은 맹장들을 이끌고 있었다. 이 세 사람은 선대先代 노부토라 시대의 장수로, 이타가키 노부카타는 하루노부를 어린 시절부터 가르쳐왔고, 오부 도라마사는 하루노부의 적자인 다로(太郞)의 스승격이었다. 무가武家의 동량에 어울리는 후계자를 기르기 위해 후계자의 스승은 가문에서 가장 용맹한 장수를 선발하여 명하는 것이 관례였다. 또한 아마리 도라야스는 무수한 전쟁에서 공을 세워 인근 제국까지 그 이름을 날리고 있는 인물이었다.

다케다 군은 강행군을 거듭하여 이틀 만에 스와 우에하라 성에서 남서쪽으로 4리 떨어진 지점까지 진출하여 미사야마(御射山) 신사에 진을 쳤다.

하루노부는 기분이 좋았다. 아버지 대부터 그토록 바라고 바라던 스와 땅을 드디어 손에 넣을 수 있게 되다니……. 스와는 단순히 농사짓는 땅이 아니었다. 다케다가 시나노를 제패하고 천하통일의 밑거름이 될 요충지였다.

"여기가 미사야마인가? 스와의 공주 이름이 미사라고 했지? 얼마나 미인이더냐?"

하루노부는 측근 경호원 가스가 겐고로에게 물었다. 겐고로는 얼마 전 다카토에 사자로 파견되었을 때 간스케와 함께 미사 공주를 보았던 것이다.

"저는 잘 모르겠사옵니다."

질투심 가득한 눈길로 겐고로는 모르겠다고 대답했다.

하루노부는 남색男色 취미도 있었다. 겐고로는 여자보다 더 아름다운 용모 때문에 측근 경호원으로 뽑힌 것인데, 최근 하루노부는 앞으로 다케다 가를 지탱하는 무사가 되기를 기대하고 있었다. 겐고로는 그것도 그리 싫지는 않았지만, 하루노부가 아름다운 여자에게 관심을 기울이는 것 자체가 마음에 들지 않았다. 하루노부는 분명 미사 공주에게 깊은 관심을 가지고 있었다. 겐고로는 그 점을 놓치지 않았다.

"주군, 여자 따위에게 신경쓰실 때가 아닌 줄 아옵니다."

겐고로의 말에 하루노부는 고소를 금치 못했다.

"나도 알고 있어."

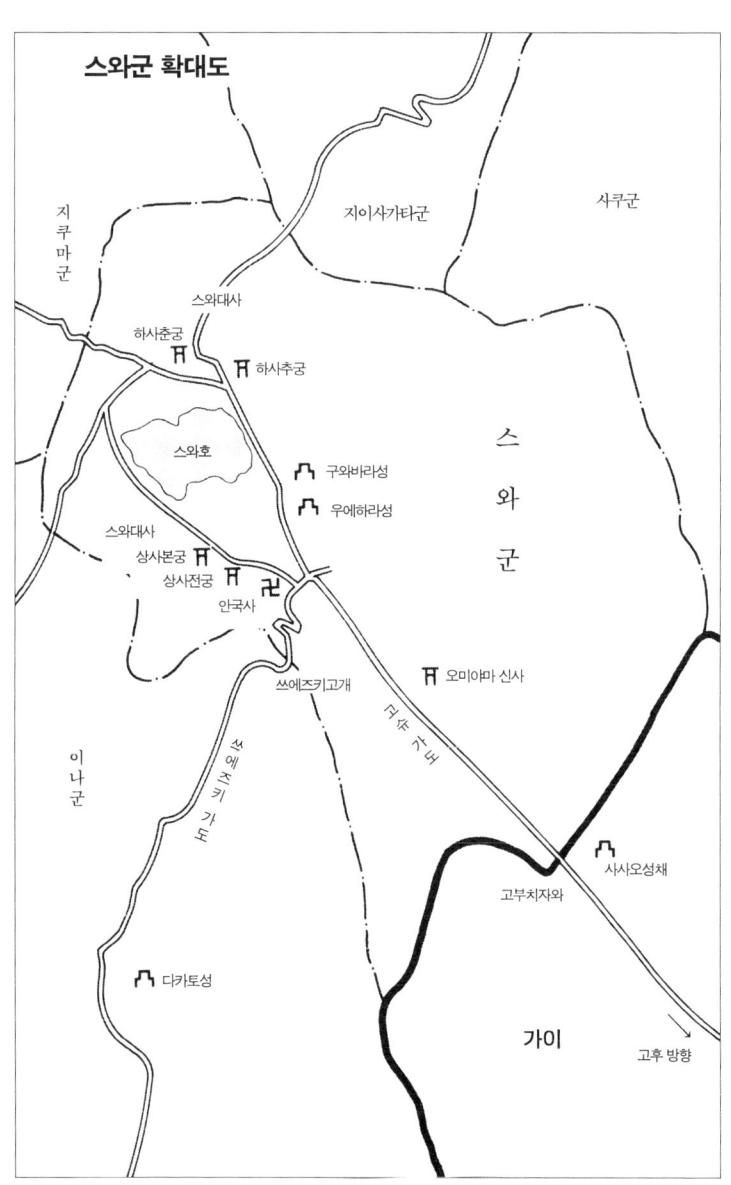

바로 그때, 같은 측근 경호원 아키야마 신자에몬이 하루노부를 부르러 왔다.

"작전회의 준비가 다 되었사옵니다. 모두들 기다리고 있사옵니다."

하루노부는 작전회의가 열리는 곳으로 나아갔다. 다케다의 다이아몬드 문양이 새겨진 천막 안에는 횃불이 밝혀져 있었고, 이타가키 노부카타, 아마리 도라야스, 오부 도라마사를 비롯한 장수들이 꼿꼿한 자세로 앉아 있었다. 간스케는 노부카타 휘하의 아시가루 대장 자격으로 장수들의 말석에 앉아 있었다.

하루노부가 자리에 앉았다.

"주군, 요리쓰구님이 사자를 보내왔사옵니다."

중신의 우두머리인 노부카타가 보고했다.

"뭐라고 하더냐?"

"내일 아침 쓰에즈키(枕突) 고갯길을 넘어 우에하라 성을 공격할 때 선진에 서달라는 말이었나이다."

"교활한 놈. 아직도 의심하고 있군. 욕심도 많은데다 의심도 많아. 정말 골치 아픈 놈이야."

하루노부가 씁쓸한 어조로 말하자 일동은 큰 소리로 웃었다. 하루노부도 웃음을 흘리더니 갑자기 표정을 엄하게 고치고는 우에하라 성의 지도를 가져오게 했다. 본래 성의 도면은 기밀에 속한 것이지만, 그것도 미리 손에 넣어두었다. 사돈의 인연을 맺은 다음, 영리한 사자를 보내 성의 구조를 기억하여 그리게 했던 것이다.

성은 스와 호수가 내려다보이는 나지막한 산기슭 끝자락에 펼쳐진 삼각형 부지 위에 세워져 있었다. 전체적으로 견고한 산성이었다. 군량도 충분하고, 우물도 있었다.

마음만 먹으면 농성하기에도 적합한 지형이었다. 이 성을 다케다 군대가 선두에 서서 공격하여 다카토에게 타도 요리시게의 확고한 의지를 보여야 했다. 그렇게 하지 않으면 다카토 요리쓰구는 군대를 거느리고 물러날 것이다.

하루노부는 이번 싸움을 스와 가문의 내분으로 만들고 싶었다. 설령 실제로 움직이는 것이 다케다의 군대라 하더라도 훗날을 생각해 그런 명분이 필요했다.

배고픈 호랑이가 토끼를 잡아먹는 형상보다는 토끼끼리 싸우다 쓰러지는 형상이 더 바람직했다. 그러기 위해서는 요리쓰구를 반드시 참전시킬 필요가 있었다. 수적으로는 하루노부 쪽이 압도적으로 많지만, 주체는 어디까지나 요리쓰구여야 했다. 그 조건으로 요리쓰구는 우선 다케다 쪽에서 깃발을 세우고 나서달라고 했다. 하루노부는 노부카타에게 물었다.

"우에하라 성의 군사는 어느 정도인가?"

"일천에 못 미칠 것 같나이다."

"일천이라……"

다케다 군대는 오천에 이르렀다. 그러나 싱을 공략할 때의 군사는 농성 중인 군사의 몇 배가 필요했다.

'총공격을 감행할까?'

하루노부는 그런 생각이 들었다. 이 성을 빨리 함락시켜야 했다. 시나노 사람들은 이 공격을 통해 다케다의 실력을 가늠해보려 할 터였다.

"좋아, 노부카타. 내일 전군을 동원하여 우에하라 성을 공격하라."

"잠깐, 그 문제는 좀 기다려주시옵소서."

간스케였다.

"무슨 말이냐, 간스케?"

"주군, 소인에게 맡겨주시면 그 성을 백 명의 군사로 함락시키겠나이다."

간스케의 말에 모두가 어이없다는 표정을 짓다가 이내 분개했다.

"물러나 있거라, 간스케."

하루노부의 명을 받아 간스케를 휘하에 거느리고 있는 노부카타마저 분통을 터뜨렸다. 일천의 병사들이 농성을 벌이는 우에하라 성을 간스케는 단 백 명으로 함락시키겠노라 호언장담하고 있었다. 성을 공격하는 쪽은 수비하는 쪽보다 몇 배의 병력이 필요했다.

그러나 허풍 떨지 말라고 웃어넘길 수도 없는 노릇이었다. 뭐라 해도 이 자리는 신성한 작전회의 석상이 아닌가. 농담이 아니라고 한다면, 이 또한 다케다의 장수들에 대한 중대한 모욕이며 도전이기도 했다. 아니, 장수들에 대해서뿐만 아니라 전군에 공격 명령을 내린 하루노부에 대한 무례이기도 했다.

일천의 병사가 지키는 견고한 산성을 고작 백 명의 병사로 함락시키겠다니, 도저히 믿을 수 없는 노릇이었다. 그러나 정말 함락시킬 자신이 있다면 이 자리에서 말하기보다 은밀히 주군에게 계책을 내놓아야 옳은 일이 아닐까. 간스케는 군사 역으로 공인받은 처지는 아니지만, 하루노부에게 내밀하게 조언할 수 있는 중신과 같은 특권이 주어져 있지 않은가.

'왜 그 방법을 택하지 않고……'

하루노부는 화가 치밀었다. 이런 공식적인 자리에서 호언장담하면 당연히 다른 장수들의 반감을 살 터였다.

'간스케, 그렇게 머리 좋은 사내가 왜 이런 바보 같은 짓을……'

그러나 간스케는 집요했다.

"꼭 이 간스케에게 맡겨주시옵소서."

노부카타가 다시 간스케를 질책했다.

"간스케, 도대체 자넨 생각이 있는 사람인가? 그런 말도 안 되는 주장을 하다가, 만일 실패하면 목을 내놔야 한다는 사실도 모른단 말이냐?"

간스케는 동요하는 기색도 전혀 보이지 않고 대꾸했다.

"이미 그럴 각오는 되어 있사옵니다. 만에 하나 실패할 경우 할복하여 사죄드리겠나이다. 주군, 야마모토 간스케가 드리는 일생일대의 부탁이오니, 제발 소인에게 맡겨주시옵소서."

하루노부를 비롯한 모두의 시선이 간스케에게로 집중되었다. 질책하고 물리칠 것인가, 제안을 받아들일 것인가, 결단을 내리지 않을 수 없는 지경에 이르렀다. 하루노부는 간스케라는 유능한 신하를 쓸데없는 일로 잃고 싶지 않았다.

'백 명의 군사로 우에하라 성을 함락시키겠다고? 정말 그런 일이 가능할까?'

그러나 지금 바닥에 엎드려 간청하는 간스케의 몸에서 자신감이 무럭무럭 연기처럼 피어오르고 있지 않는가.

'한번 맡겨볼까?'

"좋다, 간스케. 내 허락하마."

노부카타는 경악했다.

"주군, 그것은……."

"그만두어라. 간스케도 목숨을 건 일이야."

하루노부는 수런거리는 장수들을 진정시켰다.

"주군, 이 은혜는 평생 잊지 않겠사옵니다."

간스케는 엎드려 이마를 바닥에 대고 절했다.

하루노부는 일단 작전회의를 마친 후, 측근 경호원 가스가 겐고로에게 명하여 은밀히 간스케를 불러들였다.

"간스케님, 정말로 그게 가능한 일인가요?"

겐고로가 걱정스레 물었다.

간스케는 평소의 표정과 조금도 다를 바 없었다.

"그냥 두고 보면 된다. 승산은 충분히 있어. 그보다, 겐고로!"

"예."

"나를 따라오지 않겠느냐? 주군에게 내가 말해줄 수도 있어."

간스케의 제안에 겐고로는 대답을 망설였다. 아직 전장에 나가본 경험이 없었다. 무사로서 결코 자랑할 수 없는 일이었다. 하루라도 빨리 실전 경험을 쌓고 싶었다.

'그러나 일천 대 백이 아닌가? 게다가 상대는 견고한 성에 들어가 있다.'

그렇게 된다면 겐고로에게는 첫 출전이었다. 그러나 승산도 없는 싸움을 하고 싶지 않았고, 생전 처음 참가하는 싸움에서 목숨을 잃고 싶지도 않았다.

"겐고로, 겁이 나느냐?"

간스케가 놀리듯이 묻자 겐고로는 화난 음성으로 대답했다.

"겁나지 않나이다."

"그럼 나를 따라오너라. 안심해도 좋아. 전략을 배우기에는 더없이 좋은 기회니까."

간스케는 대답도 듣지 않고 그렇게 결정내렸다. 겐고로는 하는 수 없이 고개를 끄덕였다.

하루노부는 측근 경호원 아키야마 신자에몬 하나만 데리고 진에서 기다리고 있었다.

"간스케, 너무 서둘러 공을 세우려는 게 아니냐?"

하루노부의 첫 마디였다.

"천부당만부당하신 말씀. 이 간스케, 젊은 나이라면 몰라도 이 나이에 공에 굶주리지는 않았사옵니다."

간스케는 웃음 띤 얼굴로 대답했다.

"자네, 하루라도 빨리 군사로서 인정받고 싶어서 그런 게 아니었더냐?"

하루노부는 기분이 상해 있었다.

"그런 이유도 있지만, 그뿐만이 아니옵니다."

"그럼 무엇 때문에?"

"모르시겠나이까, 주군?"

간스케가 되물었다.

"내가 묻지 않았느냐."

하루노부는 화난 표정으로 되받았다.

간스케는 여전히 편안한 얼굴이었다.

"도라오마루님 말입니다."

"도라오마루가 어쨌단 말이냐?"

도라오마루는 스와 요리시게와 하루노부의 여동생 네네 사이에서 태어난 자식이다.

"우에하라 성을 공략하면 도라오마루님은 어떻게 될 것 같나이까?"

하루노부는 간담이 서늘해졌다.

전군을 이끌고 우에하라 성을 총공격하면 성을 함락하는 건 문제가 아니었다. 그러나 도라오마루는 죽음을 당할 것이다. 적의 손에 빼앗기기 전에 요리시게 스스로 도라오마루의 목숨을 끊어버릴지도 몰랐다. 물론 네네도 같은 운명에 처해질 것이다.

"도라오마루님과 네네님은 반드시 구해내야 하옵니다."

간스케가 말했다. 동정으로 하는 말은 아니었다. 네네가 주군 하루노부의 여동생이기 때문도 아니었다. 요리시게를 멸망시킨 후 스와를 통치하기 위해서 반드시 필요한 '도구'이기 때문이었다.

그것은 하루노부도 잘 알고 있었다. 그러나 아버지 대부터 그렇게 바라고 바라던 스와가 손에 닿을 곳까지 와 있는 지금, 흥분한 마음에 그만 잊고 있었다. 그것을 간스케가 날카롭게 지적한 것이었다.

그러나 하루노부는 체면상 반격을 가하고 싶었다.

"도라오마루가 우에하라 성에 있으란 보장은 없지 않느냐?"

스와에는 우에하라 성 외에도 구와바라 성이 있었다. 병법에서 말하는 '최후의 보루'였다. 본성이 함락하면 최후의 거점이 되는 성이다. 요리시게는 다카토 요리쓰구의 모반謀叛 소식을 듣고, 이미 가족을 구와바라 성으로 피신시켰을지도 모른다.

그건 흔히 있는 일이었다. 하루노부 자신도 쓰쓰지가사키 관의 보루인 세키스이지 성에서 태어나지 않았던가. 당시 아버지 노부토라는 전쟁에 나가 있었기 때문에 몸이 무거운 아내와 식솔들을 모두 세키스이지 성에 피난시켜두었던 것이다.

간스케는 고개를 가로저었다.

"어느 쪽에 계셔도 마찬가지가 아니겠나이까?"

"물론 그럴지도 모르지만……."

말을 듣고 보니 하루노부는 간스케의 말이 타당하다고 느꼈다. 어쨌든 견고한 성 안에 있기는 마찬가지였다. 힘으로 공략하면 도라오마루와 네네는 틀림없이 죽음을 당하고 만다. 그들을 구한다는 것은 불가능한 일이었다.

"그렇지만 백 명으로 어떻게 성을 함락시키겠다는 거냐?"

"백 명이기에 함락시킬 수 있나이다. 그뿐만이 아닙니다. 네네님과 도라오마루님도 구하고, 스와 사람들의 원한도 사지 않으면서 요리시게님의 목숨을 빼앗을 수 있습니다."

"하하하, 그런 일이 가능하다면 누가 이런 고생을 하겠느냐?"

하루노부는 웃었지만, 간스케는 줄곧 심각하고 엄숙한 태도를 보였다. 겐고로는 듣고 있는 것만으로 초조하고 아슬아슬해서 견딜 수 없었다. 아키야마 신자에몬은 도대체 일이 어떻게 돌아가는지, 신기한 눈으로 지켜보고 있었다.

"요리시게를 치면서 스와 사람들의 원한을 사지 않겠다는 건 무리가 아닌가?"

그런 방법은 이 세상에 없다고, 하루노부가 침울하게 말했다.

"원한을 사지 않을 비책이 있사옵니다."

"호오, 그럼 어디 말해보거라."

"요리시게님을 두 번 죽이는 게지요."

"두 번? 목숨은 하나뿐인데?"

하루노부는 그 의미를 알 수 없었다.

"무상은 두 개의 목숨을 가지고 있나이다. 부장이라면 누구든."

"그럼 나도 가지고 있단 말이냐?"

하루노부의 물음에 간스케는 천천히 고개를 끄덕일 뿐, 아무런 설명도 덧붙이지 않았다.

이제 초조한 쪽은 하루노부였다.

"말해보아라. 두 개의 목숨이라니, 그게 무슨 말이냐?"

간스케는 고개를 가로저었다.

"주군께서 찬찬히 생각해보소서."

"날 초조하게 만들 생각이냐, 간스케?"

"지금부터 이 간스케가 어떻게 하는지 보시면 저절로 알게 되실 것이옵니다."

자신감에 찬 간스케의 말투에 하루노부는 떨떠름한 표정으로 반박했다.

"이놈, 말하는 것 좀 보게. 그러나 간스케, 정말로 백의 군사로 우에하라 성을 함락시킬 수 있겠느냐?"

"아까 말씀드렸듯이 백의 군사이기 때문에 함락시킬 수 있는 것이옵니다. 이백이나 삼백이면 불가능한 일이지요."

"허참, 아무리 생각해도 모르겠어. 도대체 무슨 생각인지."

하루노부도, 측근 경호원인 겐고로와 신자에몬도 간스케의 생각을 도무지 알 수 없었다. 적은 일천, 게다가 견고한 성 안에서 지키고 있지 않은가.

"간스케, 무슨 비책이 있는 모양이로구나. 어서 말해보아라."

"아직도 모르시겠나이까?"

"예끼, 이놈! 주인을 놀려도 분수가 있지!"

하루노부는 울화통이 치밀었다. 간스케의 이 거만한 태도는 또 뭔가. 그러나 간스케에게는 주인의 호통도 먹혀들지 않았다.

"주군, 소인이 주군의 명을 받고 겐고로에게 전략을 전수하였나이다. 그 요점은 단 하나."

"그게 뭐냐?"

불퉁한 표정으로 하루노부가 물었다.

"두 개의 눈으로 사물을 보는 것이옵니다."

간스케는 시원스럽게 대답했다. 하루노부와 겐고로는 그 이야기를 이미 들어서 알고 있었다. 요컨대 적의 입장에서 사물을 바라보라는 뜻이었다.

"나는 늘 그렇게 하고 있다."

하루노부는 간스케를 노려보았다.
"그렇다면 아실 것이옵니다."
"……."
순간 하루노부는 말문이 막혔다. 오기로라도 모른다는 말은 정말 하기 싫었다.
"그건 그렇고, 주군께 부탁이 있사옵니다."
간스케는 무릎으로 기어 앞으로 나아갔다.
"뭐냐, 어서 말해보아라."
"신자에몬님을 성 공략의 대장으로 삼고 싶나이다. 허락해주소서."
"신자에몬을?"
하루노부는 물론이고, 당사자인 신자에몬도 뜻밖의 제안에 놀랐다. 신자에몬은 같은 직책을 가진 겐고로보다 나이가 많긴 했지만, 아직 실전 경험이 없었다.
"자네는 뭘 하고?"
"저는 얼마 전 다카토에 사자로 파견되어 갔을 때 요리시게님에게 미가와 닝인 아마다 간조로 얼굴을 알린 몸이나이다. 그러므로 아시가루 신분으로 동행토록 하겠나이다."
"왜 신자에몬이냐? 요리시게는 신자에몬을 알고 있어."
하루노부는 간스케에게 질책하듯이 말했다.
"그건 소인도 알고 있나이다."
간스케는 여전히 침착했다.
스와 요리시게가 모치즈키 세이노스케를 지목해 비교적 간단한 임무를 주어 이웃나라에 사자로 보내 경험을 쌓게 했듯이, 하루노부도 신자에몬을 의례적인 사절로 여기저기 파견했다. 물론 요리시게에게도 보낸 적이 있었다.

'이놈이 우에하라 성 공략에 실패하면 신자에몬에게 모든 책임을 덮어씌울 생각인가?'

하루노부는 의구심이 들었다. 곁에서 지켜보는 신자에몬도 같은 생각이었다. 신자에몬은 싸움터에 나가보고 싶었다. 초진初陣을 장식하기에 걸맞은 나이도 되었고, 사무라이로서 전쟁 경험이 없다는 것이 무엇보다 부끄러웠다. 그러나 이렇게 수상쩍고 승산이 없는 싸움에 나간다는 것은 선뜻 내키지 않았다. 그런 마음을 간스케는 손에 잡힐 듯이 읽고 있었다.

"신자에몬, 걱정이 되는 모양인데, 모든 책임은 내가 지도록 하겠네. 마음놓게나."

정곡을 찔린 신자에몬은 얼굴을 붉혔다. 하루노부는 신자에몬을 힐끗 보고 말했다.

"간스케, 신자에몬은 내가 아끼는 신하야. 쓸데없는 일로 개죽음을 당하게 하고 싶지 않아. 우에하라 성을 어떻게 공략할 생각인지 어서 말해줄 수 없겠느냐?"

느닷없이 상냥한 목소리로 부탁하듯이 묻자 간스케는 실소를 금할 수가 없었다. 이 정도의 저자세로 나오면 말하지 않을 수도 없는 노릇이었다.

"어떻게 할 생각이냐, 간스케. 야간 기습이라도 할 생각이냐?"

하루노부는 흥미진진한 표정이었다. 무장으로서 이 작전에 흥미를 느끼는 것은 너무도 당연했다.

"아니 될 말씀. 대낮에 정정당당하게 정면에서 우에하라 성으로 들어가야지요."

그 대답에 하루노부, 신자에몬, 겐고로는 어이가 없어 멍하니 입만 벌렸다.

"제정신이냐, 간스케?"

"물론입니다."

하루노부의 질문에 간스케는 간단하게 대답했다. 장난치는 것 같지는 않았다.

바로 그때 하루노부는 무릎을 탁, 쳤다.

"이제 알았다! 그러니까 적의 군사로 위장한다는 게로구나."

"아니옵니다. 다케다 군대의 깃발을 세울 것입니다. 신자에몬님이 대장인데, 어떻게 그런 위장을 할 수 있겠나이까?"

듣고 보니 그도 그랬다. 간스케는 일부러 요리시게에게 얼굴이 알려진 신자에몬을 대장으로 천거하지 않았던가.

"주군, 주군과 요리시게님은 처남매제지간이나이다."

그렇게 말하고 간스케는 빙긋 웃었다.

하루노부가 느닷없이 웃음을 터뜨렸다.

"하하하, 그랬어. 간스케, 네놈은 정말 악당이야."

갑자기 돌변한 주군을 보고 겐고로와 신자에몬은 눈만 데굴데굴 굴리고 있었다.

2

다카토 요리쓰구의 모반 소식이 알려지자 새봄 들어 경사만 겹치던 스와 관은 벼락 맞은 초상집 분위기였다.

스와 요리시게는 격분했다. 동족이면서 본가에 반기를 들다니, 도저히 용납할 수 없는 일이었다.

"요리쓰구 이놈! 모두 죽이고 말 테다."

요리시게는 곧바로 전투 준비에 들어갔다.

나라의 위기를 알리는 큰북을 쳐 군사를 모으고, 산기슭의 저택을 버리고 산 위의 우에하라 성으로 들어갔다. 가문의 내분에 놀라 달려온 기마무사騎馬武士가 이백, 병사가 팔백, 총 일천의 군세였다. 올 테면 오라고, 요리시게는 기세등등하게 기다리고 있었다.

요리쓰구는 분가에 지나지 않았다. 병사를 아무리 끌어모아야 고작 팔백도 안 될 것이다. 게다가 정의는 우리 쪽에 있었다. 백성들도 스와의 정통을 이어받은 자신을 지지할 게 분명했다.

"무엇보다 스와 명신이 우리를 돌봐줄 것이야."

요리시게는 확신하고 있었다.

부인 네네와 딸 미사, 그리고 노인과 중신들의 가족은 조금 떨어진 구와바라 성으로 피신시켰다. 그것은 만일을 위해서가 아니라 전투에 방해될 것을 염려해서였다.

모치즈키 세이노스케는 아버지 노리스케, 동생 고지로와 함께 구와바라 성으로 들어갔다. 아버지는 몸이 불편하고 동생은 아직 어렸으며 세이노스케는 공주의 측근이었으므로 당연하다면 당연한 일이지만, 세이노스케는 불만스러웠다. 위급한 상황에 모치즈키 가문에서 전사를 한 명도 내보지 않았다는 것이 마음에 걸렸다. 아버지 노리스케는 그런 세이노스케를 나무랐다.

"쓸데없는 생각 하지 마라. 너는 어디까지나 공주님을 안전하게 모시기만 하면 돼."

"아버지, 나도 전장에 나가고 싶어요."

"서둘지 않아도 돼. 만에 하나 나처럼 주인을 모실 수 없는 몸이 되면 어쩔 생각이냐?"

그렇게 말하고 노리스케는 서글픈 표정을 짓더니 주먹으로 허리를 탁탁 쳤다. 싸움터에서 입은 상처가 도져 노리스케는 지팡이에 몸을 의지하고 걸어야 했다. 세이노스케는 대답할 말이 없었다. 여덟 살 난 고지로가 울적한 눈길로 두 사람의 대화를 듣고 있었다.

그 즈음, 우에하라 성에 다케다의 깃발을 든 백 명의 군세가 도착했다. 요리시게는 그 소식을 성 안의 정청에서 들었다.

"다케다 가에서 원군이 왔다고?"

"예. 이번에 다카토의 모반 소식을 듣고 사돈을 맺은 집안으로서 조그만 보탬이나마 되고자 미숙한 젊은이들뿐이지만, 적재적소에 사용해달라는 하루노부님의 말씀이라고 하였나이다."

신하가 그렇게 말했다.

"정말 고마운 일이야. 과연 하루노부님이시구먼."

요리시게는 감동의 눈물을 글썽였다.

"빨리 들어오게 하라. 정중하게 모시도록 해."

요리시게가 신하에게 명했다.

"잠깐만."

갑자기 그 자리에 있던 가로 렌보 형부가 제동을 걸었다.

"무슨 일이냐, 형부?"

요리시게가 불쾌한 표정으로 물었다. 형부는 주름투성이 얼굴을 갸웃거리며 말했다.

"그 원군이란 게 좀 수상쩍은 것 같사옵니다."

"뭐가 수상쩍다는 말이냐?"

"과연 원군일까, 하는 생각이 드나이다."

"위장한 적이라는 말이냐? 그렇다고 다카토의 군대일 리야 없겠지."

요리시게는 형부에게 심각한 표정으로 물었다.

"그렇지는 않겠지만, 만일이라는 게 있지 않나이까?"

형부는 미묘하게 말꼬리를 흐렸다. 요리시게의 얼굴이 붉어졌다. 형부가 하려는 말의 의미를 알아차린 것이었다.

"설마, 그분, 하루노부님을 의심하는 건 아니겠지?"

분노가 섞인 음성이었다. 형부는 굳이 부정하지 않고 입을 꾹 다물었다.

"바보 같은 놈! 무슨 생각을 하는 건가. 하루노부님은 네네의 오라버니가 아니냐."

요리시게는 정말로 화를 냈다.

"그렇긴 하나, 지금은 비상시국이니 신중에 신중을 거듭해야 할 줄 아옵니다."

형부는 요리시게를 똑바로 쳐다보고 간언했다. 요리시게는 이윽고 마음을 추스르고 신하들을 향해 물었다.

"하루노부님의 군대가 백 명이라 했더냐?"

"예."

"대장은 누구냐?"

"예, 아키야마 신자에몬이나이다."

"흠, 신자에몬이라……"

요리시게는 기억을 더듬었다.

"아, 그 젊은이였군."

가끔 경조사의 사자로 스와 관을 찾아온 적이 있었다. 요리시게는 그때마다 그 얼굴을 보았지만, 부하를 거느리고 전투 경험을 쌓은 인물로는 보이지 않았다.

"누가 보좌하느냐? 따라온 무장이 있을 게 아니냐."

"아니옵니다. 부장은 겐고로라는 젊은 분이나이다."

요리시게는 잠시 생각했다. 만일 하루노부에게 음흉한 뜻이 있다면 그렇듯 경험 없는 젊은이들을 보낼 리가 없을 것이다. 게다가 겨우 백 명. 이쪽은 일천. 마음만 먹으면 간단히 처리할 수도 있었다.

"형부, 쓸데없는 걱정을 한 것 같구먼."

이윽고 요리시게는 결단을 내렸다.

"하루노부님도 말씀하시지 않았느냐? 미숙한 젊은이들을 보낸다고 말이야."

아키야마 신자에몬을 대장으로 하고, 가스가 겐고로를 부장으로 하는 아시가루 백 명이 줄을 지어 우에하라 성으로 들어섰다.

군사 야마모토 간스케는 아시가루로 변장하여 함께 성내로 들어섰다. 미숙한 집단이라고는 하지만 그것은 대장과 부장만 그럴 뿐, 나머지 아시가루는 다케다의 각 부대에서 가장 뛰어난 병사들로 구성되어 있다.

간스케는 성으로 향하는 도중 그들에게 거듭 일러두었다.

"잘 들어라. 스와 군대를 속여야 한다. 절대로 눈치채게 해서는 안 된다는 것을 명심하도록. 모두 내 지시에 따라 행동하도록 하라."

신자에몬과 겐고로도 간스케의 지시를 받고 있었다. 요리시게는 기분 좋게 두 사람을 접견했다.

"먼길 오느라 수고가 많았구나. 원군이 오면 늘 마음이 푸근해지는 법이야. 그러나 이번에는 그 기쁨을 말로 다할 수 없다네."

"부족한 저희를 환영해주시니 정말 감사할 따름이옵니다."

신자에몬은 머리를 숙이면서도 그다지 기분이 좋지 않았다. 상대는 이렇게 우리를 믿고 감사해하지 않는가. 그런데 속여야 하다니, 그리 속이 편할 리가 없었다.

'정정당당하게 포고를 하고 싸워보고 싶은데……'

겐고로도 같은 생각이었다. 그러나 그건 용납될 수 없는 일이었다.

하루노부는 두 사람에게 간스케의 명령에 따라 행동하라고 했던 것이다. 신자에몬은 화제를 바꾸었다.

"적의 움직임은 어떠하나이까?"

요리시게는 고개를 끄덕이며 말했다.

"요리쓰구 놈, 쓰에즈키 고개를 넘어서 움직이지도 않고 우리 쪽 동정을 엿보고 있는 모양이야. 아마 다케다의 원군이 두려워 가만있는지도 몰라. 자네들이 이렇게 와주었으니 말일세."

유쾌하게 웃는 요리시게를 보며 신자에몬 역시 억지로 웃어 보이고는 간스케의 지시로 마련한 선물을 올렸다. 위로하는 의미에서 대량의 고급술을 마련했던 것이다.

"이렇게 고마울 수가."

"적도 스와님의 힘을 두려워해서 물러날 기색인 것 같사옵니다. 오늘밤은 이 술로 미리 승리의 축배를 드시기 바랍니다. 경비는 소인들이 맡겠사옵니다."

신자에몬의 이 말도 미리 간스케가 지시한 것이었다.

물론 다카토 요리쓰구의 움직임을 봉한 것도 간스케가 하루노부에게 사자를 보내 그렇게 하도록 시킨 것이었다.

간스케는 아시가루와 함께 제2성루에 배치되어 있었다. 격자 창 너머로 밖을 볼 수 있는 위치였다.

"뭘 보고 계십니까?"

겐고로의 말에 간스케가 대답했다.

"저녁노을이 정말 아름답지 않느냐?"

저녁노을은 정말 아름다웠다.

눈 아래로 스와 호수가 보이고, 저 멀리로는 기소(木曾)의 산들이 보였다. 그 산 사이로 펼쳐진 노을은 우에하라 성이 높은 곳에 위치해 있는 만큼 숨을 멈추게 할 정도로 장관을 연출하고 있었다. 그러나 신자에몬과 겐고로는 간스케의 입에서 나온 그 말이 간스케와 너무 어울리지 않는 것 같다는 생각이 들었다. 날렵한 고양이 같은 이 군사에게 저녁노을의 아름다움을 감상하는 인간적인 여유가 있을 줄이야……

"내가 이 성에 들어올 때 가장 걱정하던 게 뭔 줄 아느냐?"

갑자기 간스케가 물었다. 두 사람은 얼굴을 마주 보았다.

"신자에몬, 뭐라고 생각하느냐?"

"우리의 모략이 발각되면 어쩌나 하는 거겠지요."

간스케는 웃음을 머금고 말했다.

"그게 아니야. 비."

"비?"

"그렇다. 오늘밤 비가 내리면 어쩌나 걱정했지. 만일 비가 내리면 스와 가의 목숨도 연장되었을 게야."

"……"

"그러나 이제 그런 걱정은 사라졌어. 저녁노을이 장관이면 새벽까지 비가 오지 않거든. 스와 가의 운명도 이제 끝이다."

간스케는 표정을 엄숙히 하고 겐고로에게 명했다.

"조장들을 불러오너라."

백 명의 아시가루는 열 명씩 열 개조로 나누어져 있었고, 각 조장이 선정되어 있었다. 한결같이 오랜 세월 동안 전쟁터에서 잔뼈가 굵은 용맹한 무사들이었다. 그 열 명이 은밀히 모여들었다.

"오늘밤 자시子時, 성내 사람들이 잠자리에 들면 열 개조는 제각기 맡은 곳으로 가서 일제히 불을 지른다."

간스케는 조장들의 얼굴을 하나하나 뚫어져라 쳐다보면서 엄명을 내렸다.

"잘 들어. 그때까지 절대로 눈치채게 해서는 안 돼. 부하들에게 세심한 주의를 기울이라고 지시하도록. 여기는 적의 성이야. 만에 하나 들키는 날이면 우리는 몰살이라는 사실을 염두에 두라."

그리고 간스케는 작전 지시를 하나 내렸다.

"불을 지름과 동시에 가로 렌보 형부를 베라. 렌보를 벤 다음, 불 때문에 소동이 벌어진 틈을 타서 일제히 외치는 거다. '렌보 형부가 배신했다!'고 말이다."

그 말을 듣고 있던 겐고로는 너무도 교묘한 전술에 혀를 내둘렀다. 상상도 못했던 방법이었다.

"왜 그렇게 외쳐야 하는지요?"

조장 하나가 물었다.

"모르겠느냐? 그 한마디에 성 사람들은 서로가 서로를 믿지 못하게 돼. 그와 동시에 일천의 군세가 오합지졸로 변하는 거지. 성문만 열어두면 제멋대로 도망치게 되어 있어."

조장들은 고개를 끄덕이고 제자리로 돌아갔다.

신자에몬은 꼭 듣고 싶은 말이 있었다.

"요리시게는 제가 베어야 하나이까?"

"아니다. 그건 네가 할 일이 아냐."

간스케는 고개를 가로저었다.

신자에몬은 자신의 귀를 의심했다.

명목상이라고는 하지만 성 공략의 대장이 아닌가. 게다가 통상적인 전투와 달리 적을 속여서 급습하는 전투라 할 수 있었다. 대장인 자신이 스와 요리시게의 목을 따는 것은 당연한 일이 아닌가. 신자에몬이 불만을 터뜨렸다.

"간스케님, 그건 말도 안 됩니다. 제가 요리시게의 목을 따지 않으면 도대체 누가?"

"쉿, 목소리가 높다."

간스케는 일단 주의를 준 다음 말을 이었다.

"물론 당연한 말이야. 그러나 내게 다른 생각이 있어."

부드러운 음성이었다. 신자에몬은 문득 곁에 있는 겐고로의 존재를 느꼈다.

'혹시 겐고로를 귀여워해서 공을 세우게 할 생각일까?'

그럴지도 모른다. 간스케는 바로 얼마 전에 겐고로를 데리고 스와에서 다카토로 가지 않았던가. 그후로 간스케에 대한 겐고로의 태도가 돌변했다. 그렇게 싫어하던 간스케를 요즘 들어 겐고로는 칭찬하고 있지 않은가. 마치 신을 모시듯이 숭앙하고 있었다. 게다가 신자에몬은 겐고로를 넘어설 수 없는 점이 한 가지 있다고 생각하고 있었다.

'주군은 나보다 겐고로를 더 좋아하고 있어.'

실로 그 느낌을 떨쳐버릴 수가 없었다.

하루노부는, 무장으로서는 드물게 남녀를 불문하고 얼굴이 예쁜 사람을 좋아했다. 무장은 내체로 거칠어 보이는 남자를 더 좋아하는 법이다. 남자라면 무엇보다 용맹하고 강해야 한다는 것이 무장의 일반적인 사고방식이며, 사내라면 또 그래야 했다. 신자에몬은 겐고로보다도 그 이상형이 가깝다고 자부하고 있었다. 아니, 그것은 자신만의 생각이 아니라 누구나 인정하는 사실이었다. 그러나 하루노부는, 목이 짧고 건장하며 남자다운 얼굴인 자신보다 여자처럼, 인형처럼 이목구비가 단정한 겐고로를 더 좋아했다.

'만일 주군이 나를 제쳐두고 겐고로에게 공을 세우게 하라고, 간스케님에게 명했다면……'

간스케는 신자에몬이 무슨 생각을 하는지 이미 꿰뚫어보고 있었다.

"신자에몬, 착각하면 안 돼. 겐고로에게도 요리시게를 베게 하지 않을 거야."

간스케의 말에 신자에몬은 따지듯이 반박했다.

"납득이 가지 않습니다. 우리 부대에서 무사 신분은 저와 겐고로, 그리고 간스케님뿐입니다. 겐고로가 베지 않는다면 도대체 누가?"

"아무도 아냐. 요리시게는 베지 않아. 도망치게 내버려둘 뿐이야."

간스케는 의외의 말을 했다.

이번에는 겐고로가 자신의 귀를 의심했다. 스와 요리시게는 주군 하루노부의 사돈이지만, 지금은 적장이 아닌가. 적의 대장을 베지 않고 도망치게 하는 법은 세상에 없다. 장기로 말하자면, 왕을 잡아야 비로소 이기는 것이다.

게다가 이 우에하라 성을 함락한다 해도 구와바라 성이 또 남아 있지 않은가. 요리시게를 도망치게 하면 반드시 그는 구와바라 성에서 전열을 가다듬을 것이다. 다케다가 적과 내통한다는 것을 알면 요리시게는 조가비처럼 성 안에 몸을 숨기고 저항할 것이다. 그리고 마침내 아내, 자식과 함께 목숨을 끊고 성에다 불을 지르리라. 그렇게 되면 요리시게의 부인 네네와 적자 도라오마루도 구할 수 없게 된다.

"도저히 납득할 수 없나이다."

"왜 납득할 수 없다는 거냐, 겐고로?"

간스케는 겐고로를 힐끗 쳐다보며 물었다.

"간스케님이 그런 것도 모르신다니 이상합니다. 요리시게를 도망치게 하면 구와바라 성으로 들어갈 게 뻔하지 않나이까."

"그건 그렇지."

간스케가 거침없이 인정하자 겐고로와 신자에몬은 서로 얼굴을 마주 보며 의아해했다.

"그걸 알면서 왜 살려주는지요?"

간스케는 미소를 띠며 말했다.

"신자에몬, 그리고 겐고로, 잘 들어라. 나는 주군 앞에서 이렇게 말했다. 네네님과 도라오마루님을 구하고, 스와 사람들의 원한을 사지 않으면서 요리시게의 목을 치겠다고"

그 말에 두 사람은 고개를 끄덕였다.

그러나 두 사람은 그게 가능하다고 생각지 않았다. 요리시게를 멸망시키려 하면 요리시게는 반드시 처자와 함께 죽을 것이고, 요리시게가 죽으면 스와 사람들은 다케다에게 원한을 품을 것이 당연했다. 그걸 피한다는 것은 무리였다.

"그러기 위해서 어떻게 해야 할까? 겐고로, 내가 한 말을 기억하고 있느냐?"

간스케는 확신에 찬 표정으로 물었다. 겐고로는 그 표정에 기가 눌린 채 말했다.

"요리시게를 두 번 죽인다 하셨나이다."

"그래, 두 번 죽인다. 바로 거기에 대답이 있지. 그러기 위해서는 요리시게를 이 성에서 죽이면 안 돼."

간스케는 똑같은 말을 반복하고 있을 뿐이었다.

"간스케님, 지금 저와 선문답하려고 이 성에 온 건 아니지 않습니까?"

신자에몬이 벌컥 화를 내자 간스케는 웃으며 되받았다.

"성질 하나는 정말 급한 놈이로군. 네놈에게 가로 렌보를 벨 권한을 주지. 그리고 겐고로, 네게는 특별한 임무를 주겠다. 잘 듣고 빈틈없이 행하도록 하라."

간스케는 두 사람 앞으로 바싹 다가앉으며 지시를 내리기 시작했다.

*　　　*　　　*

밤이 깊어 모두 잠에 빠졌을 시각.

성 안에는 은밀히 움직이는 무리가 있었다. 야마모토 간스케가 이끄는 정예 아시가루 백 명이었다. 하나하나가 백전노장의 강병強兵들이었다. 우선 성내의 요지를 지키는 보초들을 하나씩 제거하고, 성 안으로 통하는 대문의 보초도 소리 없이 처리했다. 그리고 각 조는 일제히 성 안 여기저기에 불을 질렀다.

장마도 그치고 건기에 접어든 탓에 불길은 눈 깜짝할 사이에 성을 휘감아버렸다. 잠에 빠져 있던 스와 사람들이 알았을 때는 이미 손을 쓸 수 없는 지경이 되고 말았다. 성 안 깊숙한 거실에서 쉬고 있던 성주 스와 요리시게와 중신들은 그 소동에 눈을 떴다.

"무슨 일이냐, 이 소동은?"

가로 렌보 형부는 잠이 덜 깬 눈으로 칼을 집어들고 밖으로 나서는 순간, 창으로 무장한 젊은 병사들의 공격을 받았다.

"아키야마 신자에몬이오 형부, 목숨을 내놓으시오"

"이놈, 이 배신자!"

다케다의 배신을 직감하고 형부는 격노했다. 칼을 휘두르는 형부의 복부를 향해 신자에몬은 단숨에 창을 찔렀다.

"큭!"

형부의 칼이 허공을 가르기도 전에 신자에몬의 창이 형부의 배를 뚫어버렸다.

형부의 단발마가 창 밖으로 새어나갔다.

'이것이 사람을 죽인다는 것인가?'

신자에몬은 형부가 쓰러지는 것을 확인한 다음 잠시 멍하니 그 자리에 서 있었다. 입으로는 온갖 용맹을 다 떨었지만, 실제로 사람을 죽이기는 처음이었다. 그에 앞서 간스케는 거듭거듭 주의를 주었다.
"신자에몬, 잘 들어라. 상대는 갑옷을 입지 않았을 것이야. 그러니 배를 노려라. 노인이라 배에 일격을 가하면 그냥 쓰러지고 말 거야. 허리를 낮추고 창을 찔러넣어야 해. 걱정하지 마라. 정신만 똑바로 차리면 간단히 처리할 수 있을 테니까."
내가 걱정은 왜 해, 하고 생각하던 신자에몬이었지만 실전에 임하고 보니 간스케의 주의가 맞았다는 것을 절감했다. 간스케는 이렇게도 말했다.
"형부를 친 다음, 쓸데없이 꾸물거리지 말고 재빨리 사체를 숨겨. 불길 속으로 던져버리는 거야. 목을 자르지 않아도 돼. 절대로 스와 사람들 눈에 띄게 해서는 안 돼."
퍼뜩 제정신을 차리고 신자에몬은 아시가루들에게 명하여 간스케의 지시대로 했다. 이윽고 성내 여기저기서 고함소리가 터져나왔다.
"렌보 형부가 배신했다!"
렌보 형부의 배신, 그 한마디에 우에하라 성은 너무도 쉽게 무너져버렸다. 성 사람이라면 누구나 존경해 마지않았고, 주군이 가장 신뢰하던 가로의 배신. 그 거짓 정보에 의해 스와의 단결력은 순식간에 무너졌고, 어둠과 불꽃이 모든 사람들을 공포의 도가니로 몰아넣었다.
개중에는 형부의 배신을 믿지 않는 사람도 있었다. 그러나 실제로 '형부의 배신'이라는 말이 터져나왔고, 정작 당사자인 형부는 모습을 드러내지 않았다. 게다가 성은 불꽃에 휩싸여 있었다. 형부를 믿으려 하는 소수의 사람도 그것을 확인할 방법이 없어 우왕좌왕하고만 있었다. 그런 가운데 형부의 배신을 쉽게 믿어버린 사람들과 형부의 직속들 사이에서 칼부림이 벌어졌다.
동족상잔이 벌어지기 시작한 것이었다. 이제 다케다 사람들이 외칠 필요도 없었다. 스와 사람들은 배신을 기정 사실로 받아들이고 있었다.

간스케의 명령을 받은 겐고로는 그 기회를 기다리고 있었다. 겐고로는 혼자서 요리시게에게 달려갔다. 요리시게는 측근의 경호를 받으며 성 안 깊숙한 곳에 몸을 숨기고 있었다.

"누구냐!"

요리시게의 신하들이 주군을 등뒤에 감추고 외쳤다.

겐고로는 그 자리에서 무릎을 꿇고 머리를 숙이며 말했다.

"다케다 군대의 부장 가스가 겐고로이옵니다. 이미 알고 계시리라 믿습니다만, 가로 렌보 형부가 다카토 세력과 내통한 것 같사옵니다."

"그게 사실이냐? 정말로 형부가 배신했단 말이냐?"

창백한 얼굴로 요리시게가 절규하듯이 물었다.

겐고로는 고개를 끄덕이며 말을 이었다.

"형부의 부하들과 가신들이 싸움을 벌이고 있사옵니다."

"죽일 놈, 배신자는 절대로 가만둘 수 없다."

요리시게는 이를 갈며 저주를 퍼부었다.

"성주님, 고정하시옵소서. 성은 이미 적의 수중에 들어가 이대로 가다가는 목숨을 보전하기 어렵사옵니다. 일단 구와바라 성으로 피신하시는 게 좋을 것 같사옵니다."

이렇게 말하고 난 뒤 겐고로는 일어서면서 측근 신하들에게 질책을 퍼부었다.

"그대들은 뭘 하고 있소? 빨리 주군을 모셔야 하지 않소? 목숨이 위태롭소."

그 말에 놀라 측근 신하들은 요리시게의 손을 잡고 성문 쪽으로 나아가기 시작했다.

"제가 선두에 서겠나이다."

겐고로가 앞장섰다. 곳곳에 다케다 병사를 배치하여 성문까지 길을 열었다.

이렇게 하여 성주 스와 요리시게는 우에하라 성을 버렸다.

"됐어. 이제 요리시게는 시체나 다름없다."

그들이 도망치는 모습을 지켜보던 겐고로는 뒤에서 들려오는 목소리에 깜짝 놀라 돌아보았다. 아시가루 차림의 간스케가 서 있었다.

"시체라고 하셨습니까?"

생각지도 못한 말에 겐고로가 물었다. 요리시게는 살아 있다. 그것도 아무 상처도 입지 않고 구와바라 성이라는 요새로 향했다. 이 모든 것이 간스케의 예상대로 되었다.

"그렇다, 겐고로 이것으로 요리시게는 죽었어. 두 개의 목숨 가운데 하나를 잃은 거야."

"……."

겐고로는 이해할 수 없었다. 왜 그러냐고 물으려 하는 겐고로를 제지하고, 간스케는 아시가루들에게 뭔가 지시를 내렸다. 이윽고 성내에서 절규하는 소리가 들려왔다.

"주군이 도망쳤다, 주군이!"

그 한마디에 성내에 남아 있던 사람들은 안절부절못했다. 다투고 있는 사람들도, 불을 끄려고 뛰어다니던 사람들도 앞다투어 성문을 빠져나갔다.

어느새 성 안에 남아 있는 사람들이라곤 다케다 병사들뿐이었다.

'무슨 마법을 부린 것 같군.'

겐고로는 감탄하기에 앞서 마치 귀신에 홀린 듯한 기분이었다. 그야말로 피 한 방울 흘리지 않고, 백의 군세로 일천의 군세를 몰아내고 우에하라 성을 손아귀에 넣은 것이었다.

얼이 나간 표정으로 신자에몬이 다가왔다.

"요리시게는 어떻게 되었나?"

신자에몬은 겐고로를 쳐다보며 물었다.

"성을 빠져나갔어. 지금쯤 구와바라 성 부근까지 갔을 거야."

"멍청한 놈. 왜 목을 베지 않았어?"

"간스케님의 지시이니, 어쩔 수 없잖아."

"에잇, 바보같이. 내가 가겠어. 가서 목을 따고 말 테야."

신자에몬이 말을 찾으러 가려는 순간 간스케가 나타났다.

"기다려라, 신자에몬. 멋대로 행동하지 마."

간스케는 커다랗게 소리쳤다. 용맹한 신자에몬이 몸을 부르르 떨 정도로 힘차고 위압적인 목소리였다. 신자에몬은 몸을 움츠리면서도 반발했다.

"무슨 이유로요? 왜 요리시게를 치지 않습니까?"

"신자에몬, 네게는 다른 임무가 있어. 주군께 우에하라 성을 탈취했다는 소식을 전하도록 해. 알겠는가?"

엄한 표정으로 명령을 내린 간스케는 이내 부드러운 표정을 지으며 덧붙였다.

"신자에몬, 이제 곧 알게 될 게야."

망국亡國의 유민遺民들

1

스와 요리시게는 측근들만 거느리고 말을 달려 1리도 채 안 되는 구와바라 성으로 들어섰다.

야심한 시각에 우에하라 성이 갑자기 불타오르고 성주가 도망쳐오자 구와바라 성 사람들은 놀라움을 감추지 못했다.

세이노스케도 급히 옷을 갈아입고 주군을 맞이하러 나갔다. 네네도, 미사 공주도 걱정스런 표정으로 요리시게의 얼굴만 바라보고 있었다.

"형부가 배신했어."

자신에게 쏟아지는 시선을 견딜 수 없어 요리시게가 입을 열었다. 경악의 탄성이 터져나왔다.

"그게 정말입니까, 형부가?"

네네는 믿을 수 없다는 듯이 눈을 화들짝 떴다. 세이노스케도 놀라기는 마찬가지였다. 당황해하는 사람들 가운데서 오로지 미사 공주만이 침착했다.

"아버님, 정말로 형부가 배신했나요?"

미사 공주가 물었다. 요리시게는 화난 목소리로 외쳤다.

"내가 말하지 않았느냐. 너는 듣지도 못했느냐!"

"들었사옵니다. 다만 제가 묻고 싶은 것은 아버님 눈으로 그것을 확인하셨느냐는 것입니다."

"……"

요리시게는 일순 말을 잃었다.

"그렇지만 다들 그러더군. 형부가 배신해 다카토와 내통했다고"

"그 말을 아버님께 처음 고한 사람이 누군가요?"

"그것은 다케다의……."

요리시게는 그렇게 말하면서 비로소 다케다에 대한 의구심을 가졌다. 미사 공주는 더 이상 아무 말도 하지 않았다. 네네가 있기 때문이었다.

"왜 그러세요?"

네네가 궁금한 듯 물었다.

"아냐, 아무 일도"

요리시게는 고개를 가로저었다.

다케다에 대한 의혹을 떨쳐버릴 수가 없었다. 오히려 그 의혹은 점점 더 커져가고 있었다. 단지 아무것도 모르고 있는 사랑스런 아내에게 그 말을 전한다는 것은 너무도 가혹한 일이었다. 요리시게는 신하들을 거느리고 정청으로 나아갔다. 앞으로의 대책을 의논하기 위해서였다. 그런 아버지의 뒷모습을 처절한 눈길로 바라보며 미사 공주는 복도에 석상처럼 우두커니 서 있었다.

"공주님, 밤 공기가 차갑습니다."

공주가 멍하니 있는 것을 보고, 곁에 있던 세이노스케가 조심스레 말했다. 미사 공주는 세이노스케를 바라보며 조용히 입을 열었다.

"세이노스케, 스와 가문은 멸망할지도 몰라."

세이노스케는 놀란 눈으로 미사 공주를 바라보았다.

다음날, 날이 새기도 전에 다케다 군사 오천과 거기에 협력하는 다카토 군사 팔백이 불에 탄 우에하라 성으로 들어섰다. 다케다 하루노부는 다카토 요리쓰구와 일부러 말머리를 나란히 하고 동시에 성문으로 들어섰다.

"기분이 어떠시오, 요리쓰구님?"

하루노부가 말 위의 요리쓰구를 향해 물었다.

"정말 대단한 솜씹니다. 이 요리쓰구, 감복하고 말았소이다."

요리쓰구는 진심으로 말했다. 그토록 견고하던 우에하라 성이 하룻밤 사이에 어이없이 떨어지고 말 줄은 꿈에도 생각하지 못했던 것이다.

"모두, 저 사내의 작품이라오."

하루노부는 성문 앞까지 마중 나온 간스케를 손가락으로 가리켰다.

"간스케라고 했지요? 핫핫, 하루노부님은 정말 대단한 신하를 두셨나이다."

"그것 참 고마운 말씀이오."

그러나 하루노부의 표정은 굳어 있었다. 하루노부는 곧장 성내 일각에 진지를 구축하고, 바로 간스케를 불러들였다. 전령으로 달려온 사람은 하루노부에게 우에하라 성 함락 소식을 전하러 갔던 신자에몬이었다. 신자에몬의 얼굴을 보자 간스케가 갑자기 깊이 머리를 숙였다.

"왜 그러십니까, 간스케님?"

오히려 신자에몬은 간스케에 대해 미안한 생각을 가지고 있었다. 어젯밤 하루노부에게 소식을 전하러 가기 전에, 요리시게를 도망치게 했다고 간스케를 심하게 비난했던 것이다. 그 말을 듣고 하루노부도 화를 냈다. 분명 그것을 질책하기 위해 불러오게 한 것이리라.

"신자에몬, 이제 곧 주군 앞에 가면 자넨 나에게 화를 내게 될 게야."

"?"

"그걸 미리 이렇게 사과하는 거라네. 용서해주게, 신자에몬."

신자에몬과 곁에서 듣고 있던 겐고로는 왜 간스케가 그런 말을 하는지 영문을 알 수 없었다.

"자아, 가세. 겐고로도 따라와."

하루노부는 진지 안에서 측근들과 기다리고 있다가 간스케를 보자마자 일갈했다.

"간스케, 왜 요리시게를 도망치게 했느냐? 어서 말하지 못할까!"

간스케는 빙긋 웃으면서 한쪽 무릎을 꿇었다.

"주군, 정말 축하드리옵니다. 이로써 스와 땅을 손에 넣으셨나이다."

하루노부는 관자놀이에 시퍼런 핏대를 세우면서 소리쳤다.

"누가 그런 걸 물었더냐. 간스케, 대답 여하에 따라서는 네놈을 용서하지 않을 것이야!"

그러고는 측근의 손에서 칼을 빼앗아 들고 앞으로 쓱 내밀었다.

'위험해, 주군은 정말로 화를 내고 있어.'

겐고로는 등에서 식은땀이 흘러내렸다.

"주군, 이 간스케, 목을 내놓기 전에 한 가지 여쭐 말이 있사옵니다."

간스케는 침착한 목소리로 말했다. 하루노부는 칼을 잡은 채 분노를 삭이면서 말했다.

"어서 말하라."

"주군, 이상적인 주군은 어떤 모습이어야 하옵니까? 주군의 생각을 들려주사이다.”

"뭐, 뭐라고!”

하루노부는 허를 찔린 듯한 기분이었다. 목숨을 구걸하는 말을 하리라 생각하고 있었던 것이다. 하루노부는 내심의 동요를 감추기 위해 잠시 뜸을 들였다.

"밖으로는 용맹과감한 무장이며, 안으로는 백성을 평안히 하는 자비로운 영주.”

갑작스런 일이라, 하루노부는 평소 마음에 두고 있던 두 가지 좌우명을 말했다. 간스케는 그럴 줄 알았다는 듯이 고개를 끄덕였다.

"바로 그러하옵니다. 과연 주군이시옵니다.”

"쓸데없는 아첨 떨지 마라, 간스케.”

하루노부는 아직 화가 가라앉지 않은 상태였다. 간스케는 고개를 가로저었다.

"거짓으로 드리는 말씀이 아니옵니다. 확실히 해두고 싶었을 뿐이옵니다. 용맹한 무장이며 자비로운 영주, 그거야말로 이상이 아니겠나이까? 이 두 가시 중 하나라도 부족하면 아니 되는 법. 아무리 자비로운 영주라 하더라도 자질이 부족하면 그걸로 그 나라는 끝장이옵니다. 백성의 신뢰를 받고 나라를 지킬 수 없기 때문이지요”

"그런 걸 모를 사람이 어디 있단 말이냐?”

간스케는 개의치 않고 말을 이었다.

"만일 어떤 영주가 무장으로서 신뢰할 수 없다면 그 사람은 백성의 신뢰를 잃은 것이나 다름없겠지요.”

"왜 여기서 그런 말을 늘어놓느냐?”

하부노부는 성화를 부렸다.

이 자리에서 간스케의 비약을 따라갈 만한 지적 능력을 가진 사람은 하루노부뿐이었다. 이윽고 하루노부는 간스케의 의도를 희미하게나마 깨달았다.

"요리시게를 두고 하는 말이로구나."

하루노부의 물음에 간스케는 직접적인 대답을 피했다.

"그대로 목을 치면 스와의 가신이나 백성은 자신들의 주군이 적의 속임수에 넘어가 억울하게 목숨을 잃었다고 분노할 것이옵니다. 그 분노는 고스란히 다케다 가에 대한 원한으로 변하여, 몇십 년이 지나도 사라지지 않을 것이옵니다. 그러나 신자에몬과 겐고로의 활약으로 그 자는 성을 버리고 측근만 거느린 채 도망치고 말았나이다. 그 자리에서 할복하는 편이 더 현명했을 것이옵니다. 도망쳤다는 오명은 영원히 씻을 수 없을 것이옵니다. 즉 무장으로서 스와 요리시게는 이미 죽은 거나 다름없나이다."

간스케의 말은 단호했다.

"과연, 그래서 두 번 죽이겠다고 했더냐?"

하루노부가 감탄하며 물었다.

"그러하옵니다."

간스케는 가볍게 고개를 숙였다.

"그러나 간스케, 스와 사람들이 과연 요리시게를 버리겠느냐?"

하루노부가 확인하듯이 물었다.

"염려하실 필요 없사옵니다. 스와 요리시게가 다케다의 미숙한 젊은이에게 속아 성을 버리고 도망쳤다는 소문을 사방에 퍼뜨릴 것이옵니다. 현실적으로 우에하라 성이 함락된 지금, 누구도 이 소문을 부정하지 못할 것이 아니겠나이까."

간스케가 그렇게 말하자 그때까지 가만히 듣고 있던 아키야마 신자에몬이 화난 목소리로 외쳤다.

"간스케님, 저를 미숙한 자라 하셨나이까!"

벌겋게 달아오른 얼굴로 신자에몬이 따지고들었다. 주군 앞에서 미숙한 자라 불리는 것은 사무라이의 자존심이 허락할 수 없는 일이었다. 게다가 미숙한 사람으로 온 세상에 이름이 알려진다는 것은 도저히 참을 수 없는 일이었다. 간스케는 평온한 목소리로 말했다.

"신자에몬, 내 말을 벌써 잊었느냐?"

"엣?"

"내가 말하지 않았느냐? 주군 앞에서 반드시 화를 낼 것이라고, 그래서 미리 용서를 구한다고 말이야."

신자에몬은 저도 모르게 절규하고 말았다. 그랬다. 분명 간스케는 그런 말을 했다.

"겐고로도 그리 알고 있을 게야."

간스케는 우에하라 성 공략의 대장과 부대장 임무를 맡았던 두 젊은이를 번갈아 쳐다보며 말을 이었다.

"누구든 미숙한 자라 불리면 사무라이로서 자존심이 상할 것이야. 화가 나는 것도 당연해. 그러니 이번 우에하라 성 공략에서 노련한 사무라이는 아무 의미가 없어. 미숙한 자를 대장으로 내세웠기 때문에 요리시게에게 결정타를 먹일 수 있었던 것. 그러니 나를 용서해달라고 했던 게야."

간스케의 말에 하루노부는 입을 크게 벌리고 호탕하게 웃음을 터뜨렸다.

"하하하! 용서해주거라, 신자에몬, 겐고로. 간스케의 지혜가 이긴 게야. 다케다 가를 위해 참도록 해라."

주군의 말이 떨어진 자리에서 화를 낼 수도 없는 노릇이었다. 그러나 하루노부는 웃고만 있지 않았다.

"간스케, 무장으로서 요리시게는 죽었다. 그건 그대 말이 맞아. 그러나 구와바라 성에서 아직 숨을 쉬고 있는 그 시체를 어떻게 처리한단 말이냐? 게다가……."

"네네님과 도라오마루님을 어떻게 구할 것인가, 하는 말씀이시지요?"

간스케는 마치 오른손이 치면 왼손이 울리듯이 즉각 반응했다.

"그렇다. 어떡할 생각이냐?"

하루노부가 물었다.

자칫 잘못했다간 전원이 성 안에서 자결하고 말 것이다.

"요리쓰구를 움직이게 할 생각이옵니다."

간스케는 의외의 인물을 입 밖으로 내뱉었다.

"요리쓰구를?"

하루노부는 고개를 갸웃거렸다. 다카토 요리쓰구는 요리시게를 치기 위해 대의명분상 필요했던 존재다. 스와 씨의 본가와 분가의 내분에 다케다가 개입한다. 이것이 간스케가 그린 도식이었다. 실제로는 다케다의 일방적인 침략이지만, 적어도 표면적으로는 그런 의도를 드러내고 싶지 않았다. 스와 사람들의 반감이 두려웠기 때문이다. 그러나 이제 그럴 염려도 없어졌다. 요리시게가 그런 추태를 보인 이상 스와의 인심은 요리시게를 떠났다고 봐야 했다. 이제 요리시게는 시체나 다름없었다. 그와 동시에 요리쓰구의 역할도 끝났다.

"요리쓰구를 어떻게 써먹자는 말이냐?"

이른바 용도 폐기된 도구와 같은 요리쓰구를 어디다 써먹을 것인지, 하루노부는 간스케의 생각을 들어보고 싶었다.

"구와바라 성 공략의 선봉에 세우는 것이지요."

"요리쓰구가 과연 그 제안을 받아들일까?"

하루노부는 의심스러웠다. 이번 스와 공략에도 엉덩이를 뒤로 빼기만 하던 요리쓰구가 아니던가. 다케다의 진의를 의심해서 다케다가 출정할 때까지 움직이지 않았던 요리쓰구가, 명예롭긴 하지만 많은 희생이 따를 선봉을 받아들일 리가 없지 않은가.

"받아들일 것이옵니다."

간스케는 자신만만한 표정으로 덧붙였다.

"그때와는 사정이 다르옵니다. 요리쓰구가 움직이지 않은 것은 다케다 가에 속아 함정에 빠질까 두려워했기 때문이 아니옵니까. 그러나 지금은 그런 의구심도 사라졌나이다. 그렇다면 이제 요리쓰구가 두려워하는 것은 오로지 하나."

"뭐냐, 그게?"

"사냥감을 주군에게 모두 빼앗기는 것."

간스케는 단언했다.

"흠."

하루노부는 생각해보았다. 그럴지도 몰랐다. 이제 남은 것은 스와의 땅을 누가 차지하느냐, 그것이 문제다. 둘로 나누지는 약속이 되어 있었다. 그러나 스와의 마지막 보루인 구와바라 성을 함락하고, 요리시게의 목을 자른 쪽이 주도권을 내세울 것이 분명했다. 이미 우에하라 성은 다케다의 손에 의해 깨끗이 함락되었다.

요리쓰구로서는 구와바라 성만큼은 자기 손으로 함락시키고 싶을 것이다. 그래야 다케다와 대등한 입장에 설 수 있을 테니까. 게다가 구와바라 성 공략은 우에하라 성보다 훨씬 더 쉬울 것이다. 요리시게가 이미 인심을 잃었기 때문이다.

'과연 그렇다. 요리쓰구는 사진해서 구와바라 성을 향해 공격을 개시할 것이다.'

하루노부는 고개를 끄덕였다.

"그러나 간스케, 내가 묻고 싶은 것은 요리시게의 목을 칠 계략만이 아니다."

하루노부는 상기시키듯이 말했다. 간스케는 그 말뜻을 너무도 잘 알고 있었다.

"네네님과 도라오마루님을 어떻게 구할 거냐는 말씀이시겠지요."

"바로 그렇다, 간스케. 어떡할 생각이냐?"

하루노부는 무릎을 앞으로 내밀었다. 구와바라 성을 다카토 요리쓰구로 하여금 공략하게 한다. 그건 저절로 그렇게 될 것이다. 간스케가 지적한 대로, 요리쓰구는 자진해서 앞장설 것이다.

그러나 모든 것을 요리쓰구에게 맡겨두면 요리시게 일족은 모두 죽음을 당하고 말 것이다. 분가의 요리쓰구가 스와 본가를 완전히 수중에 넣기 위해서는 요리시게의 피를 이은 적자를 살려두어서는 안 된다. 요리쓰구는 성을 차지하고, 도라오마루의 목을 칠 때까지 싸울 것이다. 그러나 그것은 다케다의 처지를 곤란하게 만드는 일이기도 했다.

"요리시게는 요리쓰구를 어떻게 생각하고 있을 것 같사옵니까?"

간스케는 혼잣말처럼 중얼거렸다.

"그거야 말할 것도 없지. 요리시게를 일족의 배신자로서 증오할 테지. 창자가 끊어질 정도로 저주하고 있을 게야."

하루노부가 말했다.

"주군과 요리쓰구 중 요리시게는 어느 쪽을 더 미워하겠나이까?"

간스케는 주군에 대한 예의도 잊은 듯이 거북한 말을 아무렇지도 않게 뱉어냈다.

하루노부는 언짢은 기분을 감추고 대답했다.

"그건 나보다 요리쓰구를 더 미워할 게야. 난 처남이긴 하지만, 원래

가 남남이 아닌가. 그러나 요리쓰구는 누가 뭐래도 스와 일족. 분가의 성주로서 본가에 반역을 일으켰으니, 누가 그를 용서하겠는가!"

"바로 그러하옵니다. 피를 나눈 형제이기에 더욱 화가 나는 것이 인간의 심리가 아니겠나이까? 주군, 바로 그 점을 잘 이용하면 될 것이옵니다."

간스케는 빙긋 웃었다.

"어떻게 이용할 생각이냐?"

하루노부의 눈이 번득였다.

"요리쓰구에게 구와바라 성을 실컷 공략하게 해놓고, 성으로 사자를 보내 화의를 제안하는 것입니다."

"화의라고? 말도 안 되는 소리. 요리시게가 그 말을 곧이들을 것 같으냐?"

하루노부는 어이가 없었다.

다케다는 요리시게를 이미 속인 처지가 아닌가. 아무리 요리시게가 사람이 좋다지만, 이번에는 절대 속아주지 않을 것이다.

"주군, 절대로 그렇지 않사옵니다. 조건에 따라 반드시 요리시게는 손을 내밀 것입니다."

"어떤 조건인가?"

"요리시게가 가장 원하는 것을 드리면 되는 것이지요."

"그게 뭐냐?"

"다카토 요리쓰구의 목."

간스케는 거침없이 말했다.

예상치 못했던 간스케의 말에 겐고로는 흠칫 놀랐다.

'주군은 과연 어떤 반응을 보일까?'

겐고로는 하루노부의 표정을 슬쩍 훔쳐보았다. 하루노부는 태연한 척했다. 그러나 그것이 허세에 지나지 않는다는 것을 겐고로는 알 수 있었다.

그러나 하루노부는 냉정을 가장하여 침착하게 말했다.

"그걸로 요리시게가 손을 내밀까?"

"요컨대 어떻게 말을 하느냐에 달렸나이다. 요리시게가 가장 염려하는 것은 가장 미워하는 배신자 요리쓰구가 스와 본가의 동량에 오르는 일이외다. 주군의 힘으로 그것을 허락하지 않겠다는 약속을 하시면 되옵니다."

"내 약속을 요리시게가 믿어줄까?"

하루노부는 턱을 까딱거리며 씁쓸한 어조로 되받았다. 간스케는 엄숙한 표정으로 말했다.

"믿고 싶을 것이옵니다. 이렇게 된 이상, 이전처럼 스와의 동량으로 자리를 지킬 수 있다고는 생각지 않을 것이 분명한 일. 그렇지만 요리쓰구가 자신을 대신하여 동량의 자리에 앉는 것만은 절대로 허락하지 않으려 할 것이옵니다. 그러므로 주군께서 요리쓰구의 목을 쳐주겠다고 하시면 요리시게는 그 말을 그대로 믿고 싶어할 게 분명하나이다."

"정말로 그 말을 믿어줄까?"

하루노부는 반신반의하는 표정이었다.

"주군께서는 이 스와 땅 전부를 손에 넣으실 생각이지 않나이까?"

간스케의 말에 하루노부는 고개를 끄덕였다.

"그렇다면 언젠가 요리쓰구를 쳐야 하나이다. 즉 요리쓰구의 목을 친다는 것은 거짓말이 아니라 진심이 되는 것이지요. 그런 말로 설득하면 요리시게님도 납득하지 않을 수 없을 것이옵니다."

"하하하, 거짓이 아니다. 그건 맞는 말이야."

하루노부는 뭐가 그리 우스운지 입을 크게 벌리고 호탕하게 웃었다.

간스케는 하루노부가 웃음을 그치기를 기다렸다가 덧붙였다.

"그리고 또 한 가지, 요리시게가 화의를 받아들이지 않을 수 없는 이유가 있사옵니다."

"뭐냐, 그건?"

"네네님과 도라오마루 때문입니다. 요리시게는 누구보다 자식을 사랑하는 사람이니, 모자의 목숨만은 구하고 싶을 것이옵니다. 그러나 요리쓰구에게는 절대로 그런 바람을 가질 수 없지 않겠나이까?"

하루노부는 고개를 끄덕였다. 그건 그렇다. 다카토 요리쓰구는 본가를 빼앗기 위해 요리시게의 혈육을 뿌리째 잘라버릴 것이다.

"과연, 바로 내가 그 틈을 비집고 들어가 요리쓰구의 목과 도라오마루의 목숨을 보장하고 화의를 신청한다는 말이로군."

2

간스케의 예상내로 나가토 요리쓰구는 구와바라 성 공략을 자청하고 나섰다.

"맡겨주십시오, 하루노부님. 구와바라는 우리 나라에서도 가장 견고한 성이니, 더 이상 다케다 가에게 피해를 끼치고 싶지 않소이다. 이 목숨을 걸고서라도 저 성을 함락시키겠소이다."

그렇게 말한 요리쓰구는 비장한 표정을 지으며 가슴을 앞으로 내밀었다.

"정말 고마운 말씀이오 그럼 이 건은 성주의 손에 맡기도록 하지요"

하부노부도 짐짓 비장한 표정으로 요리쓰구의 손을 잡았지만 속내는 달랐다.

'이런 교활한 놈. 신하에게도, 백성에게도 버림받은 요리시게를 치는데 무슨 고생이 있을까. 공을 세워 욕심을 채우기 위해 다케다의 원조는 필요없다는 말이 아니냐. 처음 한 말과는 달라도 너무 달라.'

지금의 요리시게는 꼬리만 쳐도 쓰러질 형편이었다. 물론 구와바라 성은 우에하라 성보다 더 높은 산 위에 있는 천연의 요새였다. 그러나 스와 가에 최후의 충성을 다하려고 그 성에 모인 사람은 고작 이백 명에 지나지 않았다.

간스케는 아시가루들에게 명하여 이 지역에 소문을 퍼뜨려놓았다. 스와의 동량인 스와 대사의 제사장 요리시게가 다케다의 새파랗게 젊은 놈에게 속아 성을 빼앗기고, 걸음아 날 살려라 하고 도망쳤다는 그 소문은 스와 가의 단결력을 깨뜨려버렸다.

간스케는 거기에다 최후의 일격을 가했다. 그래도 주군을 따라 최후의 싸움에 임하려고 구와바라 성으로 들어가려는 사람들이 있었다. 간스케는 구와바라 성으로 통하는 모든 길을 봉쇄해 그런 사람들을 쫓아버렸다.

이 책략은 과연 효과적이었다. 아군이 늘어나리라 생각하고 성내에서 전투 준비를 하던 병사들이 동요를 일으켜, 그들마저 도망치기 시작한 것이었다. 간스케는 봉쇄하고 있는 병사들에게 엄명해, 도망자는 그냥 내버려두게 했다. 그것이 알려지자 도망자는 더욱 늘어났다. 며칠 전까지 일천에 달하던 스와 군대는 이백 명도 안 되는 숫자로 줄어들어 이미 전의를 잃은 상태였다.

"겐고로."

저녁노을에 물든 산상의 구와바라 성을 바라보며 하루노부가 입을 열었다.

"예."

망국의 유민들 137

겐고로는 무릎을 꿇은 채 대답했다.

주변에 다른 사람은 없었다.

"신대神代 이래로 명문을 자처하던 스와 가를 위해 목숨을 걸고 싸울 사람이 이백 명이라니. 이게 많다고 해야 하느냐, 적다고 해야 하느냐?"

"……."

"만에 하나, 장래에 우리 다케다 가가 멸망할 위기에 처하면 과연 몇 명이나 마지막까지 싸워주겠느냐?"

"주군, 그런 불길한 말씀은 마소서."

겐고로는 안색을 바꾸고 주군을 나무랐다.

"그렇게 호들갑떨 건 없다. 다케다의 태양은 이제 막 떠오르기 시작했으니까."

겐고로가 정말로 화를 내고 있음을 알고, 하루노부는 웃음을 보이며 말했다.

"내가 하고 싶은 말은 영주領主의 그릇이야."

"그릇이라 하셨나이까?"

겐고로는 여태 그런 생각을 해본 적이 없었다. 겐고로 자신이 한 나라의 주인도 아니고, 직접 대해본 영주라고는 하루노부밖에 없었다. 여태 다른 나라의 주인과 비교한다는 것은 상상도 해보지 못했다.

"요리시게를 어떻게 생각하느냐?"

하루노부는 겐고로에게 물었다. 그런 질문을 받아본 것은 지금이 처음이었다.

"예, 자비심 깊은 분인 줄 아옵니다."

일단 겐고로는 그렇게 대답했다. 요리시게에 대해 별로 아는 게 없었다. 단지 도라오마루의 신궁 참배 때, 요리시게는 간스케의 목숨을 살려주었다. 거칠고 도발적인 사람이었다면 틀림없이 목을 베었을 터였다.

그 대답을 듣고 하루노부는 겐고로에게 날카로운 시선을 던지며 물었다.

"그것만으로 충분하다고 생각하느냐, 겐고로?"

"예?"

"그것만으로 충분하냔 말이다. 영주는 승려가 아니다. 그저 자비심만 깊어서 되겠느냐?"

하루노부의 말에 겐고로는 간스케를 떠올렸다. 간스케는 그것만으로는 안 된다고 했다.

"주군께서는 이전에 이런 말씀을 하셨나이다. 안으로는 인자한 영주, 밖으로는 용맹한 장수. 그래야 한다고 생각하나이다."

겐고로가 그렇게 말하자 하루노부는 만면에 웃음을 떠올렸다.

"겐고로."

"예."

"너도 이제 어른이 되었구나."

하루노부의 말에 겐고로는 어떻게 대답해야 할지 몰라 그저 고개를 숙였다.

'간스케에게 맡긴 건 잘한 일이었어.'

하루노부는 짧은 시간에 간스케가 올린 성과에 대해 만족해하고 있었다. 우에하라 성 탈취는 오히려 작은 공에 지나지 않았다. 무엇보다 큰공은 인심을 요리시게로부터 떠나게 한 것, 게다가 겐고로와 신자에몬을 버젓한 사무라이로 성장시킨 일이었다.

'만일 그때 간스케를 발탁하지 않았더라면 큰 손해를 볼 뻔했어.'

하루노부의 등에서 식은땀이 흘러내렸다.

　　　　　　＊　　　＊　　　＊

　구와바라 성은 본루와 제2루만으로 구성된 작은 성이었다. 그러나 급경사 위에 세워져 있어 방어하기에는 더없이 좋았다.
　스와 요리시게는 성 안에서 저 멀리 산기슭에 늘어서 있는 군세를 보고, 분노에 차서 몸을 떨었다. 저녁노을의 옅은 햇살을 받으며 성에 가장 근접해 있는 군대는 꾸지나무(뽕나무과의 나무) 잎 문양의 깃발을 세우고 있었다.
　"이놈, 요리쓰구!"
　요리시게는 저주의 일성을 터뜨렸다. 꾸지나무 잎은 스와 가문의 정통을 나타내는 문장이었다. 따라서 분가에서는 사용할 수 없었다. 그러나 다카토 요리쓰구는 본가 요리시게의 허락도 없이 제멋대로 꾸지나무 잎을 문장으로 사용하고 있었다. 아마도 오래 전부터 반역의 마음을 품고 본가를 치기 위해 준비하고 있었을 것이다.
　요리시게의 눈에는 그 깃발밖에 보이지 않았다. 다카토 군대의 뒤에는 하루노부가 이끄는 다케다의 군사 오천이 있었지만, 요리시게의 눈에 그 모습은 들어오지 않았다.
　간스케의 진언으로, 다케다 군대는 가능한 한 눈에 띄지 않게 깃발을 내리고 사태를 관망하고 있었다. 그러나 아무리 눈에 띄지 않게 한다 해도 오천의 병사를 숨길 수는 없었다. 그럼에도 요리시게의 눈에는 다카토 군대밖에 보이지 않았다. 증오심이 요리시게의 눈을 가리고 있었던 것이다.
　'내일 새벽에 놈들이 공격해올 것이다.'
　냉정을 잃은 요리시게에게도 그 정도의 안목은 있었다.
　성내에서 도망질 사람은 거의 다 도망치고, 남은 사람은 요리시게에게 충성을 바치는 측근 가신들뿐이었다. 적은 더 이상 기다릴 필요를 느끼지 못하고 있었다. 방어에 비해 공격 쪽의 힘이 너무 강력하여, 딱히 야습의 필요성도 못 느낄 터였다. 날이 밝으면 적은 일제히 공격을 감행할 것이다. 정공법은 대낮의 햇빛을 활용하는 편이 더 효과적이었다. 따라서 공격 개시는 새벽이 분명했다. 포진 상태로 볼 때 선두에는 요리쓰구가 설 것이 분명했다.

'요리쓰구, 이 죽일 놈! 내 무슨 일이 있어도 네놈의 목만은 베고 말테다.'

요리시게의 마음속에는 사돈의 연을 짓밟아버린 다케다 하루노부에 대한 증오심이 없는 건 아니었다. 그러나 배신자 다카토 요리쓰구에 대한 증오심은 그보다 더 강렬했다. 요리시게는 '어떻게 하면 요리쓰구를 죽일 수 있을까'만 생각했다. 얼굴은 귀신처럼 처참하게 뒤틀려 있었고, 마음은 야차夜叉보다 더 싸늘하고 냉혹해져 있었다.

"아버님."

등뒤에서 맑은 여자 목소리가 들려왔다.

뒤를 돌아보자 세이노스케를 거느리고 미사 공주가 서 있었다.

"미사로구나, 무슨 일이냐?"

요리시게의 목소리에는 독기가 배어 있었다. 미사는 천천히 고개를 숙이고 침착한 목소리로 말했다.

"내일 일을 미사도 알고 싶사옵니다."

"내일 일이라니?"

요리시게는 가슴이 철렁 내려앉는 고통으로 말을 받았다.

"예."

미사 공주는 아버지의 얼굴을 똑바로 쳐다보았다.

'내일, 적이 총공격을 감행할 거란 사실을 알고 있구나.'

요리시게 역시 딸의 얼굴을 똑바로 바라보았다.

"네가 사내라면 어떻게 하겠느냐?"

후웃, 숨을 몰아쉬고 요리시게가 물었다. 미사 공주는 밝은 미소를 떠올리며 말했다.

"이제 와서 남자가 될 수야 없지요. 아버님, 그것만은 용서해주세요."

미사 공주는 살며시 다시 한 번 고개를 숙였다. 그런 딸을 보면서 요리시게가 미소지었다.

"내일 일은 걱정할 것 없다. 요리쓰구 같은 배신자는 내 손으로 반드시 처치하고 말 게다. 넌 안에서 조용히 좋은 소식만 기다리고 있으면 된다."

"정말 그리하면 되옵니까?"

미사 공주는 여전히 미소를 머금고 있었다.

"물론, 그럼 되고말고."

요리시게는 크게 고개를 끄덕이며 되받았다.

요리시게에게는 승산이 없었다.

있을 리가 없었다. 병사는 고작 이백 명, 석은 다카토 군사 팔백에, 다케다 군사 오천, 총 오천팔 백의 대군이었다. 원군이 올 리도 없고, 적이 물러날 가능성도 없었다. 성이 함락되리라는 건 이미 정해져 있었다.

'요리쓰구의 목만은 기필코 베고 말겠다. 그것이 지금 내가 해야 할 의무다.'

요리시게는 미사 공주의 웃음 띤 얼굴을 대하면서 투지에 불타오르는 자신을 느꼈다.

"아버님."

"그래, 말해보거라."

"무운을 비옵니다."

"그래, 기도나 해주려무나. 스와 명신도 제사장 가문을 그냥 버리시지만은 않을 게야."

요리시게는 웃었다. 싸움이 시작된 이후 처음 보이는 웃음이었다. 미사 공주는 마음을 놓았다. 내일 이 성은 함락될 것이고, 일족은 멸망할지도 모른다. 그러나 명문 스와 가의 최후가 결코 비겁해서는 안 된다. 요리시게에게 마음의 여유가 없으면 장엄한 최후는 바랄 수 없었다. 곁에서 지켜보는 젊은 세이노스케도 알 수 있는 일이었다.

'공주님은 정말 현명하고 강한 분이셔.'

세이노스케는 진심으로 그렇게 생각했다.

날이 밝자 요리쓰구 이하 다카토 군대 팔백은 구와바라 성 공략의 깃발을 높이 세웠다.

구와바라 성은 세 방향으로 절벽에 싸여 있어, 공격로는 서남쪽 산길밖에 없었다. 요리시게의 군대는 그런 사실을 너무도 잘 알고 있어서 미리 그 길 위에 방어벽을 세우고 있었다.

이미 성 쪽에서 도망치는 사람도 없어졌고, 남은 사람들은 목숨을 버릴 각오를 굳히고 있었다. 대장 스와 요리시게가 냉정을 되찾으면서 성내 병사들의 동요도 사라졌다.

요리쓰구의 예상이 빗나간 것이었다.

'어떻게 된 거야? 이놈들, 제법 거세구먼.'

성으로 올라가는 길에서 지휘하고 있던 요리쓰구의 이마에서 기름땀이 맺혔다. 아군 팔백에 비해 적은 이백도 안 된다. 성에서 지키는 입장이라 유리하긴 하지만, 그래도 사 대 일이 아닌가. 게다가 적군은 전의를 상실하고 있는 것이 마땅했다.

망국의 유민들 143

"겐고로, 보아라. 저것이 죽음을 각오하고 싸우는 사람들의 무서움이야."

고전하는 다카토 군대를 멀리 산 위에서 바라보며 간스케가 겐고로에게 말했다. 방책을 돌파하려는 다카토 군대를 성내의 병사들은 한 발짝도 허락하지 않았다. 멀리서 보아도 성의 병사들이 목숨을 걸고 싸우고 있음을 알 수 있었다.

"왜 저렇게 필사적으로 싸우는 걸까요?"

겐고로는 이미 어른이 되어가고 있었다. 바로 얼마 전까지만 해도 병사란 당연히 목숨을 걸고 싸워야 한다고 생각하던 겐고로였다. 그러나 겐고로는 간스케의 가르침을 받아, 사람의 마음을 읽으려 했다. 구와바라 성의 전의는 간스케의 책략으로 모래성처럼 무너져야 했다.

"나도 모를 일이야."

간스케는 태연자약하게 대답했다.

"군사님도 모르는 일이 있나이까?"

겐고로가 물었다. 결코 비꼬는 말투가 아니었다. 사랑이 듬뿍 담긴, 장난기 섞인 목소리였다.

"이놈, 어디서 말장난을 하느냐."

간스케는 씁쓸하게 웃으면서도 이렇게 생각하고 있었다.

'성내에는 아직 '사람' 같은 사람이 있어. 과연 명문이야. 썩어도 준치라더니.'

동요를 가라앉힌 것이 바로 미사 공주라는 사실을, 간스케는 상상도 하지 못했다.

"예상이 빗나갔군요"

겐고로가 다시 입을 열었다. 지금껏 간스케의 책략이 벗어나는 일이 없었기 때문에 놀려주고 싶은 마음이 은근히 솟아났다.

"겐고로, 넌 아직 모르고 있구나. 이 싸움은 성 쪽에서 분투하면 할수록 다케다 가에게는 이익이라는 사실을."

"호오, 그건 또 왜 그러느냐, 간스케?"

그때까지 묵묵히 두 사람의 대화를 듣고 있던 하루노부가 물었다. 간스케는 바닥으로 내려와, 앉아 있는 하루노부 쪽으로 다가갔다.

"말씀 올립니다. 우리가 가장 두려워해야 할 것은 오히려 구와바라 성이 간단히 함락되는 일이옵니다."

그 한마디로 하루노부는 모든 것을 알 수 있었다. 하루노부는 요리시게에게 화의를 신청할 기회를 노리고 있었다. 물론 거짓 화의이긴 하지만. 요리시게에게서 네네와 도라오마루만 빼앗으면 그뒤에는 아무래도 좋았다.

그러나 그러기 위해서는 스와 본가를 치려고 눈에 핏발을 곤두세우고 있는 요리쓰구의 공격을 멈추게 하고, 성내로 사자를 보내지 않으면 안 된다. 그 기회를 어떻게 잡느냐가 바로 관건이었다. 요리쓰구가 파도처럼 밀고 들어가 성을 빼앗아버리면 사자를 보낼 기회도 없어지고 만다. 그러나 성의 병사들이 완강히 저항하여 요리쓰구의 공략이 실패한다면……

'과연 그렇다. 사자를 보낼 기회가 생기는 거야.'

하루노부는 눈앞이 밝아지는 것 같았다.

"주군, 이제 곧 요리쓰구는 원군을 청해올 것이옵니다."

비아냥거리는 투로 간스케가 말했다.

전황을 살펴보는 하루노부의 마음은 유쾌하기 짝이 없었다. 적과 아군이라는 입장을 떠나 성 쪽 병사를 응원하고 싶은 기분이었다.

간스케가 웃으며 말했다.

"주군, 요리쓰구가 찾아오시면……"

"알고 있네. 화를 내면서 일단 병사들을 물리치게 하라는 게지?"

"예. 그 틈을 타서 제가 성 안으로 들어가, 요리시게를 이 세 치 혀로 설득해보겠사옵니다."

"정말 자신이 있느냐? 자칫하다가는 이번에야말로 목이 달아날지도 몰라."

그 말을 하고서야 하루노부는 비로소 상당히 위험한 일이라는 생각이 들었다. 상대는 지금 분노가 극에 달해 있었다. 간스케를 보자마자 베어버릴 공산도 있었다.

"이럴 때 필요한 것이 배짱이라는 놈이 아니겠나이까?"

간스케는 태연한 표정으로 말했다.

"하하하, 정말 대단한 자신감이야."

이제 하루노부는 간스케를 절대적으로 신뢰했다. 아무리 어려운 공작도 간스케에게 맡기면 간단히 성공할 수 있을 것 같은 기분마저 들었다. 그러나 정작 당사자인 간스케는 표정과 달리 그리 마음이 편치 않았다.

'이번에는 정말 위험해. 세 치 혀를 한 번만 잘못 놀려도 목이 달아날 것이다.'

자신의 추한 얼굴이 창끝에 찔려 구바와라 성문 앞에 걸리는 광경을 떠올려보았다. 그럴 가능성이 너무도 컸기 때문에, 그 영상은 간스케의 뇌리에서 떠나지 않았다.

3

과연 예상대로 다카토 요리쓰구는 원병을 요청해왔다. 구와바라 성에 칩거하고 있는 스와 세력 이백 명의 완강한 저항에 직면하여, 요리쓰구의 팔백 병사들은 성벽 앞까지도 나아가지 못하고 있었다. 1방어벽, 2방어벽을 뚫고 세 번째 방어벽에 부딪쳤을 때 다수의 다카토 군은 소수의 스와 군에게 밀려 물러나지 않을 수 없었다.

"바보 같은 놈들!"

믿음직스럽지 못한 다카토 군대를 향해 하루노부는 쓴웃음을 지으며 일갈했다. 다카토 세력이 약하면 약할수록 다케다에게는 유리했다. 그것을 잘 알고 있으면서도 우군에 속한 군사가 터무니없이 나약한 모습을 보이자 무장으로서 기분이 좋지 않았다.

"주군, 이제 곧 요리쓰구의 사자가 올 것이옵니다."

간스케가 주의를 환기시켰다.

본진의 회의용 책상에 팔을 걸치고 있던 하루노부의 눈에, 산 쪽에서 기마무사 하나가 이쪽으로 달려오는 것이 보였다. 하루노부는 그 사자를 쫓아버렸다.

"그것도 싸움이라고 하느냐! 무문武門의 수치다. 요리쓰구님에게 전하라. 좀더 힘을 내라고."

그것이 하루노부의 대답이었다. 겐고로는 의외라고 생각했다.

간스케의 책략은 원군 요청을 받으면 즉시 물러서게 한 다음 그 틈을 타 성내에 사자를 보내는 것이었다. 만일 이러다가 요리쓰구의 군대가 구와바라 성을 함락시켜버리면 도라오마루를 구출할 기회는 영원히 사라지고 말 것이다. 신자에몬도 같은 생각이었다.

'간스케님은 왜 가만있는 걸까?'

간스케는 하루노부의 곁에 앉아 있었다. 그러나 묵묵히 하루노부를 보고 있을 따름이었다. 하루노부가 간스케와 겐고로를 향해 먼저 입을 열었다.

"서두를 필요 없네. 저런 식으로 백 날 싸워봐야 구와바라 성은 꼼짝도 하지 않아."

하루노부의 말 그대로였다.

잠시 후 두 번째 사자가 왔다. 하루노부는 그 작자도 쫓아버렸다.

"주군, 너무 여유를 부리다가 기회를 놓칠 수도 있사옵니다."

간스케가 심각한 어조로 말했다. 만일을 위해 주의를 준 것이었다. 간스케도 다카토 군대가 절대로 구와바라 성을 함락시키지 못할 것이라 예측하고 있었다.

"알고 있어. 이번에는 원군을 보낼 걸세."

하루노부는 귀찮다는 듯이 말했다. 간스케는 만족스럽게 고개를 끄덕였다.

'됐어. 싸움을 질질 끌어 양쪽 다 지치게 하는 거야.'

그렇게 되면 다카토 군대는 물러서지 않을 수 없고, 성의 병사들도 피로하여 화의에 응해올 가능성이 더 커진다.

해가 중천을 지나고 있는데도 다카토 군대는 여전히 고전을 면치 못하고 있었으며, 다케다 군대는 유유자적하게 점심을 먹었다. 보통때 같았으면 하루에 두 끼만 먹었을 테지만, 지금은 전투 중이라 주먹밥이 지급되었다. 다케다 군은 임전태세를 풀지 않았다. 그러나 실제로 싸움에 임하는 병사는 극소수였다. 우에하라 성 공략에 종사한 간스케를 비롯해 백 명 정도에 지나지 않았다.

"주군, 이제 슬슬 일어설 때가 된 듯하나이다."

중신 이타가키 노부카타가 더 이상 참지 못하고 달려왔다.

"아직 일러."

"주군!"

그 목소리에는 불만이 가득 묻어 있었다.

'쯧쯧, 이것도 보이지 않는단 말이냐?'

하루노부는 실망했다. 백전노장이며 중신의 우두머리격인 노부카타조차 전투라는 작은 틀 안에서만 사물을 보고 있었다. 전략이라는 보다 큰 차원에서 사물을 보지 못하는 것이었다.

'결국 간스케와 나뿐이란 뜻이군.'

하루노부는 그런 생각을 했다. 불만을 토로하는 노부카타를 물러나게 하자마자 다카토 요리쓰구의 세 번째 사자가 달려왔다. 이번에는 땅에 넓죽 엎드려 원군을 요청했다.

"다카토 군대가 이렇게 나약하단 말이냐!"

하루노부는 그 한마디를 던지고 스스로 직속 부대를 거느리고 성 쪽으로 나아갔다. 이는 이례적인 일이었다. 주군을 지키는 친위대는 거의 전투에 나서지 않았다. 대단한 격전이라든지 패색이 짙을 경우가 아니면 그들은 절대로 나서지 않는다.

보통 정병으로 구성된 이타가키 노부카타 부대, 아마리 도라야스 부대를 핵심으로 공격을 감행했다.

그러나 지금은 그래서는 사정이 달랐다. 구와바라 성을 그냥 간단히 함락시키면 안 되는 것이었다. 만일 하루노부가 통상의 공략법에 따라 최후미에서 진을 치고 핵심 부대를 진격시키면 구와바라 성은 눈 깜짝할 사이에 무너지고 말 것이었다. 아무리 성병들이 죽음을 각오하고 싸운다지만, 다케다 군대가 마음먹고 공략하면 수적 차이 때문에 견딜 수가 없을 터였다. 하루노부가 선두에 나선 것은 다른 핵심 부대를 제지하는 의미도 있었다.

요리쓰구는 면목이 없어 의기소침해 있었다. 하루노부는 비아냥거리는 말투로 입을 열었다.

"고생이 많았소. 여기는 우리에게 맡기고, 성주는 일단 뒤로 물러나 쉬도록 하시오."

혹시나 반발할 것에 대비해 배에 힘을 잔뜩 주고 한껏 위엄을 부렸지만, 요리쓰구는 두말없이 물러났다.

"정말 면목이 없소이다. 뒤를 잘 부탁드리오."

요리쓰구는 깊이 머리를 숙였다.

'멍청한 놈 같으니라구!'

하루노부는 기세를 올리며 진을 쳤다.

"간스케, 이제 슬슬 움직일 때가 됐어."

하루노부는 즉시 간스케를 불러 말했다.

다카토 군대가 물러나자 성 안은 정적에 휩싸였다. 아침부터 줄곧 싸워왔기 때문에 병사들의 피로는 극에 달해 있을 것이었다.

"그렇사옵니다. 소인이 나설 차례이옵니다."

간스케는 고개를 끄덕였다.

'지쳐 있으면서도 사기는 높다. 이건 도박이야.'

이제 그만 싸우고 싶다는 기분이 조금이라도 있으면 된다. 화의를 받아들일 가능성이 그만큼 높아지는 것이다.

'문제는 요리시게다.'

요리시게만 결심을 굳히면 어떻게든 된다. 그러나 성내의 사기가 이상할 정도로 높다면 요리시게도 그 분위기에 젖어 있을 위험도 있었다. 상대는 죽을 각오를 굳힌 사람들이었다.

'그러나 요리시게에게는 욕망이 있다. 도라오마루를 구하겠다는 욕망과 다카토 요리쓰구를 죽이고 싶은 욕망. 결사의 각오가 그 욕망을 지워버렸어. 이제 그 욕망에 다시 한 번 불을 지펴야 해. 그게 내 역할이다.'

간스케는 고개 숙여 예를 올리고 자리에서 일어섰다. 하루노부는 겐고로를 불러 요리시게에게 보내는 편지를 간스케에게 넘겨주었다.

"자네 말대로 썼네."

하루노부의 말에 간스케는 다시 머리를 숙였다.

"정말 고맙사옵니다. 그럼 이 간스케, 떠나도록 하겠나이다."

"흠, 잘되기를 기원하고 있겠네."

간스케는 미소를 보이며 물러났다. 적의 방책이 바로 눈앞이었다.

"간스케님, 저도 데려가주세요."

"저도 가겠나이다."

뒤를 따라오며 겐고로와 신자에몬이 말했다. 간스케는 딱 잘라 묵살했다.

"아직 젊구나, 겐고로, 신자에몬."

성질 급한 신자에몬이 반박하고 나섰다.

"간스케님은 아직도 우리를 미숙한 자라 하십니까?"

"그렇지 않아. 생각 좀 해봐라."

간스케는 자상한 어조로 달래듯이 말을 이었다.

"자넨 요리시게를 한 번 속인 적이 있고, 겐고로도 마찬가지야. 그런 자가 사자로 얼굴을 내밀면 어떻게 되겠나? 요리시게의 분노에 기름을 붓는 셈이지. 늘 두 눈으로 사물을 보라고 이르지 않았더냐."

그 말을 듣고 두 사람은 입을 꾹 다물었다.

"내게 맡겨둬. 이 나이가 되도록 공밥 먹고 산 건 아니니까."

간스케는 내뱉듯이 말하고 혼자서 성 쪽으로 나아갔다.

화살이 날아왔다.

'위험해.'

좀 떨어진 곳에서 보고 있던 겐고로와 신자에몬은 저도 모르게 고함을 지를 뻔했다. 그러나 간스케는 믿을 수 없을 정도로 동작이 재빨랐다. 칼을 빼들었는가 싶더니 어느새 화살 몇 개를 떨어뜨렸다. 두 사람은 혀를 내둘렀다. 보통 검객이 아니었다.

간스케는 바짝 긴장했다.

이건 서론에 불과했다. 일단 적의 움직임을 가늠해보았다. 적의 예상치 못한 움직임에 놀란 성 안의 병사들이 이번에는 정확히 조준해 화살을 날릴지도 몰랐다. 간스케는 그때를 노리며 호흡을 가다듬었다.

'손발에만 맞지 않으면 된다.'

그런 위급한 상황에서도 간스케는 침착했다. 무거운 갑옷을 껴입은 것도 다 이유가 있었다.

두 번째 화살 공격이 시작되었다.

간스케는 손발에만 주의하면서 다시 화살을 떨어뜨렸다.

'또 온다.'

곧바로 세 번째 공격이 이어졌다. 숫자는 적었지만 정확히 조준한 화살이었다. 그런 화살일수록 피하기는 쉬웠다. 조준이 정확한 만큼 몸만 약간 비틀면 피할 수 있었다. 그 공격도 피한 간스케는 간발의 틈을 타서 칼을 거두고 오른손으로 칼집째 번쩍 치켜들었다. 오른손잡이인 간스케는 이제 재빨리 칼을 뽑을 수 없게 되었다. 그것은 간스케를 노리고 있는 적도 잘 알 수 있는 일이었다. 적은 다시 화살을 날리려 했다. 그러면서도 간스케가 왜 무방비 상태로 서 있는지 이상하게 생각할 것이다.

'제정신을 가진 놈들이라면.'

그러나 여기서 틈을 주어서는 안 된다. 상대에게 생각할 틈을 주지 않도록 끊임없이 행동해야 했다.

"성내 사람들은 들으시오!"

간스케는 목청을 높이 올렸다.

그 작은 몸 어디에서 그런 소리가 나오는지, 다케다 쪽 사람들도 놀랄 정도로 커다란 목소리였다.

"나는 다케다의 가신 야마모토 간스케 하루유키라 하오. 주군 다케다 하루노부님의 말을 전하러 왔소이다. 스와의 주군께 전해주시오"

단숨에 말한 간스케는 성내의 반응을 기다렸다. 자칫하면 무조건 화살 세례를 받을지도 몰랐다. 이번에는 도저히 막을 수 없는 처지였다. 그러나 걱정하던 사태는 일어나지 않았다. 성내의 병사들은 요리시게에게 말을 전하는 것 같았다.

'다행이다.'

간스케는 포로처럼 잡혀 칼을 빼앗기고 팔이 묶인 채 요리시게 앞으로 끌려갔다.

"다케다의 사자라고 했느냐?"

요리시게는 갑옷을 입은 채 바닥에 앉았다. 그의 등뒤에는 '南無諏訪法性나무취방법성 上下大明神상하대명신'이라는 깃발이 걸려 있었다.

"다케다의 가신 야마모토 간스케라 하옵니다."

간스케는 넓죽 엎드렸다. 요리시게의 얼굴이 벌겋게 달아올랐다.

"네놈들에게 한 번은 속았지만, 다시는 속지 않을 게야."

"분노하시는 것도 당연하십니다."

다소곳한 표정으로 간스케는 얼굴을 들었다.

"어디서 한 번 본 듯한 얼굴이구나."

요리시게는 그 얼굴을 보고 말했다. 한 번 보면 결코 잊을 수 없는 얼굴이었다.

"예. 지난날, 스와 대사를 참배할 때 미가와의 낭인 야마다 간조라 말씀드린 적이 있사옵니다."

"입 다쳐라! 참배라는 건 새빨간 거짓말이 아니었더냐."

"아니옵니다. 소인은 아주 오래 전부터 일본 최고라는 평판이 자자한 스와 대사 참배를 염원했사옵니다."

"듣기 싫다, 이놈! 다케다의 뱃속이 얼마나 검은 줄 내 모를 줄 아느냐. 이 자리서 네놈 목을 잘라버리겠다."

요리시게의 말은 거짓이 아니었다. 하루노부의 서신 따위는 받을 생각도 하지 않고 있었다. 더 이상 속고 싶지 않았다. 간스케는 그 말을 듣고 빙긋이 웃었다.

"그렇게 하시지요. 이 간스케의 목, 원하신다면 기꺼이 드리겠나이다. 그렇지만 그 사내가 꽤 기뻐할 테지요."

"그 사내?"

"그렇습니다. 스와 주군께서 가장 미워하는 그 사내 말이지요."

그렇게 말하고 간스케는 다시 야릇한 미소를 지었다.

요리시게는 드디어 간스케가 던진 먹이를 덥석 물었다.

"누구 말이냐? 하루노부?"

"천만의 말씀이옵니다. 스와 주군께서는 이미 잘 알고 계시질 않사옵니까?"

"……"

"다카토 요리쓰구 그놈 말이옵니다."

간스케는 그 이름을 입에 올렸다. 요리시게는 간스케를 노려보며 말했다.

"왜? 왜, 네 목을 자르면 요리쓰구 놈이 기뻐한단 말이냐?"

간스케는 엄숙한 표정을 지었다.

"그건 당연히 자기 목숨을 보전할 수 있기 때문이옵니다."

"뭐라고?"

요리시게의 눈이 번득이기 시작했다. 그것은 세속을 살아가는 인간의 처절한 눈빛이었다.

요리시게는 크게 숨을 들이쉬고 간스케에게 물었다.

"왜, 네 목을 치면 요리쓰구 놈의 목숨이 보전된단 말이냐?"

"소인, 요리쓰구의 목을 치기 위해 이렇게 위험을 무릅쓰고 찾아온 것이옵니다. 그건 스와 주군의 마음먹기에 달린 일입니다만……"

간스케는 일부러 말꼬리를 흐렸다.

"내가 마음먹기에 따라서?"

"예. 만일 주군 하루노부의 제안을 스와 주군께서 받아들이신다면 요리쓰구에게 내일은 없사옵니다. 그러나 누가 뭐라 하든 소인의 목을 원하신다면 요리쓰구 놈의 목숨은 보전될 것이옵니다."

"내가 두 번 속을 줄 아느냐. 원래 네놈들은 요리쓰구와 짜고 우리를 치지 않았더냐?"

"지당하신 말씀이옵니다."

두말없이 간스케는 인정했다. 너무도 간단히 인정해버리자 요리시게는 놀랐다. 어떤 식이든 변명을 하리라 생각했던 것이다.

"인정하느냐, 네놈들의 교활한 술책을?"

"인정하나이다. 처음에는 그랬사옵니다. 그러나 지금 주군 하루노부는 잘못을 후회하고 계시옵니다."

"잘못?"

"그 비겁한 요리쓰구와 손을 잡은 사실 말이옵니다. 이 구와바라 성 공략에서 주군 하루노부는 요리쓰구의 비겁한 행동에 실망하셨사옵니다. 거기에 비해 스와 본가의 강한 힘에 감복하셨나이다. 도저히 비교할 수 없다 하셨사옵니다."

간스케의 말이 기분 좋게 들려오기 시작했다. 가문의 용맹성을 칭찬하는 그 말이 듣기 싫을 리가 없었다. 그러나 요리시게는 표정을 다스리며 다시 따지고 물었다.

"하루노부는 나와 요리쓰구를 저울질하고 있는 게로군."

"단도직입적으로 말씀드리면, 그렇다 할 수 있사옵니다."

"뻔뻔스럽게 대답도 잘하는구나."

"황공하옵니다."

간스케는 머리를 숙였다.

"내가 속을 줄 알고, 하루노부 놈이 그럴 듯한 먹이로 나를 낚겠단 말이지."

요리시게가 말했다. 그러나 그 말에는 아까처럼 가시가 돋쳐 있지 않았다.

'이제 조금만 더.'

간스케는 여기서 반격에 나섰다.

"아니옵니다. 결코 함정이 아니옵니다. 스와의 통치를 다케다 가에게 맡겨주시기만 하면 되옵니다."

"뭐라고? 그럼 나는?"

요리시게는 덜컥 입을 열고 말았다.

'조건 이야기까지 나왔으니, 이제 됐다.'

간스케는 마치 낚싯줄을 덥석 문 물고기의 입질처럼 순간의 감촉을 느꼈다.

"황공하옵니다만, 앞으로 스와 가문은 본래의 역할을 하시게 될 것이옵니다."

간스케는 말을 조심스럽게 하려 했다.

"본래의 역할이라면?"

"스와 대명신을 모시는 것은 스와 가문의 본직. 신사로 들어가셔서 직분을 다하시면 될 줄 아옵니다."

목숨을 보장하겠다는 말은 결코 하지 않았다. 목숨을 보장한다는 것은 다케다 하루노부가 스와 요리시게를 돕겠다는 뜻도 되었다. 자부심 강한 명문의 후예가 그런 말을 좋아할 리 없었다.

"제사장으로 머물라는 말인가?"

요리시게는 거듭 확인했다.

"그러하옵니다."

간스케는 크게 고개를 끄덕이고 묵묵히 요리시게의 반응을 기다렸다. 나머지는 자신이 알아서 해석할 것이다.

과연 요리시게는 먹이를 물었다.

"제사장으로서 다케다의 통치를 도와라, 그 말이로군."

"간단히 말하자면 그러하옵니다."

간스케는 거침없이 인정해버렸다. 가신들 가운데는 분노하여 칼을 뽑으려는 자도 있었다. 그러나 요리시게는 그들을 질책했다.

"가신들은 어떻게 되느냐?"

신하를 질책한 다음 요리시게는 가신들의 처리 문제를 물었다. 마지막까지 충성을 바친 가신들을 그냥 버릴 수는 없었다.

"제사장의 가신으로는 지금의 수로도 적당한 줄 아옵니다. 그대로 거느리시면 될 것이옵니다."

"벌을 내리진 않겠지?"

"가신들 누구도 다케다 군에 손을 대지 않았는데, 어찌 감정이 있을 수 있겠사옵니까?"

간스케의 말 그대로였다. 아침부터 그들이 피를 흘리며 싸운 상대는 다카토의 군사들이었다.

망국의 유민들 157

요리시게는 숨을 돌리고 다시 물었다.

"가신들을 어떻게 먹여살리라는 말이냐?"

"스와 대명신의 영지를 인정하여, 다케다 가는 일 년에 삼천 관을 드리겠나이다. 제사장 가에서 자유롭게 사용하시면 됩니다."

간스케의 세 치 혀를 요리시게는 의심스런 눈으로 바라보았다.

"믿을 수 없어. 네놈의 세 치 혀에 속진 않아."

"소인의 생각이 아니옵니다. 주군 하루노부, 천지신명께 맹세하며 약속한 글입니다. 읽어보시옵소서."

간스케는 비로소 하루노부의 서신을 건네주었다. 거기에는 간스케가 이야기한 강화 조건이 조목조목 적혀 있었고, 마지막에는 천지신명께 맹세하며 약속을 지키리라는 글이 적혀 있었다.

"이 조건을 거절하면 어떡할 생각이냐?"

"요리쓰구는 눈물을 흘리며 기뻐할 테지요. 방해꾼이 없어지면 제사장 자리는 저절로 굴러들어올 것이기 때문입니다."

간스케는 그 점을 강조했다.

"알았다."

요리시게는 드디어 고개를 끄덕였다.

손안의 보석

1

그날 저녁, 구와바라의 성문이 열렸다.

성주 스와 대사의 제사장 스와 요리시게는 가족과 가신 수명을 거느리고 성 바깥으로 나왔다. 다케다 군의 태반은 이미 국경까지 물러나 있었다. 성 공략의 선봉에 섰던 다카토 세력도 마찬가지였다.

다카토 요리쓰구는 갑작스런 퇴각 명령에 어이없어했다.

"하루노부님, 도대체 무슨 생각이시오?"

요리쓰구는 본진으로 와서 항의했다.

"화의를 하도록 하였소이다. 더 이상 진을 치고 있을 필요가 없을 줄 압니다."

말은 공손했지만 태도는 단호했다.

"화의라니오? 이제 곧 성이 함락될 참인데."

요리쓰구의 눈이 뒤집혀졌다.

그런 요리쓰구에게 하루노부는 냉랭한 시선을 던지며 말했다.

"그렇게 용맹하신 요리쓰구님의 군대가 함락시키지 못한 성이 아니오? 힘으로 계속 밀어붙이면 피해만 늘어날 따름이오"

"그, 그럼, 우리에게 맡겨주시오. 이제부터라도 공략하여 반드시 성을 함락시키겠소이다."

요리쓰구는 필사적으로 호소했다. 본가의 요리시게와 그 가족을 살려두면 도저히 베개를 높이 베고 잘 수 없었다. 게다가 스와 일족의 동량이 되리라는 꿈도 멀어지고 만다.

"이미 늦었소이다."

하루노부는 어디까지나 냉정했다.

"늦지 않아요"

"아니오, 요리쓰구님. 이미 화의는 성립되었소이다. 요리시게와 나는 스와 명신에게 맹세하여 화의를 맺었지요. 설마 스와 가문이신 요리쓰구님께서 신 앞에 올린 맹세를 거역하라는 말씀은 아니시겠지요"

요리쓰구는 대답할 말이 없었다. 스와 일족으로서 도저히 부정할 수 없는 일이었다.

"화의를 맺어서 나쁠 건 없소이다. 나는 요리시게와 화의했소이다만, 스와의 동량이 되라는 말은 하지 않았나이다."

그러고 나서 하루노부는 의미심장하게 미소지으며 고개를 끄덕였다.

"과연, 그렇다면 괜찮지만……."

그 한마디에 요리쓰구의 얼굴이 밝게 펴졌다.

"다카토로 돌아가 좋은 소식이나 기다리시지요"

하루노부는 '좋은 소식'이라는 말에 힘을 주었다. 요리쓰구는 고개를 끄덕이며 돌아갔다.

한편, 스와 요리시게는 성문 앞에서 다케다의 중신 이타가키 노부카타의 영접을 받았다.

"하루노부님은 어디 계신가?"

요리시게는 수상쩍게 생각했다. 노부카타는 고개를 숙이며 말했다.

"주군은 고후에서 기다리고 계시나이다."

"고후라고?"

요리시게는 고개를 갸웃했다.

화의가 성립된 이상 하루노부가 본국으로 돌아가는 것은 당연했다. 그러나 그전에 인사라도 한마디 나누는 게 순리가 아닌가.

'인사는 고후로 와서 하라는 말인가?'

노부카타는 요리시게의 마음을 꿰뚫고 있다는 듯이 물었다.

"소인이 고후까지 모시겠나이다."

"이 길로 바로 가야 한단 말이냐?"

앞서가는 노부카타에게 요리시게는 불만스런 표정으로 말했다.

"오늘밤은 스와 본관으로 가서서 편히 쉬시고, 내일 아침 출발하시면 될 것이옵니다."

"……."

"스와 주군, 우리 주인이 먼저 고후로 돌아가신 것은 환영 준비와 전투 준비를 위해서입니다."

"전투 준비라니?"

"당연한 일이 아니옵니까. 약속대로 다카토 요리쓰구의 목을 치기 위해서지요. 스와 주군의 힘이 필요하니, 바삐 고후로 모시라는 주군의 분부가 계셨사옵니다."

이 말을 외우느라 노부카타는 무척 고생했다. 그 대사는 주군 하루노부가 몇 번이나 강조하며 그대로 외우게 했던 것이다. 물론 그 배후에는 간스케가 있었다. 간스케는 요리스게에게 건넬 대사까지 하루노

손안의 보석 161

부에게 내놓았던 것이다. 그것이 간스케의 지혜에서 나온 말이란 것을 하루노부는 노부가타에게 알리지 않았다. 그런 말을 했다가는 다혈질인 노부가타가 반발할 것이 뻔했기 때문이다.

간스케를 하루노부에게 추천한 사람이 바로 노부가타였다. 또한 다케다 군의 조직에서 형식상으로 노부가타는 간스케의 직속 상관이었다. 그런 의미에서도 간스케의 지혜라는 사실을 노부가타가 안다면 기분이 좋을 리 없었다. 그래서 그 책략을 들었을 때 하루노부는 간스케에게 말했다.

"왜 네 입으로 말하지 않느냐. 말도 잘 못하는 노부가타보다는 그대가 말하는 게 더 효과적이지 않느냐?"

간스케는 고개를 가로저었다.

"이 경우는 말을 잘하는 사람보다 어눌하고 신뢰감이 가는 무인이 좋을 줄 아옵니다. 그런 쪽을 스와님도 신용하실 것이옵니다."

"호오, 그래서 노부가타를?"

"그렇다기보다는……."

"하하히, 괜찮다, 괜찮아. 노부가타는 노부가타, 그대는 그대 나름대로 하면 돼."

하루노부는 기분 좋게 웃었다. 요리시게를 끌어들이기 위해 하루노부는 가이로 돌아가야 했다. 그를 대신하여 요리시게를 맞이할 사람은 지위가 높아야 했다. 역시 노부가타가 최적임자였다.

스와 관으로 돌아온 요리시게는 측근들을 모아놓고 조촐한 주연을 베풀었다. 처음에는 조용했지만, 술이 한 순배 돌자 소동이 일어나기 시작했다. 포기했던 목숨을 되찾았으니, 무리도 아니었다.

"이렇듯 자네들에게 술잔을 받을 줄이야."

즐겁게 떠들고 있는 가신들을 보고 난 다음 요리시게는 아내 네네를 바라보며 말했다.

"예, 정말 기쁜 일이옵니다."

요리시게의 잔에 술을 따르는 네네의 안색은 발갛게 상기되어 있었다. 네네는 이번 화의를 진심으로 기뻐하고 있었다. 남편과 오빠의 살육전을 피하게 되었으니, 자신의 목숨을 건졌다는 것보다도 네네는 남편의 무사함을 더욱 기뻐했다.

"자네도 내일 가이로 같이 가세."

네네에게 요리시게는 상냥한 어조로 말을 이었다.

"하루노부님이 꼭 도라오마루를 데리고 처가로 오라 하셨네."

"오빠가 그러셨단 말씀인가요?"

"그렇다네. 여기 있으면 다시 다카토 요리쓰구 놈이 쳐들어올지도 몰라. 함께 가는 편이 나도 마음이 놓여."

네네는 기쁜 표정을 짓다가 금방 불안해하는 눈치를 보였다.

"왜 그러느냐?"

"가이로 가도, 정말 괜찮을까요?"

요리시게가 묻자 떨리는 목소리로 네네가 되물었다.

"무슨 걱정을 그리 하느냐. 하루노부는 자네 오빠가 아닌가?"

"그렇지만 주인님에게 만일의 사태가 일어나면……."

"그리 걱정하지 않아도 돼."

역시 여자라고 요리시게는 생각했다.

'하루노부가 나를 죽일 생각이었다면 구와바라 성에서 화의를 제안하지도 않았을 것이다. 스와의 제사장인 나를 죽일 수야 없지. 부당하게 내 목숨을 빼앗으면 스와 백성이 가만있지 않을 테니까.'

아직까지도 요리시게는 스와 백성이 이미 자신을 버렸다는 사실을 깨닫지 못하고 있었다.

'하루노부 놈, 스와를 다스리기 위해서는 내 힘이 필요했던 게야. 그 비겁한 요리쓰구 놈과 나를 저울질하다니. 어림 반푼 어치도 없는 소리야.'

요리시게는 그렇게 생각하고 있었다.

"아버님."

미사 공주가 다가왔다.

"오, 공주, 이리 오너라."

기분 좋은 표정으로 요리시게가 손짓했다.

"저는 집을 지키고 있을까요?"

아버지 앞에서 머리를 숙이고 미사 공주가 물었다.

요리시게는 웃음을 떠올리며 고개를 가로저었다.

"너도 가이로 가자꾸나."

"저도요?"

긴장된 표정을 지우지 않은 채 미사 공주가 되물었다.

"왜 그러느냐? 가이가 무서우냐? 하루노부님은 너의 큰외삼촌이 아니냐."

"꼭 가야 하는가요?"

"뭘 그리 두려워하느냐. 하루노부님의 초대인데. 화친을 맺은 이상 인사를 하러 가는 것이 당연하지 않으냐. 걱정하지 마라. 다케다 가는 절대로 너를 괄시하지 못할 것이다."

"제가 걱정하는 것은……"

잠시 머뭇거리다가 미사 공주는 어렵게 말을 이었다.

"아버님의 신변이옵니다."

"나의?"

요리시게는 저도 모르게 쓴웃음을 지었다.

다 큰 어른이 어린 딸의 걱정거리가 되고 있다니.

그러나 미사 공주는 심각한 표정이었다.

"아버님, 당唐의 고사에 '어부지리漁父之利'라는 말을 아시는가요?"

요리시게는 고개를 끄덕였다.

『전국책戰國策』이란 책에 나오는 유명한 일화다.

어느 날 강가 백사장에 대합조개 하나가 얼굴을 내밀고 있었다. 그걸 본 도요새가 대합을 먹으려고 부리로 쪼았다. 조개가 화가 나서 주둥이를 다물자 도요새는 주둥이를 뺄 수 없었다. 도요새와 대합은 그대로 대치하면서 서로 양보하려 하지 않았다. 그때 곁을 지나던 어부가 조개와 새를 한꺼번에 잡았다는 이야기다. 즉 두 사람이 싸우는 틈을 타 제삼자가 이익을 얻는다는 것이다.

"그게 어쨌다고?"

요리시게가 묻자 미사 공주는 살짝 미간을 찌푸렸다.

"아버님이 그 도요새가 되지 않을까 걱정되옵니다."

"핫핫핫, 재미있는 말을 다 하는구나. 내가 도요새라면 요리쓰구는 대합, 그리고 하루노부님이 어부가 되겠구나."

"아버님."

걱정스러워하는 미사 공주를 보며 요리시게가 미소지었다.

"잘 알고 있다. 하루노부님의 속내도, 내가 도요새에 지나지 않는다는 것도."

"……"

"생각하기 나름이다. 내가 도요새이기 때문에 하루노부님은 나를 죽이지 못하는 게야. 요리쓰구를 치기 위해 내 힘이 필요한 거란다. 스와를 편안히 통치하기 위해서라도."

그렇게 말하고 요리시게는 기분 좋게 잔을 비웠다.

손안의 보석 165

'아버지는 너무 낙관하고 계셔.'

여전히 미사 공주는 불길한 느낌을 떨쳐버릴 수가 없었다.

다음날 아침, 요리시게 일행은 스와 관을 출발해 가이의 고후로 향했다. 요리시게는 말을 타고, 네네와 도라오마루와 미사 공주는 가마를 탔다.

모치즈키 세이노스케는 가마를 호위하며 그 곁을 따라가고 있었다.

"세이노스케, 네 아버님은?"

미사 공주는 휴식 시간을 틈타 작은 목소리로 물었다.

"예, 몸이 불편하셔서 집을 지키겠다 하셨습니다."

몸이 불편한 세이노스케의 아버지와 동생 고지로는 이번 싸움에서 죽을 각오를 하고 구와바라 성으로 들어갔다. 사실 세이노스케는 화의가 성립된 것이 정말 다행이라 생각하고 있었다. 아버지도, 동생도, 그리고 미사 공주도 죽지 않은 것이다. 그러나 미사 공주의 안색은 그리 밝지 않았다.

"공주님, 어디 불편한 데라도……"

세이노스케가 걱정스레 물었다. 미사 공주는 쓸쓸히 웃으며 말했다.

"세이노스케, 너는 이번 화의를 기뻐하고 있겠지?"

그것으로 이야기는 끊어졌다. 공주가 다시 가마에 올랐기 때문이다. 세이노스케는 공주의 말을 곰곰이 되새겨보았다.

'다케다와 화의, 정말 축하할 일이 아닌가. 만일 이번에 화의가 성립되지 않았더라면 공주님도, 주군 요리시게님도, 아버지도, 동생도 구와바라 성과 운명을 같이했을 것이다. 죽어버리면 모든 것은 허사다. 죽지 않은 것만도 다행이야.'

세이노스케는 공주가 무엇을 생각하는지, 또 무슨 걱정을 하는지 알 수 없었다.

'처음 바깥으로 나가는 것이 두려우신 거야. 그래, 그럴 거야.'

그런 생각을 하면서 세이노스케는 주위를 둘러보았다.

최후까지 요리시게에게 충성을 바쳤던 이백 명 가운데 고작 이십 명이 수행하고 있었다. 도망친 것은 아니었다. 이웃나라에 인사를 가는데 부하를 모두 데리고 갈 필요는 없었다. 이십 명이 요리시게와 두 개의 가마를 지키고, 그런 스와 일행을 감싸듯 이타가키 노부카타가 이끄는 군사 오백이 행군하고 있었다.

그러나 스와 사람들은 두려워하지 않았다. 만일 자신들을 죽일 생각이었다면 저 구와바라 성에서 다케다 군대는 그렇게 할 수 있었다. 성 사람들은 분투했다. 하지만 다수의 다케다 군대가 그럴 마음만 먹었더라면 성은 함락되었을 것이고, 스와 국은 이 지상에서 사라지고 말았을 터였다. 그렇게 하지 않았으니 앞으로도 그렇게 하지 않으리라. 그것이 요리시게를 비롯한 스와 사람들의 생각이었다. 세이노스케 역시 그러했다.

여자와 아이도 있고 해서 이틀이 걸렸다. 이틀째 저녁, 요리시게 일행은 고후로 들어섰다.

'앗, 이건……'

누구보다 먼저 이상하게 생각한 사람은 모치즈키 세이노스케였다.

'쓰쓰지가사키 관으로 가는 게 아니란 말인가?'

요리시게 일행을 선도하는 이타가키 노부카타 군대는 쓰쓰지가사키 관과 다른 방향으로 나아가고 있었다. 세이노스케는 그것을 알 수 있었다. 얼마 전 요리시게의 사자使者 신분으로 쓰쓰지가사키 관으로 하루노부를 방문했다. 그때는 길 안내도 필요없었다. 고후의 거리는 길이 잘 정비되어 있어, 무척 알기 쉬웠다. 이야기로만 들었던 미야코처럼 대로를 따라가지 않고 산 쪽으로 향하면 자연스럽게 쓰쓰지사키 관에 이르게 되어 있었다.

그러나 다케다 군대는 분명 관과 다른 방향으로 나아가고 있었다. 세이노스케는 앞으로 달려가 다케다 가의 사무라이에게 물었다.

"지금 어디로 가는 중이오?"

그 사무라이는 세이노스케의 물음을 무시해버렸다. 젊은애라고 깔본 모양이었다. 세이노스케는 물러서지 않겠다는 일념으로 다시 따지고 물었다.

"쓰쓰지가사키 관으로 가지, 어딜 가겠어?"

사무라이는 귀찮다는 듯이 내뱉었다.

"거짓말하지 마시오 나는 쓰쓰지사키 관에 가본 사람이오 이 방향이 아니오"

"……"

"왜 대답을 못하시오? 어서 대답하시오"

사무라이는 불쾌한 표정으로 입을 꾹 다물어버렸다. 화가 난 세이노스케가 칼을 빼서라도 대답을 듣겠다고 마음을 굳히는 순간, 가마 안에서 목소리가 들려왔다.

"세이노스케, 왜 그러느냐?"

미사 공주였다. 세이노스케는 급히 달려가 사실을 고했다.

"알았다. 가마를 멈춰라."

가마가 땅에 내려졌다. 노부카타가 무슨 일인가 하고 말머리를 돌려 달려왔다.

"노부카타님, 오늘밤은 다케다 관으로 가는 게 아닌가요?"

말에서 내린 노부카타에게 미사 공주는 엄하게 따지고 물었다.

"아, 이것 정말 죄송하게 되었나이다."

노부카타는 머리를 숙이며 말을 이었다.

"먼길에 피로하시겠지요. 오늘밤은 가까운 동광사에서 휴식을 취하고, 내일 다케다 관으로 드는 게 좋겠다고 주군께서 말씀하셨나이다."

"그걸 아버님에게 알렸나요?"

미사 공주는 노부카타를 날카롭게 노려보며 물었다. 노부카타는 그 시선을 피했다. 백전노장의 노부카타도 미사 공주의 투명한 눈빛을 보는 순간 알 수 없는 공포에 사로잡혔다.

"아, 죄송하게 되었나이다. 지금 당장 알리도록 하겠나이다."

노부카타는 다시 한 번 고개를 숙였다.

노부카타에게 그 말을 전해듣고도 요리시게는 전혀 신경쓰지 않는 눈치였다. 이미 날은 저물었고, 이 시간에 하루노부를 만나는 것이 부담스럽기도 했다. 가까운 절에서 하룻밤 쉬면서 마음을 가라앉힌 다음, 만나는 편이 좋을 것 같았다.

그런 요리시게의 마음을 안다는 듯, 고후에는 비가 내리고 있었다. 밤비 속에서 달도 없는 어두운 길을 걸어 요리시게 일행은 동광사 쪽으로 나아갔다. 미사 공주는 가마 안에서 빗소리를 들으며 상념에 잠겨 있었다.

'패자에 대한 예의치고는 너무 정중해.'

바로 그 점이 수상쩍었다. 하루노부는 승자였다. 그것도 압도적인 승리였다. 그 승자가 패자를 불러들이는데, 이렇게 세심한 마음씀씀이라니. 본래는 죄인처럼 호송하여 관으로 데리고 가도 전혀 이상한 일이 아니었다. 왜 하루노부는 그렇게 하지 않는 것일까. 설마 천성이 상냥해서 이런 건 아니리라. 아버지에게 이런 말을 하면, 아마 아버지는 이렇게 대답할 것이다.

"걱정하지 마라. 하루노부는 스와 평정을 위해 내 힘이 필요한 거란다. 스와 명신의 제사장인 내 기분을 상하게 한다면 통치에 지장을 초래하니까 그러는 것뿐이다."

그러나 상대가 그 정도로 나약한 사람일까? 미사 공주는 마음이 놓이지 않았다. 이윽고 일행은 동광사에 도착했다. 주지를 비롯한 승려들의 정중한 인사를 받으며 요리시게는 서원으로 들어섰다. 절에서는 저녁상을 준비해놓고, 요리시게 일행을 환대했다.

요리시게는 만족스러웠다. 다케다 가 전체로 보면, 너무도 사소한 접대였다. 쓰쓰지가사키 관에서 환대를 베풀었다면 막대한 비용이 들었을 터였다. 요리시게는 별로 마음에 두지 않았다. 내일이면 어차피 관으로 들어갈 테니까. 하루노부는 환영 비용을 아낄 사람이 아니었다. 오히려 그 반대로, 이런 임시 숙소에서조차 환영의 뜻을 아끼지 않고 있다고 보아야 했다.

'하루노부가 내 기분을 건드리고 싶지 않단 뜻이렷다.'

술기운이 돌면서 요리시게는 점점 배포가 커졌다.

"주지, 출가한 그대 앞에서 이렇게 술을 마시는 나를 용서해주시게."

"천만의 말씀이옵니다. 마음놓고 드시옵소서. 주군 다케다님께서 절대로 소홀히 해서는 안 된다 당부하셨나이다."

노老주지는 미소를 떠올리며 말했다.

"그런가. 하루노부님이 그런 말씀을 하셨더냐?"

술잔을 들고 요리시게는 크게 고개를 끄덕였다.

2

다음날 아침.

동광사에 머물고 있는 요리시게 일행에게 하루노부의 사자가 찾아왔다.

"대면 의식은 저녁때 행하고, 이어서 환영식이 벌어질 모양이야."

요리시게는 미사 공주에게 말하고 나서, 이내 네네에게 웃으며 말을 건넸다.

"하루노부님은 먼저 자네를 보고 싶어해. 괜찮으니, 어서 가보도록 하게."

"제가 먼저, 그래도 괜찮을까요?"

"괜찮아. 자네와 하루노부님은 피를 나눈 형제잖나. 이 기회에 도라오마루도 보여주고 오게나."

요리시게는 아무런 걱정도 하지 않았다. 의식의 순서대로 하자면, 네네는 물론이고 적자인 도라오마루는 요리시게와 함께 대면 석상에 앉아야 했다. 적자를 적의 소굴에 보내는 것은 인질이나 다를 바 없었다. 그러나 요리시게의 마음속에서 하루노부는 이미 '적'이 아니었다.

그래도 네네는 망설였다. 오빠를 의심해서가 아니었다. 그렇지만 오빠에게 모든 것을 맡겨도 괜찮은 것일까.

"하하하, 무슨 걱정이 그리 많으냐. 어서 가보도록 해라."

추호의 의심도 없는 요리시게의 웃음 띤 얼굴을 보고 네네는 이윽고 자리에서 일어섰다.

"그럼 다녀오겠사옵니다."

네네는 도라오마루를 데리고 자리를 떠났다. 미사 공주는 그 자리에 남아 저녁에 요리시게와 함께 관으로 가기로 했다. 점심때까지는 아무 일 없이 지났다. 내리던 비도 오전 중에 멈추고 밝은 햇살이 구름 사이를 뚫고 나왔다. 관에서 노녀老女 하나가 미사 공주를 데리러 온 것은 비가 막 개었을 무렵이었다.

"어머님이 나를?"

"예, 환영식 준비 때문에 의논드릴 게 있다 하셨나이다."

심부름 온 노녀가 상냥한 어조로 말했다.

"무슨 일일까?"

사람을 마중하는 데 특별한 준비가 있을 리 없었다. 더욱이 네네가 그곳에 있으니 알아서 못할 일도 없지 않는가.

"공주님, 빨리 준비하시지요"

미사 공주는 하는 수 없이 자리에서 일어섰다. 노녀는 교묘하게 미사를 서두르게 하여 생각할 여유를 주지 않았다. 미사 공주는 아버지에게 인사도 하는 둥 마는 둥 동광사에서 빠져나왔다.

그리고 그때를 기다렸다는 듯이 세 번째 사자가 동광사 문으로 들어섰다. 그는 은밀한 용건이 있다고 하여 요리시게를 절의 한적한 구석으로 불러냈다.

간스케였다.

무슨 일이냐고 말을 하다 말고 요리시게는 놀라면서 입을 다물었다. 간스케는 말없이 심빙(三方 : 신과 귀인에게 공물을 올리는 조그만 상)을 내밀었다. 그 위에는 작은 칼이 올려져 있었다.

"나, 나더러 할복하란 말이냐?"

요리시게의 목소리가 떨리고 있었다.

"그러하옵니다."

낮은 목소리로 간스케가 대답했다.

"왜? 왜 내가 할복해야 한단 말이냐?"

"주군 하루노부의 뜻이옵니다."

"하루노부라고?"

요리시게는 격노하며 자리에서 벌떡 일어섰다.

"하루노부 이놈! 또 나를 속였구나."

"조용히."

간스케는 싸늘한 눈길로 요리시게를 노려보았다. 요리시게는 점점 더 흥분했다.

"난 절대로 할복할 수 없다. 하루노부 놈의 뜻대로 움직일 수 없어. 누구 없느냐!"

간스케가 먼저 사람을 물리쳤기 때문에 부근에는 아무도 없었다. 타국의 사자와 일 대 일로 만난다는 것은 위험한 일이었다.

"이제 아무도 오지 않을 것이옵니다. 이 방 주위는 이미 우리 군사들이 빈틈없이 지키고 있사옵니다."

"이 교활한 놈!"

요리시게는 칼을 빼들고 간스케를 덮쳤다. 간스케는 재빨리 요리시게의 손목을 잡고 던져버렸다. 콰당, 하는 소리를 내며 요리시게의 몸이 다다미 위로 내리꽂혔다. 그와 동시에 문이 열리며 노부카타의 사무라이들이 밀려들어왔다.

"소동 부리면 안 돼. 가만있어."

간스케는 그들을 제지하고 요리시게를 부축해 일으켰다.

"물러나라. 빨리 물러나지 못하겠느냐!"

간스케의 엄한 명에 무사들이 방에서 물러났다. 간스케는 요리시게에게 말했다.

"사정이 이렇게 되고 말았나이다. 스와의 동량으로서 부끄럽지 않게 최후를 맞이하셔야 할 것이옵니다."

요리시게는 증오에 찬 눈길로 고개를 숙인 간스케를 노려보았다. 간스케는 눈을 감고 말없이 요리시게의 결단을 기다렸다. 요리시게에게는 이미 빠져나갈 구멍이라곤 없었다. 만일 탈출을 기도한다면 사무라이들의 공격을 받아 무참히 찔려 죽으리라. 그런 사태는 요리시게의 자존심이 허락하지 않았다. 길은 하나밖에 없었다.

"좋다, 배를 가르지."

드디어 요리시게는 결단을 내렸다.

"그럼 마지막을 지킬 사람을 들어오게 하겠나이다."

간스케는 고개를 숙이고 바깥을 향해 소리쳤다. 이윽고 이타가키 노부카타가 모습을 드러냈다.

"노부카타, 수고가 많네."

요리시게가 말을 걸었다. 노부카타는 말없이 고개를 숙였다. 요리시게는 필사적으로 평소의 모습을 유지하려 애썼다. 여기서 흉한 모습을 보이면 후대까지 웃음거리가 된다. 요리시게는 그렇게 생각했다. 그러나 그것이야말로 간스케의 노림수였다. 후일을 생각해 간스케는 요리시게가 스스로 배를 가르게 하고 싶었다. 설령 그럴 수밖에 없는 지경에 몰려 본인으로서는 선택의 여지가 없는 상황이라 하더라도 칼로 베어 죽이는 것과는 차원이 달랐다.

"준비를 부탁하네."

요리시게가 말했다.

"건넌방에 준비해두었사옵니다."

간스케가 대답했다.

"그런가."

요리시게가 일어섰다. 간스케가 앞서 나아가 건넌방으로 이어지는 문을 열자 거기에는 갈아입을 흰옷을 든 시종이 대기하고 있었다.

"준비를 아주 잘해두었군."

요리시게는 있는 힘을 다해 비꼬았다.

간스케는 문을 닫았다. 노부카타가 고통스런 표정으로 앉아 있었다.

요리시게를 이런 식으로 죽이다니, 노부카타는 정말 탐탁지 않았다.

"간스케."

노부카타가 말했다.

"예."

"내가 자네를 주군에게 추천한 게 잘못이 아닌가 하는 생각이 들기도 하네."

"정말 죄송하옵니다."

간스케가 머리를 숙였다.

"그 얼굴, 그 얼굴 말이야."

노부카타는 부채로 그 얼굴을 가리켰다.

"보기 흉해. 그렇게 뛰어난 솜씨로 왜 잔머리를 굴리느냐. 요리시게 님을 싸움터에게 보기 좋게 쓰러지게 하는 방법도 있었을 텐데."

간스케는 노부카타와 말싸움할 생각은 추호도 없었다. 어차피 물과 기름이었다. 다만 한 가지, 노부카타의 방법으로는 천하 평정은커녕, 시나노도 손에 넣을 수 없다.

'정면 승부로는 백 년 걸려도 결론이 나지 않아.'

그러나 간스케는 그 말을 입 밖에 내지 않았다. 화가 난 노부카타가 다시 따지고들 참에, 문이 열리면서 하얀 옷으로 갈아입은 요리시게가 들어섰다.

"술을 다오. 마지막으로 한 잔 들고 싶구나."

"예, 준비해 올리겠나이다."

간스케는 사람을 불러 술을 가져오게 했다.

미사 공주는 쓰쓰지가사키 관에 도착했다.

"곧 부인이 오실 것이니, 잠시 여기서 기다려주시옵소서."

노녀의 안내로 관의 한 방으로 안내받은 후, 미사 공주는 꽤 오랫동안 그곳에서 기다려야 했다. 관의 안마당은 정말 아름다웠다. 겐지의 후예답게 대단한 미적 감각을 살린 조경이었다.

비가 그치고 파릇한 이파리에 맺힌 물방울이 햇빛을 받아 반짝이고 있었다. 미사 공주의 마음은 무겁게 내려앉고 있었다.

'너무 늦어.'

너무 늦다. 물론 이런 식의 환영행사는 유장하다. 명문 다케다 가이니 더욱 그러할 것이다. 그러나 너무 늦다.

'혹시.'

미사 공주는 생각에 잠겼다.

오랜 시간 기다리게 하는 것으로 다케다 가는 승자의 우위를 자랑하려는 것일까. 다케다와 스와는 격이 다르다는 것을 철저히 인식시키려는 것일까.

"세이노스케, 세이노스케 거기 있느냐?"

미사 공주는 시녀로 만족할 수 없어 세이노스케를 불렀다. 옆방에서 세이노스케가 종종걸음으로 다가왔다.

"무슨 일이옵니까?"

"세이노스케, 빨리 어머니에게 가서 미사가 이미 도착해 있다고 아뢰어라."

"예, 그렇게 전하겠나이다."

우선 이 넓은 관의 어디에 네네님이 있는지를 찾아야 했다. 세이노스케는 긴 복도를 걸어 현관 쪽으로 나아가다가 다케다의 무사에게 제지당했다.

"곧 오실 게요."

사무라이는 퉁명한 목소리로 말했다.

세이노스케는 화가 치밀었지만 억지로 누른 다음 가볍게 고개를 숙였다.

"스와의 정실 부인께 공주의 말을 전하려 하오."

"안 돼."

"안 되다니, 그게 무슨 말이오?"

상대의 태도는 무례하기 짝이 없었다. 전쟁에서 졌다고는 하지만, 이쪽은 손님이 아닌가. 손님에게 이렇듯 무례를 범한다는 것은 나름대로 이유가 있을 터였다. 그런데 아무 설명도 없이 안 된다는 것은 말이 되지 않았다.

"주군의 명이야. 자네는 여기서 지시가 있을 때까지 기다려."

세이노스케는 필사적으로 분노를 누르면서 머리를 숙였다.

"그럼 당신께 부탁하겠소. 공주의 말을 전해주시오."

"아, 그래 무슨 말을."

"공주가 너무 오래 기다리고 있다고 전해주시오."

"그거라면 일부러 전할 필요도 없지."

사무라이는 거칠게 되받았다.

세이노스케는 머리 꼭대기까지 피가 솟구쳤다. 저도 모르게 칼에 손이 갔다.

"해보겠다는 거냐?"

상대는 여유만만했다. 세이노스케는 진짜로 붙어볼 생각이었다.

'더 이상 모욕을 당하고 있을 수만은 없다. 스와 사무라이의 맛을 보여주겠다.'

"이것 정말 재미있군."

세이노스케의 눈빛을 보자 상대 역시 자세를 취했다.

"언제든 상대해주지."

"좋다."

세이노스케가 칼을 빼려는 순간, 복도 끝에서 두런거리는 소리가 들려왔다. 네네가 오고 있었다. 두 사람은 급히 길을 열었다.

"세이노스케, 무슨 일이냐?"

네네가 심상찮은 분위기를 느끼며 물었다.

"아니옵니다. 아무 일도"

세이노스케는 표정을 부드럽게 하고 말을 이었다.

"공주님께서 아까부터 기다리고 계십니다."

"그러냐?"

네네는 더 이상 묻지 않고 미사 공주가 기다리는 방으로 들어섰다.

"어머님, 제게 볼일이 있다고 하셨는데."

미사 공주는 네네를 보자마자 그렇게 물었다.

"볼일이라니?"

네네는 묘한 표정을 지었다.

미사의 얼굴이 새파랗게 질렸다.

"어머님이 사자를 보내지 않았습니까? 급히 이곳으로 오라고"

네네의 안색도 새파랗게 질렸다.

"나는 그런 심부름을 보낸 적이 없는데."

네네의 말이 무엇을 의미하는지 명백했다.

가짜 사자를 보낸 것은 이 관의 주인임에 틀림없었다. 하루노부는 왜 그런 거짓말을 했을까.

'아버님!'

미사 공주는 네네에게 다급히 말했다.

"어머님, 아무래도 아버님 신상에 무슨 일이 있는 것 같사옵니다. 동광사로 돌아가야겠나이다."

"그래야겠다. 나도 가겠다."

네네도 고개를 끄덕였다. 가슴속에서 불길한 예감이 불길처럼 일고 있었다. 그러나 두 사람은 밖으로 나갈 수 없었다. 경호 사무라이들이 막아섰기 때문이다. 평소 그렇게 얌전하던 네네가 벌컥 화를 냈다.

"길을 열어라. 무례한 놈들!"

"주군의 명이 계셨나이다. 길을 열어드릴 수 없사옵니다."

말다툼을 벌이며 양쪽이 대치하고 있을 때였다. 소란을 들었는지 하루노부가 다가왔다.

"오빠, 요리시게님은 무사하시겠지요?"

지엄한 목소리였다. 하루노부는 궁색한 표정으로 턱을 어루만지고 있을 따름이었다.

요리시게는 흰옷으로 갈아입고 자리에 앉았다.

붉은 잔에 술을 따라 마시고, 요리시게는 붓을 들었다.

저 홀로 메말라 떨어지는 풀잎
언젠가 주인을 만나 꽃피어나리

이것이 요리시게가 이 세상에 남긴 최후의 노래였다. 메마른 풀잎처럼 떨어져 내리지만, 언젠가 봄이 오면 스와 가문을 다시 일으킬 자가 나타나리라는 희망을 노래한 것이다. 지금의 요리시게에게는 '희망'이란 말보다 더 아득한 것은 없었다.

그러나 간스케는 전혀 불가능한 일이라고는 생각지 않았다. 고작 오십여 년을 살아오면서 한 번 이기고 한 번 지는 인생유전을 수도 없이 봐왔기 때문이다.

다케다와 스와의 차이는 무엇일까. 그것은 다케다의 동량이 하루노부이고, 스와의 동량이 요리시게라는 것뿐이다. 나라의 크기, 병사의 적고 많음은 문제가 아니다. 가령 양자가 정반대의 입장이었다 하더라도 역시 하루노부는 요리시게를 이길 것이다. 그러나 하루노부라고 해서 영원히 다케다의 동량일 수 없었다. 사람에게는 수명이 있고, 운명이란 것이 있으므로

"자네에게 신세 많이 졌어."

요리시게가 낮은 목소리로 말했다.

증오와 감탄이 뒤섞인 말이었다. 간스케는 그 말을 칭찬으로 받아들이고 말없이 고개를 숙였다.

"도라오마루는 어떻게 되느냐?"

"예, 스와의 제사장을 이을 것이옵니다. 후세의 일은 걱정 않으셔도 될 줄 아옵니다."

그것은 사실이었다. 스와 가문은 도라오마루를 영주로 하여 다케다의 지배하에 존속할 것이다. 스와의 민심을 얻기 위해서, 이미 용도 폐기된 요리쓰구를 치기 위해서라도 필요한 조치였다.

"그럼 미사는?"

"주군의 마음에 달렸지만, 여자이기에 목숨을 원하지는 않는 줄 아옵니다."

간스케가 대답했다. 여자이니 죽이지 않는다, 그러면 비구니로 만들겠지, 그렇다면 다행이다, 그건 늘 생각하고 있던 문제가 아니던가. 요리시게는 고개를 끄덕였다.

"이 요리시게, 마지막 술안주가 배를 가르는 일일 줄이야 꿈에도 생각지 못했구나."

요리시게는 칼을 집어들었다.

"도움은 필요없다."
그렇게 외치고 요리시게는 단숨에 배를 갈랐다.
"나 같은 사무라이에게 스스로 배를 가르게 하다니, 하루노부, 네놈은 정말 대단한 사내야."
그것이 최후의 말이었다.

"오빠."
네네는 피를 토하는 심정으로 불렀다. 하루노부는 그녀의 시선을 피했다. 순간 양심의 가책이 일었던 것이다.
"대답해주세요, 오빠."
네네는 처절한 눈빛으로 하루노부를 노려보았다. 하루노부는 주춤주춤 뒤로 물러섰다. 여태 어떤 적을 앞에 두고도 등을 보이지 않았던 하루노부였다. 미사 공주는 두 사람의 대화를 들으며 직감했다.
'아버님은 이미 이 세상 분이 아니셔.'
나의 운명도 이제 결정났다고 미사 공주는 생각했다. 다케다의 피를 이어받은 네네와 도라오마루와는 달리, 나는 다케다에게 아무 소용없는 존재다. 어차피 목숨을 잃을 바에야 적장 하루노부를 죽이고 나도 죽자. 처절한 각오를 굳혔다. 세이노스케와 시녀들의 칼을 빌릴 생각도 추호도 없어. 나 하나 죽으면 그만이다. 미사 공주는 앞으로 나섰다. 만에 하나를 위해 늘 품에 지니고 있는 단도가 있었다.
"다케다의 주인 어른."
미사 공주는 하루노부를 향해 머리를 숙였다.
"호오, 이게 누구신가?"
얼굴을 든 미사 공주를 보고, 하루노부는 그 아름다움에 얼이 빠져 버렸다.

이렇게 청초하고 가냘픈 여인도 있단 말인가.

'과연 명문의 딸, 가이에는 이런 여자가 없다.'

자연히 하루노부의 얼굴에서 긴장이 풀어졌다.

"스와의 미사 공주신가?"

"예, 처음 뵙사옵니다."

미사는 솟구치는 증오심을 억누르고 미소를 떠올렸다. 하루노부는 미사 공주에게 이끌리는 감정을 억누를 길이 없었다.

바로 곁에 있던 가스가 겐고로는 하루노부의 마음을 손에 잡힐 듯이 느끼고 있었다. 겐고로는 싫었다. 설령 상대가 여자라 하더라도 하루노부가 깊은 관심을 보이는 것 자체가 싫었다.

그런 의식 때문에 미사 공주가 '적'으로 보였다. 그것이 하루노부에게는 행운이 될 줄이야.

"주인 어른."

미사 공주는 다시 입을 떼었다

"흠, 무슨 말씀이신가?"

"아버지 요리시게를 죽이셨나이까?"

그 말이 떨어지자마자 미사 공주는 칼을 빼내 놀라는 하루노부의 가슴을 찔러갔다.

"위험해!"

간발의 차이로 겐고로가 몸을 날려 하루노부를 구했다. 미사 공주는 곁에서 칼을 빼 도우려던 세이노스케와 함께 붙잡혔다. 하루노부는 어이없다는 표정으로 중얼거렸다.

"대단한 기개야."

두 마리 토끼를 잡으려면

1

남편이 죽었다는 사실을 알고 광란상태에 빠진 네네를 달래고, 의원을 붙여 별실로 옮긴 후, 하루노부는 미사 공주에 대해 생각하고 있었다.

"간스케를 불러라."

그 말에는 평소의 발랄한 울림이 없었다.

'주군은 망설이고 있어.'

겐고로는 하루노부의 호흡을 잘 알고 있었다. 지금의 명령은 군세를 지휘할 때의 호흡이 아니었다. 망설일 때는 누구나 저절로 목소리가 작아지는 법이다.

간스케는 바로 달려와 하루노부의 얼굴을 보고 빙긋 웃었다.

"주군, 스와의 공주 말씀이시나이까?"

속내를 들킨 하루노부는 겸연쩍게 웃으며 대답했다.

"간스케, 너의 지혜를 듣고 싶어."

"반하셨나이까?"

간스케는 거침없이 물었다.

"아, 반하고말고 그 아름다운 얼굴에 야생마 같은 성질, 정말 마음에 들었어. 간스케, 어떻게 좀 해봐."

하루노부는 솔직하게 말했다.

"어려운 문제이옵니다. 공주에게 주군은 아버지를 죽인 적, 저주해 마땅할 원수가 아니옵니까?"

"이놈, 말 좀 조심해서 하지 못하겠느냐."

하루노부의 말에 간스케는 조금도 개의치 않았다.

"게다가 중신들도 반대할 것이옵니다. 적의 핏줄을 다케다 가에서 맞이하다니, 말도 안 된다고 할 것이옵니다."

"허면 간스케, 너도 반대하느냐?"

"아니옵니다. 소인은 어디끼지니 주군 편이옵니다."

"너는 왜? 중신들의 말이 오히려 옳지 않느냐."

하루노부는 일부러 마음에도 없는 말을 했다. 긴스케는 고개를 가로저었다.

"그렇지만은 않사옵니다. 아시는 바처럼 스와는 다스리기 어려운 땅이옵니다. 앞으로 그 땅을 다케다 가의 피와 살로 만들기 위해서라도 주군은 스와의 공주에게 자식을 낳게 해야 하고, 그 자식에게 스와를 물려주셔야 하옵니다."

"도라오마루는 어떻게 하고? 그애에게 스와 성을 잇게 한다고 하지 않았느냐."

"당분간은 그리해야 하옵니다. 그러나 도라오마루도 자신의 뜻을 가진 사내로 성장할 것이옵니다. 성인이 된 후에도 주군의 뜻에 따르리라고 단정할 수 없지 않겠사옵니까?"

"흠."

하루노부는 먼 미래까지 내다보는 간스케의 지혜에 감탄했다. 도라오마루에게 하루노부는 아버지의 원수였다.

"그러나 간스케, 공주가 받아들일까?"

"받아들이게 만들어야지요."

"어떻게?"

"늘 하던 대로 하면 될 것이옵니다. 당사자가 원하는 것을 주어야 하나이다. 그것이 바로 해결책이지요."

"그게 뭔가?"

간스케는 다시 한 번 빙긋 웃었다.

"그게 뭐겠사옵니까. 주군의 목이 아니겠사옵니까?"

간스케의 말에 정작 하루노부보다 곁에 있던 겐고로와 신자에몬이 더 놀랐다.

"간스케님, 무슨 그런 말을……"

겐고로가 말끝을 흐리자 간스케는 웃으며 말했다.

"멍청한 놈, 말을 액면 그대로 받아들이면 어떡하느냐. 보아라, 주인님은 알고 계시지 않느냐?"

간스케의 말 그대로였다. 하루노부는 유쾌하게 웃고 있었다. 겐고로는 영문을 몰라 눈만 데굴데굴 굴렸다.

"간스케, 내 목을 먹이로 해서 공주를 낚겠다는 말이구나."

겐고로와 신자에몬을 이해시키기 위해 하루노부는 일부러 그렇게 말했다.

"바로 그러하옵니다."

간스케가 고개를 끄덕였다.

"그 방법은?"

"공주의 마음이 어느 정도 안정되면 제가 말씀드리겠나이다. 주군의 사랑을 받지 않겠느냐고"

"화를 낼 텐데?"

하루노부는 유쾌하게 되받았다. 그 아름다운 소녀의 눈꼬리가 치켜 올라가는 모습이 눈에 선했다.

"그럴 것이옵니다. 그러나 이런 말을 덧붙이겠나이다. 주군이 미우면 언제든 틈을 봐서 죽이라고 말입니다."

"자네의 그 세 치 혀에 넘어갈까, 공주가?"

"마음이 약한 여자라면 아마 힘들 것이옵니다. 그러나 다행히 공주는 야생마처럼 강한 기질을 가지신 분. 분명히 잘될 것이옵니다. 그러나……"

잠시 간스케는 하루노부의 얼굴을 바라보며 의미심장한 미소를 떠올렸다.

"뭐냐?"

"미사 공주님의 손에 주군의 목이 달아나면 만사는 끝장이옵니다."

간스케는 그렇게 말하고 웃었다. 하루노부도 따라 웃었다.

"나를 뭘로 보고 그런 소릴 하느냐. 어린 계집 하나 다스리지 못하고 어떻게 천하를 취하겠느냐?"

"그 말씀, 이 간스케, 가슴에 새겨두겠사옵니다. 그러나 마음을 풀어서는 아니 되옵니다. 상대가 용맹한 사무라이건 연약한 여자건, 가슴에 칼이 꽂히면 누구든 죽게 되어 있나이다."

"잘 알고 있다."

하루노부는 괜한 잔소리라는 듯이 손을 흔들더니 무릎을 앞으로 내밀었다.

"간스케, 부탁하네."

"예, 소인에게 맡겨두시옵소서."

간스케는 고개를 숙였지만 물러갈 생각을 하지 않았다. 하루노부는 그때서야 비로소 깨달았다. 여자 문제보다도, 지금 무엇보다 빨리 결정해야 할 중대 사안이 있지 않았던가.

스와를 어떻게 통치할 것인가, 하는 문제였다.

우에하라, 구와바라 성을 함락하고 스와의 동량인 요리시게를 할복하게 했지만, 다케다의 지배가 확립된 것은 아니었다. 주군을 잃었지만 스와 관에는 아직 일천의 병사들이 남아 있었고, 동량의 자리를 호시탐탐 노리는 다카토 요리쓰구도 있었다.

요리시게가 모살謀殺된 것을 알면 아무리 요리시게를 버린 스와의 백성이라 해도 동요할 터였다. 아니, 반드시 들고 일어날 것이다. 자신들이 이제 어떻게 되는지, 어떤 영주가 와서 정치를 할 것인지, 모든 것이 어둠에 가려져 있는 상태이니 더욱 그러할 것이다.

하루노부는 미사 공주만을 생각한 자신이 부끄러웠다. 요리시게를 죽인 이상, 하루라도 빨리 손을 써야 했다.

"간스케, 이제 무엇부터 시작해야 하겠느냐?"

굳이 스와라는 말을 하지 않아도 간스케는 이미 모든 복안을 마련해두고 있었다.

"서둘러 우에하라 성을 개축해야 하옵니다."

간스케의 말에 하루노부는 의외라는 표정을 지었다.

그보다 더 중요한 일이 있지 않은가. 간스케는 그런 의문을 짐작이라도 한 듯이 즉각 대답해주었다.

"나라의 중심은 성이옵니다. 성이 불타버리면 인심이 흔들리게 되옵니다."

"그러나 내가 개축하면 다케다의 성이 되고 말 텐데?"

"적의 성이라 해도 중요한 것은 나라의 중심에 견고한 성이 하나 있다는 것이옵니다. 그 성이 바로 서 있으면 백성의 마음도 안정되는 법이옵니다."

"과연 그럴까?"

하루노부는 반신반의했다.

"한 가지 마음에 두셔야 할 것이 있사옵니다."

"뭐냐?"

"개축할 때, 백성들을 그저 모집해서 일을 시켜서는 아니 되옵니다. 그냥 부역을 시키는 것이 아니라 임금을 주고 사람을 모아야 하나이다. 그것도 많이 주어야 하나이다."

"다케다에게서 꿀이 나온다는 것을 알리라, 그 말이로군."

"그러하옵니다."

"그 다음은?"

하루노부는 서두르는 기색이 역력했다.

"다음으로 주군 스스로 스와 대사를 참배하시는 일이옵니다. 앞으로 스와 명신을 믿는다는 것을 모든 사람에게 알려야 하옵니다. 그와 더불어 신전에 대량의 금을 기증하고, 요리시게님 시대에 명맥이 끊어졌던 축제들을 다시 살리는 것도 중요하옵니다. 그리고 스와의 백성에게 포고를 하소서. 이제부터 세금을 감면한다고."

"흠흠, 아주 좋아."

하루노부는 고개를 끄덕였다.

"단, 그 포고는 주군의 이름으로 내서는 아니 되옵니다."

대뜸 간스케가 단호한 말투로 못박았다.

"내 이름이 아니라면 누구의 이름으로?"

간스케는 말없이 하루노부의 얼굴을 올려보았다.
"아, 그렇군. 도라오마루의 이름으로"
"그러하옵니다."
간스케는 고개를 끄덕였다. 도라오마루는 아직 갓난아기이므로 자신의 의지도 없다. 따라서 하루노부 마음대로 조종할 수 있었다.
"도라오마루님을 우에하라 성으로 드시게 하고, 다케다 가에서 수렴청정하여 스와 땅을 엄하게 다스리는 것이옵니다."
"엄하게 다스린다고?"
하루노부는 뭔가 어색하다는 듯이 물었다.
"어린 아기지만 스와의 적통인데, 누가 불평을 하겠사옵니까?"
간스케는 정색을 하고 되받았다.
"스와 관 사람들은 어떻게 하느냐?"
이백 명도 안 되지만, 죽음을 각오하고 싸우던 용사들이었다. 그냥 내버려두면 반기를 들지도 몰랐다.
"그냥 두면 되옵니다."
간스케가 거침없이 말했다.
"괜찮겠느냐?"
"전혀 문제없사옵니다. 도라오마루님이 있는 한 스와의 정통은 유지되는 것. 요리시게의 친족이 소동을 부린다한들 아무 소용없사옵니다. 군대를 파견하여 모두 죽여버리는 것도 한 방책이긴 하나, 그렇게 평지풍파를 일으키기보다는 저절로 무너지기를 기다리는 것이 옳을 줄 아옵니다. 그들의 힘이 나약한 이상, 언젠가는 스스로 흩어져 도망치고 말 테지요."
"죽기를 각오하고 반항한다면 어떡하느냐?"
"그때는 사정없이 물리치면 될 것이옵니다. 도라오마루를 보호하는 것은 다케다 가이옵니다. 그런 다케다 가에 반항한다는 것은 스와 본가에 대한 반란과도 같사오니, 역적이라 하여 토벌해도 아무 문제 없을 것이옵니다."

"간스케, 너는 어찌 그렇게 교활한 지혜를 다 가지고 있느냐."

하루노부는 웃으며 한마디 덧붙였다.

"그럼 다카토 요리쓰구 놈도 마찬가지겠구나."

간스케는 고개를 끄덕였다.

"주군께서 성을 개축하시고, 도라오마루님의 보호자라는 사실이 알려지면 요리쓰구 놈은 잠을 자지 못할 것이옵니다. 그게 원통하여 반란을 일으킨다면 오히려 우리가 바라는 바 아니겠사옵니까?"

"시비를 걸면 바로 쳐버린다? 하하하."

하루노부의 기분은 점점 더 유쾌해졌다.

2

쓰쓰지가사키의 정청에는 중신들이 한자리에 모여 회의가 열리고 있었다. 상좌에는 다케다 가의 가보家寶인 '미하타(御旗)'와 '다테나시'(楯無)가 놓여 있었다. 미하타는 황실에서 하사했다고 전해지는 '히노마루(日の丸)'가 그려진 깃발이고, 다테나시란 겐지의 정통을 상징하는 갑옷이다. 방패가 필요없을 정도로 튼튼한 갑옷이라는 뜻이다.

이 둘은 조상 대대로 전해져 오고 있는 가보인데, 다케다 가의 중대한 결정은 모두 이 가보 앞에서 행해졌다. 이 자리에서 의견이 분분하여 합의가 도출되지 않으면 영주는 최후의 결정권을 행사했다. 즉 '미하타와 다테나시여, 굽어살피소서'라고 선언하는 것이다. 다케다 가의 영주가 그 말과 함께 내리는 결정에 대해서는 어떤 반론도 허락되지 않았다. 바로 다케다 가의 전통이고, 규율이었다.

하루노부는 여태까지 그 말을 입에 담지 않았다. 아버지 노부토라를 추방할 때도 그 말만은 사용하지 않았다. 노부토라를 추방하는 건에 대해 대부분의 중신들은 찬성했고, 반대한 사람들은 아버지와 더불어 추방해도 좋을 인물들뿐이었다.

하루노부는 지금 미하타와 다테나시를 배경으로 앉아, 이번 스와 공략의 논공행상論功行賞을 벌이고 있었다. 그러나 이번은 화려한 전투가 아니었다. 스와 공략 때 다케다 군대는 거의 꼼짝도 하지 않았다. 적과 힘으로 부딪치며 싸운 것은 가스가 겐고로와 아키야마 신자에몬 정도뿐이었다.

가장 큰 공을 세운 사람은 역시 간스케였다. 이타가키 노부카타를 비롯하여 타국에서 온, 간스케를 미워하는 중신들도 그 사실만은 인정하지 않을 수 없었다. 그래서 더욱더 이 자리가 흥미없었다. 고작 두세 사람을 제외하면, 상을 받아 마땅한 간스케를 비롯한 몇몇 작자들은 평소부터 꼴도 보기 싫었던 인물들이었으니까.

하루노부는 그렇게 미묘한 분위기를 잘 알고 있었다. 하루노부는 우선 노부카타를 불렀다. 맨 먼저 호명받은 노부카타는 오히려 불안한 표정을 지으며 앞으로 나아갔다.

"노부카타, 나를 대신하여 스와로 가거라. 가서 스와 군다이(郡代: 주군을 대신하여 그 지방을 다스리는 작은 영주)로서 우에하라 성에 들어가 그 땅을 다스리도록 하라. 알겠느냐, 내 말뜻을."

하루노부의 예상치 못한, 단호한 명령에 노부카타는 놀라서 인사하는 것도 잊은 채 입만 멍하니 벌렸다. 군다이는 실질적으로 스와를 지배하는 영주와 같은 신분으로, 봉록도 수배로 불어난다. 놀라는 게 마땅한 행운이었다.

"왜 그러느냐, 노부카타. 마음에 들지 않느냐?"

하루노부가 웃으며 물었다.

"주군의 은혜가 하해와도 같사옵니다."

노부카타는 황급히 바닥에 이마를 조아렸다. 눈물이 솟구쳤다. 이번 전투에서 별다른 공도 세우지 못했는데, 이런 상을 내릴 줄이야.

'이런 은혜를 베풀어주시다니.'

문득 사양해야 하는 게 도리가 아닐까, 하는 생각이 들었다. 아무 공도 세우지 못한 자신이 이런 포상을 받다니, 이치에 맞지 않는다고 생각했다. 중신의 우두머리격인 자신이 사양의 태도를 취하지 않는다면 다른 중신들도 이런 선례를 따를 것이 분명했다. 그것은 다케다 가의 규율을 위해서라도 좋지 않은 일이었다.

"황공하옵지만……."

노부가다가 마음을 정히고 고개를 들지 하루노부는 그 마음을 미리 알고 있기라도 하듯이 단호하게 말했다.

"사뇌는 허락할 수 없다. 스와는 다케다 가의 꽃을 피우기 위한 토대가 될 게야. 아무에게나 맡길 수 없는 노릇이지. 신참자나 젊은 사람은 그 임무에 맞지 않아. 그대 같은 경륜에다 우리 가문과 오랜 인연을 맺은 충신만이 할 수 있는 일일세. 알겠는가, 노부카타."

"명을 받드옵니다."

노부카타는 머리를 조아렸다. 하루노부의 말은 노부카타를 감격케 했다. 하루노부가 신참 간스케에게 스와의 통치를 맡긴다면 식솔들을 데리고 은퇴하리라고 암암리에 벼르고 있던 참이었다.

"알았으면 그대로 행하도록 하라."

하루노부는 웃음 띤 얼굴로 고개를 끄덕인 다음 아키야마 신자에몬을 호명했다.

"우에하라 성 공략에서 그대는 스와의 가로 렌보 형부를 처단하는 등 혁혁한 공을 세웠다. 이에 봉록을 오십 관 증액하고, 이후 쓰카이반(使番)으로 명한다."

가스가 겐고로는 그 다음이었다.

겐고로도 오십 관이 늘고, 쓰카이반(전령장교傳令將校)으로 군무를 보게 되었다. 일종의 연락장교다. 전장에서 본진과 각 부대의 연락을 담당하므로, 무장으로 성장하기에 더없이 좋은 자리였다. 다케다 가에서는 경호에서 쓰카이반을 걸쳐 사무라이 대장으로 승진하는 것이 출세의 수순이었다. 신자에몬도, 겐고로도 감격하여 볼이 발갛게 물들었다.

"그럼 이것으로 이번 논공행상은 마치도록 하겠다."

하루노부는 무거운 짐을 벗었다는 듯이 홀가분한 표정이었다.

중신들은 놀랐다. 누구보다 많이 상을 받아야 할 사람이 아무것도 받지 못한 것이었다.

하루노부는 가볍게 하품을 하고, 노부카타의 동의를 구했다.

"무슨 할말이라도 있느냐, 노부카타?"

노부카타는 도저히 그 말을 긍정할 수 없었다. 누가 보아도 간스케는 가장 큰 공을 세웠다. 그 사람을 제쳐두고, 노부카타는 과할 정도로 대단한 상을 받았다. 다케다 가 중신의 우두머리로서도 간스케를 위해 한마디해야 할 책임이 있었다. 그렇게 하지 않으면 앞으로 중신들의 질시를 받을 것이 뻔했다.

"황공하옵지만."

"뭐냐? 할말이 있으면 서슴없이 해보아라."

"예. 야마모토 간스케에게도 상을 내려야 할 줄 아옵니다."

"간스케에게는 아무것도 주지 않아도 돼."

하루노부의 단호한 목소리에 모두가 놀랐다.

"이번 전투에서 가장 큰 공을 세운 사람은 간스케가 아니옵니까?"

아까까지만 해도 간스케의 공을 질투하던 노부카타가 이번에는 간스케를 위해 항의했다. 바로 이 점이야말로 하루노부가 바라고 바라던 바였다. 하루노부는 신자에몬과 겐고로에게도 물었다.

"너희는 어떻게 생각하느냐? 서슴지 말고 아뢰어라."

"예, 노부카타님 말씀이 옳은 줄 아옵니다."

신자에몬이 대답했다.

"겐고로는?"

"저도 신자에몬님과 같은 생각이옵니다."

중신의 우두머리 노부카타가 간스케의 공을 인정하고 있었다. 그리고 두 사람이 찬성을 표한 이상 더 망설일 것이 없었다.

"그러냐? 그럼 야마모토 간스케는 앞으로 나오너라."

하루노부가 부르자 간스케는 남의 집 고양이처럼 얌전하게, 머리를 낮게 숙이고 앞으로 나섰다. 하루노부는 표정 하나 바꾸지 않고 말을 건넸다.

"간스케, 모두들 그대에게 상을 내리라고 하는구나. 원하는 게 있으면 뭐든 아뢰어라."

간스케는 머리를 조아리며 말했다.

"없사옵니다. 말씀은 고맙지만, 사퇴할까 하옵니다."

"사퇴라니, 왜?"

"소인, 이번 스와 공략에서 땀 흘릴 정도로 활약하지 못하였나이다. 다만 몇 가지 전략을 세웠을 따름이옵니다."

"그런 공은 상을 받기에 걸맞지 않다는 말이냐?"

"예."

"이런 천하의 멍청이 같은 놈!"

하루노부는 벼락처럼 큰 소리로 간스케를 나무랐다. 간스케는 몸을 떨면서 바닥에 넓죽 엎드렸다.

"포상은 다케다 가의 영주인 내가 결정하는 게야. 가신이 감히 입을 뗄 수 있는 일이 아니다."

"죽을죄를 지었사옵니다."

간스케의 이마에서 기름땀이 배어나왔다.

이 모든 것은 연극이었다.

하루노부는 기름땀을 흘리는 간스케를 보고 그만 웃음을 터뜨릴 뻔했다. 그러나 다케다 가의 영주 하루노부도 대단한 연기자였다. 신참자인 간스케에게 많은 상을 내리면 중신들의 반감을 살 것이다.

그렇다고 아무것도 내리지 않을 수는 없는 노릇이었다. 그랬다가는 아무도 다케다 가를 위해 목숨을 걸고 싸우려 하지 않을 테니까. 어려운 문제였다. 하루노부와 간스케가 연극을 하기로 한 것도 바로 그 때문이었다.

그리고 또 한 가지 목적이 있었다. 하루노부는 모두를 둘러보며 말했다.

"그대들에게도 내 미리 말해두겠다. 가신의 상벌은 이제부터 나 혼자 결정할 게야. 간섭은 일체 허락하지 않겠어. 알겠는가!"

모두는 하루노부의 기세에 눌려 말없이 머리를 숙였다. 그것이야말로 하루노부가 노리던 바였다. 젊은 하루노부는 아버지를 추방한 후에 중신들의 지지를 받아 영주 자리에 올랐다. 그래서 영주의 기반이 약화된 것은 당연했다.

이타가키 노부카타, 아마리 도리야스, 오부 도라마사라는 선대의 노신이 하루노부의 시책에 대해 왈가왈부했다. 하루노부는 중신들의 낡은 사고방식으로는 새로운 시대에 대응할 수 없다고 생각했다. 물론 그들은 역전의 용사들이었다.

그러나 그들이 제시하는 의견들은 한결같이 과거 경험에 기초한 것으로, 새로운 사고방식을 인정하려들지 않았다. 전투를 중시하고, 전략을 경시하는 경향이 강했다. 물론 군대의 가장 중요한 기능은 전투능력이다. 그게 약하다면 아무것도 할 수 없었다.

그러나 전투만 즐기는 집단으로는 안 된다. 그것은 필요 이상의 적을 만들고 다게다 가의 번영에 걸림돌이 될 뿐이었다. 그런 단점을 넘어서기 위해서라도 하루노부가 영주의 위치에서 반드시 독점해야 할 분야가 바로 군신에 대한 상벌賞罰 권한이었다. 그에 대한 전권全權을 발휘할 수 있어야 하루노부의 권력은 확고해질 수 있었다. 노신들이 상벌을 입에 올리는 것을 계속 인정하다가는 가신들에게 조종당하는 꼭두각시로 전락하고 말 터였다. 노부카타를 스와 군다이로 삼은 것은 그런 의도 때문이었다.

노부카타는 즐거워하고 있긴 하지만, 실제로는 정권의 중추에서 멀어진 것이었다. 스와에 상주하면 쓰쓰지가사키 관의 회의에도 나오지 못한다. 그래서 귀찮은 간섭을 받지 않을 수도 있었다. 그리고 군인으로서 노부카타가 필요할 때는 지령을 내리면 그만이었다.

'일석이조一石二鳥가 아닌가.'

하루노부는 내심 기뻐하고 있었다.

그리고 간스케에게 상 내릴 일이 남았다. 하루노부는 몹시 고뇌하는 표정을 지으며 입을 열었다.

"간스케, 이번에 정말 잘해주었다. 바라는 게 있으면 어디 말해보도록 하라."

"……"

간스케는 넓죽 엎드린 채 입을 다물었다.

"말하라, 아무 걱정 말고."

"그럼 말씀 올리겠나이다."

간스케는 고개를 들고 말을 이었다.

"봉록 백 관을 맡겨주시길 바라나이다."

"맡겨달라니?"

하루노부가 물었다.

"그 백 관으로 소인은 고향에서 몇 사람을 불러올려 다케다 가를 위해 일을 시키고 싶사옵니다."

"너의 친족들을 말하느냐?"

"아니옵니다. 뛰어난 기술을 보유한 자들로, 불러들이면 반드시 이 나라에 득이 될 것이옵니다."

"간스케의 말은 위험천만한 발상이옵니다."

갑자기 노부카타가 호랑이처럼 으르렁거리며 나섰다.

하루노부와 간스케는 이미 그런 반응을 예상하고 있었다.

"노부카타, 할말 있으면 어디 해보게."

하루노부는 침착한 목소리로 말했다. 노부카타는 앞으로 한 걸음 나서며 말했다.

"타국 사람을 불러들일 필요는 없나이다. 우리 가이는 무사의 나라이옵니다. 무사와 아시가루 가운데 수많은 인재가 있지 않나이까. 같은 백 관이라면 우리 나라 사람을 발탁하는 것이 타당할 줄 아옵니다."

하루노부는 간스케를 바라보며 물었다.

"어떠냐, 간스케. 노부카타의 의견이?"

"황공한 말씀이지만."

간스케는 가볍게 고개 숙여 예를 올리고 약간 뜸을 들인 다음 말을 이었다.

"우리 나라는 무사의 나라이며, 다케다 가의 용맹성은 천하가 다 아는 사실이옵니다. 따라서 이 간스케도 타국에서 무사를 불러올 생각은 추호도 없사옵니다."

"무사 외에 누굴 불러온단 말이냐?"

하루노부가 물었다.

"야마시(山師)이나이다."

간스케가 대답했다.

야마시란 금광이나 철광 등을 발견하여 채굴하는 기술자다. 넓은 의미로는 치산치수治山治水, 토목공사에 종사하는 종합 기술자를 가리키는 말이다.

"아닌 밤중에 홍두깨 같은 소리를 다 하느냐. 그런 자들을 불러 뭘 하겠다는 말이냐?"

어이없다는 듯이 노부카타가 물었다. 그의 입가엔 경멸 섞인 미소가 떠올랐다. 그것은 노부카타뿐만 아니라 다른 중신들도 마찬가지였다. 간스케는 내심 낙담하지 않을 수 없었다.

'이 정도도 이해하지 못하니, 앞으로 참 어렵겠어.'

하루노부도 곤혹스런 표정이었다.

간스케는 아랫배에 힘을 넣고 힘차게 말했다.

"병사를 기르는 데는 두 가지가 필요하나이다. 쌀과 금이 바로 그것이지요. 이 두 가지가 많으면 많을수록 나라는 풍족해지고, 따라서 많은 병사들을 기를 수 있나이다. 우리 나라의 지세를 살펴보건대, 기후는 한랭하고 땅은 척박하여 쌀 수확이 많지 못하옵니다. 그러나 이 나라에도 하늘이 내려준 보물이 하나 있나이다."

"뭐냐, 그게?"

하루노부가 물었다.

"황금, 이 땅에는 황금이 많사옵니다."

간스케의 말에 하루노부는 미간을 찌푸렸다.

"그대는 뭘 모르고 있구먼. 물론 황금 산이 많긴 해. 그러나 선대에 모두 파내고 말았어."

결코 틀린 말이 아니었다. 선대의 노부토라 시대에 가이의 금광이란 금광은 모두 탕진해버렸던 것이다.

"소인, 다케다 가의 신하가 되기 전에 이 나라의 산들을 면밀히 조사해보았사옵니다. 그 결과를 말씀드리자면, 아직 이 나라의 황금은 반도 다 캐내지 못하였나이다."

그 말에 모두들 놀랐다. 그것이 사실이라면 가이의 국력은 한층 더 강화될 것이다.

"그게 사실이냐, 간스케?"

하루노부는 처음 듣는 말이었다. 간스케와 약속한 연극 내용은 단지 타국에서 인재를 불러들인다는 것뿐이었다.

"천지신명께 맹세코 사실이라 말할 수 있나이다. 금이 고갈되었다고 생각한 것은 오로지 그 기술이 보잘것없었기 때문이옵니다."

간스케는 알기 쉽게 설명했다. 가이의 금광을 개발한 기술자들은 거의 이류 이하였다. 그것은 결코 상상에서 나온 결론이 아니었다. 채굴 현장을 보아도 금방 알 수 있는 일이었다. 금맥을 발견하는 것도, 그것이 어디까지 뻗어 있는지를 가늠하는 것도 기술이었다.

아마도 가이 사람들은 그런 기술을 정당하게 평가하지 않았으므로, 충분한 보수를 지불하지 않았을 터였다. 충분한 보수가 약속되지 않으면 일류 인재는 모여들지 않는다. 그래서 일류 야마시들은 이마가와 가의 스루가나 호조 가의 이즈(伊豆)로 가버렸을 것이다. 이 두 나라는 최근 금광 발견이 이어지고 있었다. 그러나 가이의 금광도 매장량에 있어서는 그 두 나라 못지않았다. 경우에 따라서는 두 나라를 넘어설 지도 몰랐다.

이런 내용을 간스케는 가이 사람의 자존심을 건드리지 않도록 배려하며 설명했다.

간스케의 이야기가 끝난 후에도 모두는 잠시 침묵을 지키고 있었다. 꿈 같은 이야기였다. 잃어버린 돈주머니에 두 배나 되어 돌아온 듯한 기분이었다.

"그대가 잘 아는 야마시를 데려오기만 하면 반드시 금광을 개발할 수 있다는 말이냐?"

하루노부의 목소리가 가늘게 떨리고 있었다.

"그러하옵니다. 금광뿐만이 아니옵니다. 그들의 뛰어난 기술을 이용하면 산사태와 홍수도 막을 수 있으므로, 쌀 수확량도 늘어날 것이옵니다."

간스케가 확신을 가지고 말했다. 그러나 하루노부는 아직도 납득하지 못했다.

"그런 기술을 가진 자들이 백 관의 보수로 만족하겠느냐? 백 관이라고는 하지만 한 사람에게 주는 것이 아니지 않느냐? 사람이 많으면 한 사람이 받는 보수가 적어질 텐데."

"그건 그러하옵니다. 백 관은 단지 준비금에 지나지 않사옵니다. 그렇지 않으면 야마시들은 이곳으로 오려 하지 않을 것이옵니다."

"그럼 앞으로 몇 백 관을 더 주어야 한다는 말이냐?"

그건 말도 안 된다. 말단 야마시들에게 그런 고액의 봉록을 지불하면 노신들이 가만있을 리가 없었다.

봉록이란 사람의 평가 기준이었다. 사무라이야말로 이 세상에서 가장 고귀한 신분이라 믿는 노신들이 야마시보다 적은 봉록으로 만족할 리 없었다. 그런 시책을 강행하면 노신들이 일제히 반발하여, 하루노부의 자리도 위태로워질 게 뻔했다. 무엇보다 현재 다케다 가에는 그럴 만한 자금도 없었다. 스와를 손에 넣었다고는 하지만, 재정적인 이익은 앞으로의 일이었다. 그러나 간스케는 이미 대책을 마련해두고 있었다.

"청부請負로 하면 될 것이옵니다."

간스케는 요점만 간단히 말했다. 일종의 성공보수제成功報酬制라 할 수 있었다. 즉 야마시가 금 채굴권을 가지고 금을 발견하여 생산하면 그 금에서 일정 비율을 보수로 지급하는 것이다.

"야마시는 자신의 기술에 자부심을 가지고 있사옵니다. 그러므로 청부 조건에 절대로 이의를 달지 않나이다. 묵묵히 일을 할 것이옵니다. 따라서 아무것도 발견하지 못하면 한 푼도 지불하지 않아도 되는 것이옵니다."

"하하하, 피 한 방울 흘리지 않고 스와를 차지하더니, 이번에는 한 푼도 들이지 않고 금광을 손에 넣는다? 간스케, 그대는 정말 구두쇠야."

하루노부는 유쾌하게 웃었다.

"구두쇠, 그게 바로 부자가 되는 길이 아니겠나이까. 주군, 백 관을 제게 맡겨주시옵소서."

"좋고말고, 기꺼이 맡기지."

하루노부의 말에 아무도 토를 달 수 없었다.

지는 꽃, 피는 꽃

1

'정말 어려운 일이로고.'

간스케는 남몰래 한숨을 내쉬었다. 상대는 스와의 미사 공주가 아닌가. 하루노부는 미사 공주를 좋아한다. 다케다의 장래를 위해서라도 그건 절대 나쁜 일이 아니다. 그러나 공주에게 하루노부는 아버지의 원수다.

게다가 간스케는 여자라는 존재를 감당할 수 없었다. 남자라면 논리적으로 납득시켜 그것이 이익이 되는지, 정의가 되는지 설명할 길이라도 있다. 그러나 여자는 정情으로 움직인다. 정이란 놈은 논리와 이성으로 자를 수 없다. 아무리 머리 좋은 간스케지만 상대의 심리를 읽어낼 수 없었다. 속내도 모르는 상대를 설득하여 하루노부의 뜻에 따라 움직이게 해야 했다.

'이 사태를 어떻게 해결하면 좋단 말인가?'

간스케는 자문자답했다. 많은 시간이 주어진 것도 아니었다. 스와의 정정政情을 안정시키기 위해 하루노부는 한 달 내에 다시 가이를 떠나야 했다. 가능하다면 그전에 결론을 내려야 한다. 미사 공주는 쓰쓰지가사키 관의 외딴 방에 연금된 상태였다.

자신을 지켜줄 가신들과도 떨어져 싸울 무기도 없이 몇 명의 시녀를 거느리고 있을 따름이었다.

마침내 간스케는 정면돌파를 시도하기로 마음먹었다.

"야마모토 간스케라는 사람이 만나고 싶다 하나이다."

다케다 가의 시녀가 전하는 말을 듣고, 미사 공주의 얼굴은 분노로 벌겋게 달아올랐다. 그 남자야말로 하루노부에 이어 제2의 원수가 아닌가. 스와 공략의 계략을 세우고, 아버지를 그런 운명에 빠뜨린 것이 간스케라는 것을 미사 공주는 알게 되었다. 연금 상태에서도 그런 소문을 들어 알고 있었던 것이다.

'간스케 놈, 도대체 무슨 말을 하려고'

그것이 수상쩍었다. 이럴 때 세이노스케가 곁에 있으면 의논이라도 하겠건만, 공주가 하루노부를 덮쳤을 때 가세하려다 포박당한 이후로 한 번도 얼굴을 보지 못했다.

"어떻게 하시겠사옵니까?"

시녀의 말투에는 동정이 듬뿍 배어 있었다. 아무리 패자라고는 하지만, 아버지를 잃은 연약한 소녀였다. 동정을 불러일으키는 것도 당연할 것이다. 그러나 미사 공주는 그게 싫었다. 설령 어떤 곤경에 처하더라도 낯선 사람에게 동정을 받는다는 것은 자존심이 허락지 않았다. 그런 생각을 하다가 거의 무의식적으로 미사 공주는 입을 열었다.

"들라 해라."

'이 남자.'

간스케를 보는 순간, 한눈에 알아볼 수 있었다. 도라오마루가 처음 신사를 참배할 때 스와 대사에서 만난 남자. 그때 네네는 간스케의 추악한 얼굴에 비명을 질렀고, 화가 난 아버지 요리시게는 간스케를 죽이려 했다. 그때 그의 목숨을 구해준 사람이 바로 미사였다.

"그대는 무슨 용건으로 왔느냐?"

미사 공주의 말에 독기가 가득 묻어났다. 간스케는 다소곳한 표정으로 다다미에 손을 짚더니 깊이 머리를 숙이며 대답했다.

"언젠가 공주님의 손에 이 목숨을 구원받았나이다. 늦었지만 이렇게 감사를 드리나이다."

"난 그대를 살린 것을 후회하고 있네."

"……."

"그때 아버님을 말리지 말아야 했어. 그대처럼 몸도 마음도 추악한 사람이 있다니, 그걸 몰랐던 나의 불찰이었어."

"정말 황공하옵니다."

간스케는 얼굴을 들지 못했다. 아무리 간스케라고 하지만, 목석이 아니었다. 아름다운 여인에게 욕을 먹다니, 기분 좋을 리 없었다.

"용건이 끝났으면 물러가라. 아니면 이 자리에서 배를 가를 생각인가? 그대가 배를 가르면 아버지의 한이 조금이라도 풀릴 텐데."

"공주님."

간스케는 비로소 미사 공주의 얼굴을 똑바로 쳐다보았다.

"그래도 할말이 있단 말인가?"

미사 공주의 목소리는 얼음처럼 싸늘했다.

"소인의 목은 드릴 수 없지만, 원하신다면 공주님이 가장 바라는 그 자의 목을 드릴 수는 있나이다."

"어디서 거짓말을 하는가?"

"거짓이 아니옵니다."

간스케는 가슴을 활짝 폈다. 미사 공주는 놀림당하는 기분이었다.

"다케다 가의 군사라는 사람이 그런 허언虛言을 해서야 되겠나?"

"공주님, 소인은 분명 다케다 가의 신하로서 타국 사람을 속이는 것이 소임이라 할 수 있지요. 그러나 지금 드린 말씀은 결코 거짓이 아니옵니다. 다시 한 번 말씀드리지요. 소인, 공주님이 원하신다면 목을 내드리리다. 주군 다케다 하루노부의 목을."

간스케의 말에 공주는 마른침을 삼켰다.

"어떠신지요?"

"그런 말도 안 되는 소리는 그만두라. 간스케, 난 그렇게 어리석은 사람이 아니야."

"물론 그러시겠지요. 그렇다고 아무 대가도 없이 그냥 내드리겠다는 뜻은 아니옵니다. 소중한 것을 가지려면 응당 대가를 치러야지요."

간스케는 서서히 본론으로 들어가고 있었다.

"내가 무엇을 주면 되겠나?"

조롱하는 듯한 목소리로 미사 공주가 물었다. 미사는 간스케의 말을 진심으로 받아들이지 않았다. 단지 간스케가 왜 그런 거짓말을 하는지, 궁금할 따름이었다.

"공주님 자신을 내놓으셔야 하나이다."

간스케는 조금도 망설임 없이 단도직입적으로 대답했다. 미사 공주는 그 말뜻을 알아듣지 못했다.

"내 목숨을 말인가?"

"그건 아니옵니다."

간스케는 크게 고개를 가로젓더니 입을 다물어버렸다. 그제야 미사 공주는 그 의미를 알았다. 그와 동시에 공주의 얼굴은 노기와 굴욕감으로 벌겋게 달아올랐다.

"어떠신지요?"

다시 한 번 간스케가 물었다. 너무 분노한 나머지 미사 공주는 금방 말이 나오지 않았다.

"하루노부에게 내 몸을 허락하라는 겐가?"

"바로 그러하옵니다."

간스케는 당당하게 대답했다. 그 오만한 태도에 미사 공주의 분노는 한층 더 불타올랐다.

"물러나라. 물러나라고 하지 않았느냐. 그 뻔뻔스런 얼굴, 다시는 보고 싶지 않다."

"이렇게 좋은 기회를 놓칠 생각이신지요? 공주님, 아버지의 원수를 갚을 수 있나이다."

"더 이상 듣고 싶지 않다. 짐승만도 못한 놈!"

미사 공주는 커다랗게 외쳤다. 간스케도 지지 않았다.

"주군께서도 그러셨소이다. 공주, 언제든 내 목을 노리라고요. 아무리 사소한 기회라 하더라도 아버지의 원수를 갚을 수 있는데, 그것을 포기하다니 자식된 도리가 아닌 줄 아옵니다만."

"이 교활한 놈!"

내 눈앞의 이 사람이 과연 인간이라 할 수 있을까. 미사 공주는 그렇게 생각했다. 사람의 가죽을 뒤집어쓴 짐승이 아닐까.

간스케는 뒤로 물러서더니 문 앞에서 다시 머리를 숙였다.

"잘 생각해보시옵소서. 자식으로서 다른 길을 걸을 수도 있을 겝니다. 절에 들어가서 비구니가 되어 평생토록 아버지의 혼을 위로하는 길이야말로 공주님께 잘 어울리는 일일지도 모르지요."

잠시 간스케는 웃음을 흘리며 말을 이었다.

"아버지의 원수를 갚는 일이 두려우면 절에 들어가셔도 좋을 것 같나이다."

"썩 물러나라!"

미사 공주는 부채를 집어던졌다. 간스케는 빙긋빙긋 웃는 얼굴로 방에서 빠져나가며 한마디 덧붙였다.

"내일, 대답을 듣도록 하겠나이다."

미사 공주는 분노를 이기지 못해 치를 떨었다.

아버지를 죽이고 나라를 빼앗더니, 이제 와서 몸까지 바치라니. 짐승만도 못한 놈, 악마. 미사 공주는 할말을 잃고 말았다. 이제 미사 공주의 저주는 하루노부가 아닌 간스케로 향하고 있었다. 이상한 일이었다. 간스케는 하루노부의 뜻을 받들어 행동하는 신하에 지나지 않는데도 말이다.

아버지 요리시게를 죽인 것도, 스와의 땅을 빼앗은 것도 하루노부의 짓이다. 그러므로 하루노부야말로 저주의 대상이 되어 마땅했다. 하지만 마음은 그쪽으로 움직이지 않았다. 미사 공주는 그것을 자각하지 못했다. 하루노부의 단정한 용모에 반한 때문인지도 몰랐다. 그에 비해 간스케의 용모는 얼마나 추악한가.

미사 공주는 천성이 상냥한 소녀였다. 몸이 불편한 사람에게도, 용모가 추악한 사람에게도 따스한 정을 베풀어왔다. 그런 사람들일수록 사지가 멀쩡한 정상인보다 아름다운 마음을 가지고 있었기 때문이다. 그러나 간스케는…….

'그런 사내의 노림수에 말려들 내가 아니야.'

미사 공주는 어금니를 꽉 깨물고 다짐했다.

간스케의 노림수는 뻔하다. 하루노부에 대한 복수심에 불을 지펴,

결국 둘을 하나로 결합시키려는 속셈일 것이다. 그럼 어떻게 해야 할까. 이대로 절에 들어가 비구니가 되는 건 싫다. 죽음보다 못한, 그런 삶은 싫다. 그렇다고 하루노부의 정을 받아들일 수는 없다. 자살하는 길도 있다. 간스케에게 타격을 주려면 그것이 가장 좋은 방법일지도 모른다.

그러나 미사 공주는 그러기도 싫었다. 죽음은 패배였다. 그것은 비겁한 도피에 지나지 않는다는 것이 나이에 비해 조숙해버린 이 소녀의 사고방식이었다. 무엇보다 자살하려면 칼이 있어야 하는데, 그것도 빼앗겨버렸다. 목을 매다는 방법도 있지만 미사의 취향에 맞지 않는 일이었다. 그렇게 나약한 행동은 절대로 할 수 없다고 생각했다.

'그래, 도망치는 거야.'

미사 공주는 마침내 결론을 내렸다. 도망치는 것은 패배가 아니다. 잘만 되면 간스케의 얼굴에 먹칠을 하고, 하루노부를 실망시킬 수 있다. 물론 감시가 삼엄하다. 그러나 야반도주하면 가능할지도 모른다. 들켜도 할 수 없는 일이다. 한번 해보자.

모치즈키 세이노스케는 감옥에 갇혀 있었다.

그날, 칼을 들고 하루노부를 덮치던 미사 공주를 돕지 못한 것이 천추의 한으로 남아 있었다. 왜 좀더 빨리 눈치채지 못했을까. 눈치를 채고 둘이서 동시에 덮쳤더라면 하루노부의 목숨을 빼앗을 수도 있었을 텐데.

'공주님이 한마디만 하셨던들……'

세이노스케는 그게 원망스러웠다. 주변 사람들에게 피해를 주지 않으려고 혼자서 그 일을 감행했을 것이다. 그러나 못내 섭섭했다. 주종 사이는 그래서는 안 되었다. 공주가 죽으면 세이노스케는 살아 있을 수 없었다. 공주는 그런 마음을 몰라주었다. 그게 슬펐다. 그러나 슬퍼하고만 있을 수도 없는 노릇이었다. 공주는 지금 무슨 봉변을 당하고 있을지 모른다. 빨리 구출해야 한다.

'하루가 급해.'

그러기 위해서는 무엇보다 먼저 이 감옥에서 벗어나야 했다. 세이노스케는 감옥에서 벗어나기 위해서라면 무슨 짓이든 하리라 마음먹었다. 저 야마모토 간스케처럼, 다케다 하루노부처럼 교활하게 머리를 써야 한다. 그러지 않으면 그놈들을 이길 수 없다.

그렇게 결심한 세이노스케는 한 가지 생각을 행동으로 옮겼다. 늙은 간수를 속이는 것이었다. 자신을 귀여워해주던 할아버지와 닮았다고 애교를 부리기로 했다. 틈만 나면 사람 좋은 노인에게 말을 걸어 친숙해졌다. 때로는 눈시울을 뜨겁게 하는 이야기도 했다.

마음 한구석이 쓰라렸지만, 그러는 사이에 노인은 세이노스케를 자신의 손주처럼 귀여워해주었고 음식에도 신경을 써주었다. 드디어 세이노스케는 탈옥을 결행했다. 고통스런 표정으로 배를 움켜쥐고 감옥 바닥에 나뒹굴었다. 노인은 비명을 듣고 단숨에 달려왔다.

"왜 그래?"

세이노스케는 대답하지 않았다. 신음을 하며 그냥 바닥에서 뒹굴었다. 노인은 새파랗게 질린 얼굴로 자물쇠를 풀고 안으로 들어왔다.

"왜 그러느냐? 어디 아프냐?"

노인이 얼굴을 가까이 들이대는 순간 세이노스케는 갑자기 몸을 돌려 노인의 명치에 주먹을 꽂았다.

'용서해주세요.'

노인은 신음도 내뱉지 못한 채 바닥에 무너져내렸다.

기절한 노인을 감옥 안에 내버려둔 채 세이노스케는 밖으로 나왔다.

나오기 전에 다른 감옥을 살펴보았지만 스와 사람은 아무도 없었다.
'하루노부 이놈, 모두 죽이고 말았어.'
세이노스케는 치를 떨었다. 하늘에는 둥근 달이 걸려 있었다. 세이노스케는 어둠에 몸을 숨기고 다케다의 순찰병이 지나가기를 기다렸다가 미사 공주가 있는 안채로 향했다. 쓰쓰지가사키 관은 넓었다. 그러나 다행히 세이노스케는 주요 건물의 위치를 기억하고 있었다. 안채 끝에 이르러 세이노스케는 마루 안으로 기어들어가 앞으로 나아갔다.
'서둘러야 해.'
세이노스케는 돌연 후회스러운 마음이 일었다. 그 간수를 죽이지 않았던 것을 말이다. 간수가 눈을 뜨고 소동을 부리면 경계가 엄중해질 것이다. 그러나 세이노스케는 자신을 손자처럼 귀여워해주던 그 노인을 자신의 손으로 죽일 수 없었다.
'깨어나 소란을 떨어도 어쩔 수 없는 일이다.'
세이노스케는 체념했다. 아무 저항도 할 수 없는 노인을 죽이고 가슴 아파하는 것보다 이쪽이 더 편했다. 세이노스케는 땀투성이가 되어 겨우 미사 공주가 있는 방 근처까지 다가갔다. 지키는 사람이 있었다. 사무라이였다. 달빛을 받고 서 있는 젊은 남자의 얼굴을 보는 순간 세이노스케는 깜짝 놀랐다.
'저놈!'
하루노부를 찌르는 공주를 간발의 차이로 제지했던 젊은 경호무사, 가스가 겐고로라는 이름의 남자. 감옥의 노老 간수가 가르쳐주었다. 그때의 공으로 오십 관의 봉록을 더 받게 되었다는 노 간수의 말이 귓가에 맴돌았다.
'좋아, 네놈의 얼굴에 눈물이 흐르게 해주지.'
언뜻 보기에 가스가 겐고로뿐인 것 같았다. 복도에 조용히 앉아 있는 겐고로를 처리해야 했다. 세이노스케는 그 자리에서 옷을 벗고, 아랫도리만 가렸다. 그리고 마당의 나뭇가지에 끈을 묶고 어둠 속에서 그 끈을 꼭 잡았다.

'두고 봐라, 이놈아.'

세이노스케가 끈을 당겼다. 나무가 스스스, 소리를 내며 흔들렸다.

"누구냐?"

겐고로가 마당으로 뛰어내려왔다. 세이노스케는 뒤로 다가가 겐고로를 옷으로 뒤집어씌웠다.

"흡."

"어디 맛 좀 봐라."

오른손에 쥔 커다란 돌멩이로 세이노스케는 겐고로를 마구 내리찍었다.

2

"누구냐?"

방 안에서 낭랑한 목소리가 울려나왔다.

"공주님."

저도 모르게 큰 소리를 지를 뻔하다가 세이노스케는 겨우 북받치는 감정을 억누르고 마당에 무릎을 꿇었다.

"세이노스케가 왔사옵니다."

문이 열리고 미사 공주가 모습을 드러냈다. 그 얼굴에는 반가움과 놀라움이 가득했다.

"세이노스케, 무사했구나."

"공주님도 무사하셨군요."

세이노스케는 너무 기뻐 눈물을 글썽였다. 미소짓던 미사 공주가 마당에 쓰러져 있는 겐고로를 발견하고 미간을 찌푸리며 물었다.

"저 사람을 죽였느냐?"

"정신을 잃었을 뿐입니다."

그렇게 말하고 세이노스케는 겐고로에게 다가가 허리에 차고 있는 칼을 뽑아냈다.

"자, 공주님, 빨리 가셔야 하나이다."

그제야 세이노스케는 미사 공주가 잠옷 차림이 아니라는 사실을 알았다.

"오늘밤 도망칠 생각이었는데, 마침 잘 와주었어."

미사 공주는 문을 닫고 복도로 나섰다. 세이노스케는 품안에서 신을 꺼내 앞에 놓았다. 두 사람은 말없이 그 자리를 떠났다. 겐고로를 남겨두고 이 자리에서 그를 찔러 죽이려고 생각했다. 감옥의 노 간수와 달리 이 남자는 사무라이였다. 사무라이인 이상 적의 기습 공격에 죽어도 할말은 없었다. 이미 그것을 각오한 인생이었다. 그러나 칼을 뽑아드는 세이노스케를 미사 공주가 제지했다.

'왜?'

눈으로 묻는 세이노스케에게 미사 공주는 말없이 고개를 가로저어 보였다.

'살생이 싫으신 거야, 공주님은.'

입씨름할 여유가 없었다. 세이노스케는 공주의 뒤를 따랐다. 문 앞에 이르자 두 명의 병사가 불침번을 서고 있었다. 그뿐 아니라 문 곁에는 초소도 있었다. 그 안에는 수명의 병사가 자고 있을 터였다. 보초가 소리치면 그 안에서 자고 있던 병사들이 뛰쳐나올 것이다.

'두 명을 동시에, 그것도 찍소리 없이 죽일 수 있을까?'

세이노스케는 어둠 속에서 핏발 선 눈으로 병사들을 노려보았다.

세이노스케는 초조해졌다. 문을 빠져나가는 것 외에는 아무런 방법이 없었다. 담도 높은데다 해자까지 파여 있어 문 외에는 빠져나갈 방법이 없다.

'좋은 방법이 없을까?'

세이노스케는 필사적으로 머리를 굴렸다. 그러나 아무리 생각해도 보초의 눈을 속이고 빠져나갈 방법이 없었다.

갑자기 어둠을 뚫고 종이 울렸다. 종소리를 듣고 초소 안에서 수명의 병사가 뛰쳐나왔다.

"들켰어."

세이노스케가 저도 모르게 말했다. 그 노인이, 아니면 겐고로가 정신을 차리고 경종을 울렸을 것이다. 보초는 십수 명으로 불어났고, 여기저기서 햇불이 밝혀졌다.

"세이노스케, 이제 어쩔 수가 없구나."

미사 공주가 조용히 말했다. 세이노스케는 크게 고개를 가로저었다.

"아직은 아니옵니다. 이쪽으로 오세요."

미사 공주의 손을 잡고 세이노스케는 왔던 길을 되돌아갔다.

'무슨 수를 쓰더라도 공주님을 탈출시켜야 한다.'

목숨을 버려서라도 그리하리라고 세이노스케는 각오를 굳혔다.

"세이노스케, 어디로 가느냐?"

미사 공주는 이상한 느낌이 들어 물었다.

"제게 맡겨주십시오 숨겨달라고 할 겁니다."

세이노스케는 자신있는 목소리로 말했다.

"숨겨달라고? 도대체 누구에게?"

미사 공주는 그 말을 이해할 수 없었다. 여기는 다케다 관의 내부가 아닌가.

"노부시게님께."

세이노스케는 앞으로 나아가며 짧게 말했다.

"노부시게님이라면, 하루노부의 동생이 아니냐?"

미사 공주는 놀란 눈으로 물었다.

"그렇사옵니다. 노부시게님은 형과 사이가 나쁘다 하옵니다. 그러므로 노부시게님을 구슬리면 숨겨줄 것입니다."

"그게 사실이니? 형제 사이가 나쁘다는 말이."

미사 공주는 다짐을 받듯이 그 말의 진위를 확인하려 했다.

"틀림없사옵니다. 이 두 눈으로 똑똑히 보았나이다."

세이노스케의 뇌리에는 처음 이 관을 방문하던 날의 광경이 떠올랐다. 그날, 하루노부와 노부시게는 공적인 자리에서 다투었다. 그것도 스와의 사절로 온 세이노스케의 면전에서 아무 거리낌없이. 노부시게는 형 하루노부를 미워하고 있는 것이다. 문제는, 어떻게 해서 노부시게의 처소를 찾아내는가다.

'노부시게님이 나타나야 하는데……'

세이노스케는 하늘에 기도라도 드리고 싶은 심정이었다.

'노부시게님은 분명 이 근처 어딘가에 있다.'

세이노스케는 핏발 선 눈으로 주위를 둘러보았다. 관의 중앙에는 다케다 일족과 중신들의 거처가 늘어서 있었다. 그러나 다케다의 가신이 아닌 세이노스케는 어디가 어딘지 알 수 없었다. 관내가 소란스러워지고 있었다. 여기저기서 사람들이 일어나 수색을 벌이는 소리가 들려왔다. 세이노스케는 어깨를 활짝 폈다.

"어떡하려고?"

미사 공주가 불안한 표정으로 물었다.

"관의 뒤편으로 가봐야겠나이다."

세이노스케가 말한 관이란 본관을 의미했다. 회의를 열거나 타국의 사절을 접견하는 관의 중심적인 건물이었다. 하루노부가 낮에 머무는 장소이기도 했다. 그 뒤편에는 안채가 있었다. 안채에는 하루노부의 가족이 머물고, 밤에는 하루노부가 거처하는 곳이었다. 사택이라 할 수 있었다.

노부시게는 하루노부의 동생이다. 동생이므로 그의 거처도 안채 가까운 곳에 있을 것이다. 사이가 나쁘다고 멀리 내쫓지는 않았으리라. 아니, 혹시 그렇게 했을지도 모른다. 이런 약육강식의 난세에, 불만을 품은 친족을 곁에 두는 것만큼 위험한 일은 없다.

그러나 하루노부가 아직 그런 조치를 취하지 않은 쪽에 세이노스케는 모든 것을 걸기로 했다. 미사 공주의 손을 잡은 세이노스케는 어둠을 뚫고 앞으로 나아갔다. 가장 중심적인 곳에는 하루노부의 집이 있을 것이다. 그 곁, 아니면 뒤편에 노부시게의 집이 있지 않을까. 뒤편으로 돌아들자 다케다 가의 다이아몬드 문장이 새겨진 문고리가 달린, 하루노부의 집보다 작은 집이 한 채 있었다.

'여길지도 몰라.'

문은 활짝 열려 있었고, 횃불이 밝혀져 있었다. 아마도 경계를 알리는 종소리가 울리면 이렇게 문을 열어두는 규칙이 있는 것 같았다. 다른 사람들은 수색을 나선 것일까, 문 주위에는 아무도 없었다. 세이노스케는 미사 공주를 재촉해 단숨에 집안으로 뛰어들었다.

"세이노스케, 보기보다 담이 크구나. 만일 여기가 노부시게님의 처소가 아니라면 어떡할 생각이니?"

이렇게 위급한 때도 미사 공주는 미소를 잃지 않았다.

"어떻게든 될 겁니다."

세이노스케는 새파랗게 질린 얼굴에 억지로 미소를 떠올리며 덧붙였다.

"밖으로 뛰쳐나가는 것보다 이쪽이 더 안전합니다."

"쉿! 누가 와."

미사 공주의 경고에 세이노스케는 황급히 몸을 낮췄다.

사무라이가 아닌 어린 노비였다. 아마도 다른 사람들은 수색에 참가하고 있는 모양이었다. 주위에는 그림자 하나 얼씬거리지 않았다.

'좋아.'

세이노스케는 칼을 뽑아들고 노비의 등뒤로 접근해 재빨리 목을 잡고 칼을 댔다.

"소리내면 죽어."

두려움에 질린 노비의 눈이 화등잔火燈盞만해졌다.

"묻는 말에 대답해, 알겠지?"

"예, 예."

"여기는 누구 집이냐?"

"노부시게님의 집입니다."

그 대답을 듣고 세이노스케는 가슴을 쓸어내렸다. 갑자기 눈앞이 밝아지는 것 같았다. 하루노부와 사이가 좋지 않은 동생 노부시게라면 미사 공주를 숨겨줄 것이다.

"노부시게님은 지금 어디 계시냐?"

"……."

노비는 대답하지 않았다. 세이노스케의 정체를 알 수 없으니 함부로 말할 수가 없었다.

"대답하지 않으면 목을 후벼 파버리겠어. 그래도 좋으냐?"

칼끝이 노비의 목을 파고들었다.

"흐윽!"

"대답해. 노부시게님은 어디에 계시냐?"

"안방에, 안방에 계십니다."

노비는 겨우 말문을 열었다.

"그럼 안내하거라."

세이노스케는 미사 공주 쪽으로 눈짓을 보냈다. 미사 공주는 고개를 끄덕였다. 어린 노비가 등뒤의 공주를 보지 못하도록 세이노스케는 어깨를 꽉 거머쥐고 천천히 앞으로 나아갔다. 정원을 지나 안채 쪽을 보니, 등불이 켜진 방이 하나 있었다.

"저 방이냐?"

세이노스케의 말에 노비는 고개를 끄덕였다.

"여기서 기다려주세요"

입술만 달싹이며 말하고, 세이노스케는 노비를 끌고 방 앞으로 나아갔다.

"노부시게님을 뵙겠습니다."

노비를 밀쳐버리고 세이노스케는 당당하게 외쳤다. 문이 열리고 젊은 남자가 마루 쪽으로 나왔다. 놀라는 그 얼굴은 이전에 한 번 보았던 노부시게, 바로 그 사람이었다.

"누구냐?"

"스와 미사 공주님의 종자, 모치즈킷 세이노스케라 하옵니다."

그 말을 듣자 노부시게는 눈을 동그랗게 떴다. 세이노스케는 필사적인 심정으로 말했다.

"무사 노부시게님께 부탁드리나이다. 스와 공주를 숨겨주시지 않겠나이까?"

"내가 공주를?"

"예."

"왜 나를 찾아왔느냐?"

노부시게는 이상하다는 듯이 물었다.

"하루노부님에 대해 여러 가지 불만을 가지신 것으로 알고 있사옵니다."

세이노스케는 솔직하게 말했다.

"아, 그래서 왔구먼."

노부시게는 주위를 둘러보며 물었다.

"공주는 여기 계시느냐?"

세이노스케는 바로 대답하지 않았다.

"숨겨주실 것인지 먼저 대답해주셔야겠사옵니다."

"물론 숨겨주고말고"

노부시게는 시원스럽게 대답했다.

"정말 고맙사옵니다. 그럼 공주님을 모시고 오겠나이다."

세이노스케는 숨어 있던 미사 공주를 노부시게 앞으로 데리고 왔다.

"미사 공주시군. 처음 뵙겠소이다. 다케다 사마노스케 노부시게라 하오"

노부시게가 고개를 숙이자 미사 공주도 말없이 고개 숙여 인사했다.

"우선 안으로 드시지요"

노부시게는 하녀를 불러 미사 공주의 더러워진 발을 씻게 하고, 방 안으로 들게 했다. 세이노스케도 뒤를 따라 들어갔다. 방 안에서 노부시게가 미사 공주에게 물었다.

"어떻게 이런 밤중에 도망치게 되었소? 그렇게 다케다 관이 마음이 들지 않던가요?"

상냥한 어조였다. 미사 공주가 노부시게를 보았다. 형보다 선이 가늘지만 그런 만큼 마음 씀씀이가 상냥할지도 몰랐다. 그러나 그 얼굴을 보고 미사 공주는 하루노부에 대한 증오심이 불타올랐다.

"하루노부는 내게 자신의 측실側室이 되라 했어요"

"엣? 그게 사실이오?"

노부시게는 이 짧은 순간에 벌써 몇 번이나 놀랐는지 모른다.

"그것도 자신의 입으로 하지 않고 간스케라는 남자의 입을 빌려서."

미사 공주는 마치 눈앞에 하루노부가 있기라도 하듯이 항의조로 말했다.

"난 아버지의 원수가 바라는 대로 살 수 없는 몸. 그래서 도망치기로 결심한 거예요."

"자살하는 방법은 생각해보지 않으셨소?"

노부시게가 물었다. 미사 공주는 미소지으며 고개를 가로저었다.

"죽음은 싫습니다. 목숨을 버릴 바에는 하루노부를 죽이는 편이 낫지 않겠나이까?"

노부시게는 내심 혀를 내둘렀다.

'정말 당찬 여자로군. 이런 여자를 원한다니, 형님도 참.'

"여하튼 오늘은 안채에서 천천히 쉬도록 하세요"

속마음과 달리 상냥한 목소리로 노부시게는 말했다.

인기척에 놀라 미사 공주는 눈을 떴다.

미사 공주는 깜짝 놀랐다. 자신이 지금 어디 있는지 몰랐기 때문이다. 이윽고 어젯밤 일을 떠올렸다.

'노부시게님의 집이야.'

별실로 안내받고 이불 안에 드는 순간 죽음보다 깊은 잠 속으로 빠져들었다.

"공주, 눈을 떴소이까?"

문 밖에서 소리가 들렸다. 젊은 남자의 목소리였다.

'노부시게님.'

미사 공주는 황망히 자리에서 일어나 옷매무새를 가다듬었다.

"예."

"실례하겠소"

갑자기 문이 열렸다. 거기에 서 있는 남자를 보고 너무나 놀란 나머지 미사 공주는 입만 딱 벌리고 말았다. 노부시게가 아니라 하루노부가 웃음을 머금고 서 있다니.

"아, 그냥 편히 계시오, 편히."

분연히 자리에서 일어서려는 미사 공주에게 하루노부는 기선을 제압하려는 듯이 말을 걸며 그 앞에 털썩 앉았다.

"공주, 오늘은 위험한 물건이 없는 것 같소?"

너무도 갑작스런 일이라 미사 공주는 무슨 말을 해야 할지 몰랐다.

"어제 간스케를 보내 정말 미안하게 됐소 하하하, 사무라이로서 해서는 안 될 비겁한 행동이었소. 다시 내 입으로 말하겠소 공주, 나의 측실이 되어주시오"

하루노부는 마치 남의 이야기 하듯 서슴없이 말했다. 공주는 현기증을 느꼈다. 세상에 이렇게 뻔뻔스런 사람도 있단 말인가. 아버지를 죽이고, 그 딸에게 자신의 첩이 되라니.

"노부, 노부시게님은……."

미사 공주의 입에서 비로소 말이 터져나왔다. 무슨 수를 써서든 이 자리에서 벗어나고 싶었다.

"노부시게, 나의 충실한 동생이지. 공주는 어찌 생각하는지 몰라도 그애와 난 사이가 좋소이다. 그런데 공주, 아직 대답을 하지 않았소"

하루노부는 무릎을 앞으로 내밀며 말했다. 미사 공주는 고개를 흔들며 뒤로 물러섰다.

"싫어요. 당신은 아버지의 원수, 누가 뭐래도 절대 들어줄 수 없는 말이오"

큰 소리로 외치는 미사 공주의 말에 하루노부는 안색 하나 바꾸지 않았다.

"그럼 어떡하겠소? 자결할 게요?"

하루노부가 서슴없이 물었다.

'죽을 마음이 없다는 걸 잘 아는 주제에.'

미사 공주는 하루노부를 노려보았다. 하루노부의 눈에는 분노 때문에 홍조를 띤 그녀의 얼굴이 너무도 아름답게 비쳤다.

"그렇지 않으면 비구니가 될 게요? 머리를 자른다면 내가 도와주지."

기선을 제압한 하루노부는 미사 공주가 도망칠 길을 하나하나 가로막아버렸다. 그러나 그게 오히려 좋지 않았다. 미사 공주는 거침없이 그 제안을 받아들였다.

"머리를 자르겠어요"

당당한 태도였다. 하루노부는 새삼스런 눈길로 미사 공주를 바라보았다.

"호오, 이 하루노부가 이렇듯 여인에게 미움받을 줄이야. 일생일대의 수치로군."

"나도 준비하겠어요. 어서 사람을 불러주세요"

비구니가 되고 싶지 않았지만, 어쩔 수 없는 노릇이었다.

'이 남자의 마음대로 놀아날 수는 없어.'

하루노부는 자신이 너무 다급하게 굴었다는 것을 후회했다. 여기서 머리를 자르게 하면 지금까지의 고생이 물거품이 되고 만다.

'너무 구석으로 몰아넣었어. 설마 비구니가 되겠다고 할 줄이야.'

어떡하면 좋을지, 머리 좋은 하루노부도 할말을 잃고 말았다. 미사 공주는 그 틈을 놓치지 않고 공격했다.

"왜 가만히 있는가요? 다케다의 주인님. 일국一國의 주인이나 되는 사람이 한 번 입에 담은 말을 뒤집을 건가요?"

"……."

하루노부는 쓸쓸하게 웃을 뿐이었다.

그러나 그후의 행동은 그의 비범함을 보여주었다. 그는 그저 조용히 있으면서 기다렸다. 분명 미사의 말이 옳았다. 그러나 세상사가 모두 합리적으로 움직이는 것만은 아니었다. 미사와 달리 하루노부는 그 점을 잘 알고 있었다.

미사 공주는 의심스러웠다. 하루노부는 대답도 하지 않고, 움직이지도 않고 마냥 앉아 있었다. 사람이 어쩜 저렇게 뻔뻔스러울 수가. 미사 공주는 초조해졌다. 초조한 나머지 그만 실수를 하고 말았다.

"빨리 머리를 잘라주세요. 사람을 불러주세요. 세이노스케를 불러달란 말예요."

그 순간 하루노부는 돌파구를 발견했다.

"공주, 세이노스케란 젊은이는 잊도록 하시오."

그 말을 들은 미사 공주의 안색이 창백하게 질려갔다.

"설마 세이노스케를 죽이지는 않았겠죠?"

하루노부는 음산한 미소를 지었다.

"그애가 죽든 살든 공주가 관여할 바가 아니오."

"왜 그런가요?"

미사 공주는 독기 품은 목소리로 물었다. 하루노부는 진솔한 표정으로 대답했다.

"공주는 비구니가 되겠다 하지 않았소? 출가한다는 것은 세속의 모든 인연을 끊겠다는 것. 모든 것을 버리겠다고 각오해야 하지 않겠소?"

이유理由와 고약膏藥은 어디에나 갖다붙이면 되지 않는가. 그런 말을 떠올리며 하루노부는 쓴웃음을 지었다. 그렇게 되고 보니 미사 공주는 세이노스케에 대해 물을 수도 없게 되고 말았다. 끝까지 출가를 고집하는 한……. 형세는 역전되어 이번에는 미사 공주가 초조해하기 시작했다. 세이노스케의 안부가 걱정되었다.

"세이노스케는 다케다 가의 사람을 죽이지 않았어요."

"그런가? 그러나 세이노스케는 내 신하에게 부상을 입혔소이다. 부상당한 사람이 그 작자의 목을 원할 텐데. 아니, 이런 세속적인 이야기는 할 필요도 없지. 이제 비구니가 되려는 사람에게 무슨 상관이 있다고?"

하루노부는 미사 공주의 반응을 기다렸다. 미사 공주는 입술을 꼭 깨물고 옷자락을 움켜쥐었다.

'비겁한 놈.'

일어서서 하루노부의 얼굴을 내질러주고 싶었다. 하루노부는 한없이 맑은 눈으로 미사 공주를 지켜보았다. 눈이 맑은 사람에 악인 없다는 말은 거짓이라는 것을 미사 공주는 깨달았다.

"자아, 공주. 어떡하겠소? 꼭 출가하겠다고 한다면 사람을 불러 도와주겠소. 단, 세이노스케를 불러줄 수는 없지만."

하루노부는 미사의 대답을 재촉했다.

"내가 말을 들으면 세이노스케를 구할 수 있단 뜻인가요?"

미사 공주의 눈동자에는 파란 불꽃이 일렁이고 있었다. 하루노부는 그 기세에 지지 않겠다는 듯이 가슴을 활짝 펴고 말없이 고개만 크게 끄덕였다.

"당신 약속은 믿을 수가 없어요. 그것을 믿었기 때문에 아버님은 비명에 가셔야 했어요!"

미사 공주는 한이 맺힌 목소리로 외쳤다. 하루노부는 똑바로 미사 공주를 바라보며 되받았다.

"그건 맞는 말이오. 그러나 이번만은 진실임을 알아주시오. 만일 내가 약속을 깨뜨리면, 그때는 내 목을 내놓겠소"

그렇게 단언했다. 미사 공주는 눈을 감았다.

'용서해주세요, 아버님.'

미사는 아버지 요리시게의 영혼에 용서를 빌었다.

'이 자리에서는 하루노부에게 굴복하겠습니다. 그러나 언젠가 반드시 이 남자를 지옥으로 보내고 말겠어요.'

그리고 미사 공주는 크게 숨을 들이쉬고 말했다.

"좋아요. 제안을 받아들이도록 하겠어요"

흐르는 구름

1

그날 아침 세이노스케는 잠자리에서 체포되어 포박당했다.
"안됐군, 세이노스케."
맨 먼저 뛰어들어온 젊은 사무라이가 조롱 섞인 음성으로 말했다. 세이노스케에게 맞아 정신을 잃었던 가스가 겐고로였다. 어떻게 자신이 여기 있는 줄 알았을까, 세이노스케는 그 점이 불가사의했다. 정원으로 끌려나오자 노부시게가 모습을 드러냈다. 자연스럽기 그지없는 표정이었지만 뭔지 모를 어두운 그림자가 드리워져 있었다.
'설마 노부시게님이?'
믿을 수 없는 일이었다.
그 의문을 입에 담기도 전에 노부시게가 먼저 입을 열었다.
"미안하구먼. 난 형을 추종하는 사람이야. 다케다 가의 동량인 형의 뜻에 따르고 충성을 다하는 것은 당연한 일 아니겠나?"

세이노스케는 아직도 그 사태를 이해할 수 없었다. 노부시게는 그런 세이노스케가 불쌍하다는 생각이 들어 몇 마디 덧붙였다.

"자네가 사자로 여기 왔을 때 내가 형님에게 화를 낸 것은 연극이었다네."

"연극?"

"그래, 연극이었지. 나는 그후에 연극을 하라고 조언했던 사람에게 불평했어. 말도 안 되는 연극을 왜 하느냐고 말일세. 그러나 난 지금 그 사람에게 부끄러움을 느끼고 있어."

"그럼 간스케라는 자가……."

노부시게는 고개를 끄덕였다.

"희대의 모사꾼이라고 해야겠지. 적으로 삼아선 안 될 사내야."

그러나 노부시게가 무조건 간스케에게 감복하는 것은 아니었다. 오히려 불쾌하게 생각했다.

"노부시게님, 이 자의 처리는 제게 맡겨주시옵소서."

겐고로가 나섰다. 어젯밤에 맞은 머리가 아직도 욱신거렸다. 노부시게가 겐고로를 바라보며 물었다.

"어떻게 할 생각이냐?"

"목을 치겠나이다."

겐고로가 거침없이 대답하자 노부시게는 고개를 가로저었다.

"그건 안 돼. 겐고로, 자네는 생각을 잘못하고 있어. 세이노스케는 자네의 목숨을 살려주지 않았더냐?"

겐고로는 납득할 수 없다는 표정을 지었다.

"죽일 마음만 먹었더라면 얼마든지 그 자리에서 죽일 수도 있었어."

"그건 이자가 겁쟁이라서 그랬을 것이옵니다."

겐고로는 불만이 가득 찬 목소리로 대꾸했다. 다시 노부시게가 무슨 말을 하려는 참에 등뒤에서 소리가 들렸다.

"그렇지 않아, 겐고로."

하루노부의 목소리였다. 복도로 걸어오는 하루노부를 향해 노부시게 이하, 모두가 고개를 숙였다.

"노부시게, 네 덕분에 모든 것이 원만하게 해결됐어."

우선 노부시게의 공을 높이 치하한 후, 하루노부는 겐고로를 향해 말했다.

"이자는 겁쟁이가 아니야, 겐고로 노부시게의 말대로 너를 죽일 생각이었다면 죽일 수도 있었던 게야. 그렇게 하지 않은 것은 이자의 마음이 따뜻해서지, 결코 겁쟁이라서 그런 게 아니다."

겐고로는 여전히 불만스런 표정이었다. 하루노부는 미소를 지으며 말을 이었다.

"모르겠느냐? 이자는 자신의 목숨을 돌보지 않고 주인인 공주를 구하려 했다. 노부시게의 도움을 청한 것도 살길을 찾기 위한, 필사적인 노력이었어. 용기 없는 자가 할 수 있는 일이 아니지."

그리고 하루노부는, 묶인 채 정원에 앉혀져 있는 세이노스케를 바라보았다.

"모치즈키 세이노스케라고 했느냐?"

세이노스케는 고개를 옆으로 돌려버렸다.

"무례한 놈!"

겐고로가 호통을 치자 하루노부가 제지했다.

"난 자네처럼 용기 있는 젊은이를 좋아해. 그래서 하는 말인데, 우리 가문을 위해 일할 생각은 없느냐?"

그 자리에 있는 모든 사람들이 하루노부의 말에 경악을 금치 못했다. 세이노스케가 모시던 스와 가의 동량인 요리시게를 죽인 것은 하루노부였다. 그 하루노부에게 세이노스케가 충성을 바칠 리 없지 않겠는가.

"형님, 그건 너무 심한……."

"가만 있거라."

참견하려는 노부시게를 막아서며 하루노부가 다시 한 번 물었다.

"어떻게 생각하느냐. 우리 가문에서 일할 생각이 없느냐?"

세이노스케는 너무 어이가 없어 말이 나오지 않았다. 눈앞에 있는 하루노부라는 남자는 도저히 인간의 사고방식을 가지고 있지 않은 사람이었다.

"어떠냐, 세이노스케?"

이제 더 이상 하루노부의 말을 듣고 있을 수만은 없었다.

"주군의 원수에게 충성을 바치는 사무라이가 세상에 어디 있단 말이오?"

분명 경멸하는 말투였다. 그러나 하루노부는 가볍게 받아넘겼다.

"주군이라고 했느냐? 그 주군이 누구더냐?"

"당연하지 않소? 스와의 주군이오."

기가 차다는 듯이 세이노스케가 대꾸했다.

"그렇지 않다."

하루노부는 진지한 표정으로 그렇게 말했다.

"아니, 그렇소이다."

세이노스케는 단호하게 되받았다. 하루노부는 고개를 가로저었다.

"아니다. 네 주인은 미사 공주가 아니냐?"

세이노스케는 허를 찔리고 말았다.

"그렇지 않느냐, 세이노스케?"

하루노부가 집요하게 따지고들었다. 세이노스케는 아니라고 할 수 없었다. 누구도 부정할 수 없는 사실이기 때문이었다. 하루노부는 회심의 미소를 떠올리며 말했다.

"내 여기서 확실히 말해두겠다. 너는 이미 우리 가문의 신하와도 같은 몸이다. 지금부터 네 주인은 나다."

'미친놈!' 하고 세이노스케는 속으로 외쳤다. 상대를 모욕하는 듯한 표정을 바라보며 하루노부는 말을 이었다.

"거짓말이 아니다, 세이노스케. 네 주인인 미사 공주는 방금 나를 받아들이겠다고 했다. 그러니 미사 공주의 신하는 곧 나의 신하가 되는 게야."

"거짓말!"

세이노스케는 저도 모르게 고함치며 자리에서 일어나 하루노부를 향해 뛰어가려 했다. 겐고로가 황망히 세이노스케의 포승줄을 끌어당겨 다시 바닥에 꿇어앉혔다.

"거짓이 아니야."

격노하는 세이노스케를 하루노부는 찬찬히 설득하기 시작했다.

"공주가 나를 모시기로 했으니까."

"거짓말이오!"

겐고로에게 잡힌 채 세이노스케는 필사적으로 외쳤다.

'공주님이 아버지의 원수인 하루노부를 받아들인다고? 말도 안 돼. 공주님이 그럴 리가 없어.'

"이놈, 고집이 제법 세구나."

발광하는 세이노스케를 보고 하루노부도 설득하기를 포기했다.

"감옥에 넣어서 잠시 머리를 식히게 하라."

조금 안정을 찾으면 공주 입으로 직접 설득하게 하리라 생각했다. 세이노스케의 목을 치지 않은 것은 그 기량이 아까워서라기보다 미사 공주의 마음을 상하지 않기 위해서였다. 세이노스케를 죽여버리면 미사 공주는 말을 듣지 않을 것이다. 따지고 보면 인질이라 할 수 있었다. 그러나 감옥에 넣어두어서는 공주를 납득시킬 수 없었다. 그러므로 다케다의 신하로 만드는 것이 가장 좋다고 판단한 것이었다.

'언젠가는 굴복하겠지.'

하루노부는 낙관하고 있었다. 미사 공주가 자신의 손안에 들어온 이상, 세이노스케를 조종하는 것은 그리 어려운 일이 아니었다. 세이노스케는 다시 감옥으로 돌아갔다. 정청으로 돌아가려는 하루노부를 노부시게가 불러세웠다.

"형님."

"무슨 일이냐, 노부시게."

뒤를 돌아보자 노부시게가 미간을 찌푸린 채 서 있었다.

"스와의 공주를 측실로 맞을 생각인가요?"

"그래."

"형님, 그만두세요."

노부시게가 강력한 어조로 말했다.

하루노부는 표정도 바꾸지 않고 되물었다.

"왜?"

노부시게는 하루노부를 똑바로 쳐다본 채 말했다.

"공주는 형님의 적이 아닙니까? 적이 억지로 하나가 되면 증오심만 깊어질 따름입니다."

"쓸데없는 걱정은 접어두거라."

하루노부는 동생의 말을 간단하게 무시했다.

"공주는 필시 형님의 목숨을 노릴 것입니다. 그런 사람을 왜 곁에 두려 하시는지?"

"노부시게, 내 목숨을 노리는 사람은 이 세상에 수도 없이 많아. 앞으로도 더 늘어날 것이야."

"……"

"시나노를 평정하고 천하를 평정하려면 사방을 모두 적으로 두어야 해. 목숨을 노린다고 일일이 물리치다가는 끝도 없어."

"그러나 목숨을 노리는 사람을 일부러 곁에 두는 것은 현명한 처사가 아닌 줄 압니다."

하루노부는 심각한 표정으로 되받았다.

"나는 스와를 빼앗았어. 그러나 그건 단지 힘으로 굴복시켰을 뿐, 스와의 민심을 얻은 것은 아니야. 공주처럼 나를 불구대천지 원수로 여기는 자도 있을 게야. 그러나 그런 사람들을 다케다의 백성으로 삼아 다케다도, 스와도 없는 세상을 만들어야 해. 그러기 위해서는 미사 공주가 나를 따르게 하는 것이 그 첫걸음이야. 여기서 물러설 수 없어, 노부시게."

"그럼 감히 말씀드리는데, 미사 공주가 저런 미녀가 아니었다 해도 형님은 측실로 맞이했을까요?"

노부시게의 역습에 하루노부는 할말을 잃고 말았다.

"왜 말씀을 안 하십니까?"

"아마, 그렇게 했을 거야."

하루노부는 자신없는 투로 대답했다.

"형님!"

"더 이상 아무 말 마라, 노부시게."

하루노부는 목소리를 높이며 덧붙였다.

"다케다의 동량인 내가 한번 결정한 일이야. 돌이킬 수는 없어. 가신들 앞에서 명목이 서지 않아."

"그렇지만 정말 불쌍하군요."

노부시게는 혼잣말처럼 말했다.

"불쌍하다니?"

하루노부가 묘한 표정으로 물었다.

"미사 공주님 말씀입니다."

아버지의 원수에게 몸을 맡기다니, 동생의 입장에서 도저히 그 말만은 할 수가 없었다.

하루노부는 별로 마음에 두지 않는다는 듯이 대꾸했다.

"여자의 행복은 남자 손에 달린 거야. 나 같은 남자를 만난 것도 공주의 복이라 해야겠지."

너무도 당당한 태도였다. 노부시게도 더 이상 따지고들 수 없었다. 그길로 하루노부는 쓰쓰지가사키로 돌아갔다.

혼자였다.

미사 공주는 관의 한 모퉁이에 있는 어느 방에 혼자 있었다. 밤이 깊었다. 다케다 가의 대우는 기분 나쁠 정도로 정중했다. 헌옷 대신 새 옷이 주어졌고, 목욕도 허락되었다. 그러나 조금도 기쁘지 않았.

새장 속의 새에 지나지 않는 신세였다. 나라를 빼앗기고, 아버지를 빼앗기고, 마지막으로 몸까지 빼앗길 지경에 처했다. 도망칠 길도 없었다. 문 하나를 사이에 두고 복도에도, 옆방에도 보초가 밤낮으로 지키고 있었다. 자결할 수도 없는 노릇이었다. 아무것도 할 수 없었다. 그러나 미사 공주는 포기하지 않았다.

'그냥 이대로 하루노부의 의도에 따라 움직일 수는 없어.'

그러나 그것은 생각일 뿐이었다. 미사 공주는 침울한 표정으로 조용히 앉아 있었다. 그때 갑자기 복도 쪽이 소란스러워졌다. 당당한 발걸

음소리가 들려왔다.
'하루노부.'
미사 공주는 직감적으로 알 수 있었다.
이 관에서 가장 방약무인傍若無人하게 행동하는 남자, 바로 영주인 다케다 하루노부였다.
"공주."
하루노부가 문을 열고 들어섰다.
미사 공주는 잔뜩 긴장하면서 시선을 돌렸다.
"오늘밤은 달이 너무 아름다워 이렇게 찾아왔소"
하루노부가 말했다.
'달?'
수상쩍은 표정으로 바라보는 미사 공주 앞에서 하루노부는 칼집을 벗겨내고 서슴없이 자리에 앉았다. 문은 열린 상태였다.
"달이 참 좋지 않소, 공주?"
저도 모르게 미사 공주는 하늘을 올려다보았다. 보름달이 둥실 떠 있었다.
"저런 달을 보고 있노라면 인간이 이 세상에서 저지르는 싸움들이 얼마나 쓸데없는 짓인가 하는 생각이 들지 않소? 하찮은 원한도 버리고, 질투도 버리면 이 세상은 극락이 될 게요"
하루노부는 달을 바라보며 속삭이듯이 말했다.
'이 작자는 교활하고 뻔뻔스러워.'
미사 공주는 분노에 몸을 떨었다. 원한 살 일을 해놓고, 그 원한을 잊으라니.
"너희는 물러가라."
하루노부는 보초 서는 부하들을 모두 물리쳤다. 그리고 공주에게 등을 보이면서 다다미 위에 드러누워 팔베개를 했다.
"칼을 좀 건네주시겠소?"
미사 공주는 핏발 선 눈으로 그것을 바라보았다.
미사 공주는 떨리는 손으로 칼집을 잡았다. 하루노부는 여전히 등을 보인 채 누워 있었다. 칼을 뺐다. 미사 공주의 오른손에는 칼이 들려 있었다. 이것으로 그냥 하루노부의 등을 찔러버리면 다케다의 영주는 속절없이 목숨을 잃고 말 것이었다. 주위에는 아무도 없다. 지금이라도 찌를 수 있다. 칼잡이를 잡은 미사 공주의 손에 힘이 들어갔다.
'하루노부, 아버님의 원수.'
한 걸음 앞으로 나아갔다.
"뭘 하고 있소?"
등을 돌린 채 하루노부가 물었다. 은연중에 풍겨나오는, 강력한 하루노부의 기가 미사 공주의 움직임을 벽처럼 가로막았다. 하루노부는 빙글 몸을 돌렸다. 증오의 불꽃을 태우는 미사 공주의 눈과 호수처럼 잔잔한 하루노부의 눈이 마주쳤다.
"그래가지고 어떻게 사람을 찌르겠소"
칼을 빼든 채 얼어붙은 미사 공주를 바라보며 하루노부는 놀리듯이 웃었다. 미사 공주의 얼굴이 분노로 벌겋게 달아올랐다.
"아버지의 원수, 각오해!"
이번에는 소리내어 외쳐보았다. 힘을 내려고 억지로 외쳐본 것이었다. 거기에 대답이라도 하듯이 하루노부가 빙긋 웃어 보였다. 미사 공주는 분개하며 칼을 들고 덤벼들었다. 하루노부는 덤벼드는 미사 공주의 발을 자신의 발로 가볍게 찼다.
단 한 번의 발놀림에 미사 공주는 앞으로 고꾸라졌다. 하루노부는 그 기회를 놓치지 않고 몸을 일으키면서 미사 공주의 오른손목을 비틀었다. 미사 공주는 아픔을 이기지 못해 칼을 놓고 말았다.

"어떠시오, 공주. 내가 이겼지 않소?"

하루노부는 발버둥치는 공주를 찍어누르면서 말했다.

'이놈.'

미사 공주는 필사적으로 발버둥쳤다. 그러나 젊고 건장한 하루노부의 팔은 미사 공주의 몸을 찍어누른 채 놓아주지 않았다.

'짐승 같은 놈.'

미사 공주는 큰 소리로 외치고 싶었다. 하루노부가 두려운 것은 아니었다. 그러나 큰 소리를 내면 다들 그렇게 생각할 게 분명했다. 그게 싫었다. 하루노부는 미사 공주의 속내를 꿰뚫어보고 있었다.

'기가 센 여자야. 그게 마음에 들어.'

하루노부는 절대로 놓아줄 생각이 없었다.

"비열한 놈. 다케다 가의 영주로서 하늘에 부끄럽지도 않느냐?"

"공주, 약한 자가 강한 자에게 굴복하는 것이 난세의 숙명 아니겠소?"

하루노부는 거침없이 공주를 안아 옆방으로 들어갔다. 거기에는 원앙침이 깔려 있었다.

2

다음날 아침 간스케가 얼굴을 내밀었다.

"주군, 어젯밤의 성 공략은 성공하셨나이까?"

간스케는 인사도 하는 둥 마는 둥 그것부터 물었다. 하루노부는 겸연쩍은 표정으로 턱을 쓰다듬었다.

"성은 함락되었어."

"정말 축하드리옵니다."

간스케는 진솔한 표정으로 축하의 말을 올린 뒤 물었다.

"그런데 오늘 아침 표정은……?"

미사 공주가 굴욕감에 못 이겨 자결이라도 하면 사태가 곤란해지기 때문이었다.

"걱정하지 말게."

하루노부는 그 점에 대해 자신이 있었다.

"한마디도 하지 않고 있어. 그러나 스스로 목숨을 끊을 여자는 아냐. 그게 그 여자의 강한 점이기도 하고, 약점이기도 하지."

미사 공주의 얼음처럼 차가운 시선이 떠올랐다. 굴욕감과 증오심이 얼음처럼 맺힌 눈동자…….

"그 마음을 풀어드려야 할 것이옵니다."

간스케의 말에 하루노부는 웃음을 떠올렸다.

"공주 말이냐, 아니면 스와의 백성 말이냐?"

"둘 다 말씀드리는 것이옵니다. 서두르지 않으시면 스와의 민심을 잡을 수 없사옵니다."

"지금?"

"그러하옵니다."

간스케가 고개를 끄덕이자 하루노부는 이상하다는 생각이 들었다.

"아직 우에하라 성도 그리 되지 못했을 텐데?"

"그게 문제이옵니다."

간스케의 표정이 일그러졌다.

'대체 저놈은 무슨 말을 하고 싶은 겐가?'

하루노부의 주위에는 보좌역으로 두세 명의 중신이 포진해 있었다.

중신의 우두머리격인 노부카타는 이미 스와 군다이가 되어 우에하라 성에 있었고, 다른 중신들도 평소에는 자신이 다스리는 땅에 가 있었다. 자신의 영지에 집을 짓고, 그 땅의 소영주小領主로 군림하고 있는 것이었다.

매월 정해진 날이면 소영주들은 쓰쓰지가사키 관에 모여 다케다 가의 정책을 결정하는 회의에 참석했다. 그 외에도 전쟁이나 긴급한 의제가 있으면 소집되었다. 그러나 사소한 문제일 경우에는 전부를 소집하지 않기 때문에 대개 하루노부가 독단적으로 결정했다. 바로 그때 보좌역이 조언을 하는 것이었다.

고마이 고하쿠사이(駒井高白齊)라는 중년 남자가 바로 그 보좌역의 중심이었다. 그 외에 몇 사람이 있긴 했다. 그런데 간스케는 고하쿠사이의 지시를 받고 싶지 않았다.

"간스케, 마당에 핀 진달래를 보아라."

하루노부가 한 발 앞서 정원으로 내려갔다.

이미 진달래는 한창때를 지나고 있었다.

간스케는 말없이 그 뒤를 따랐다.

"말해보아라."

"노부카타님 말씀입니다."

"노부카타가 어쨌다고?"

그 말 한마디에 하루노부는 모든 것을 알 수 있었으나 일부러 간스케에게 물었다.

"말씀드리기 어려운 일이오나, 노부카타님은 우에하라 성 개축을 하면서 스와 백성을 혹사시키고 있으며, 돈도 잘 지불하지 않고 있사옵니다."

간스케가 눈을 내리뜨고 말하자 하루노부는 혀를 끌끌 찼다.

흐르는 구름 237

"노부카타 놈, 새 백성들에게 절대로 인심을 잃어서는 안 된다고 그렇게 말했건만."

거기까지 말하고 하루노부는 문득 뭔가를 느꼈는지 간스케를 쳐다보았다.

"간스케."

"예."

"스와의 상황을 어떻게 알았느냐? 설마 천리안은 아닐 테고"

"물론 그런 건 아니옵니다."

간스케는 황망히 부정했다.

"수하들이 전해주었사옵니다."

"호오, 수하라고? 언제 그런 정보망을 만들었더냐?"

하루노부는 그 점이 마음에 걸렸다.

다케다 가의 영주인 자신의 양해 없이 정보망을 둔다는 것은 용서할 수 없는 일이었다. 하루노부의 권한을 침해하는 일이기 때문이다.

"아니옵니다. 그런 게 아니라, 얼마 전에 허락해주신 미가와의 야마시들에게……."

"미가와의 야마시라니?"

하루노부는 의아한 표정을 지었다.

"예. 봉록 백 관을 맡아서 야마시들을 불러오는 걸 잊진 않으셨겠지요. 시급히 제 고향인 미가와에 연락해 사람을 불렀는데, 오는 길에 스와의 상황을 살펴보라 하였나이다."

"허참, 자넨 정말 빈틈이 없구먼."

하루노부는 웃으며 그렇게 말하고 금세 표정을 굳혔다.

"노부카타가 골칫거리야. 역시 무인을 새로운 땅에 파견하는 건 좋지 않아."

"그러하옵니다. 이제부터는 온건한 인물을 대리인으로 선발하여 파견해야 할 줄 아옵니다."

무인武人의 재능과 민정民政의 재능은 반드시 일치하지 않는 모양이다. 뛰어난 무인은 민정에 어둡고, 반대로 뛰어난 문인은 군무軍務에 어둡다. 이 두 가지를 겸비하면 대국의 주인 자격이 있다. 가이 국에서 그런 능력을 가진 사람은 단 한 사람, 하루노부뿐이다. 간스케는 그렇게 보고 있었다.

하루노부가 입을 열었다.

"앞으로의 일은 그만두고라도 당장 어떻게 해야겠느냐?"

간스케는 한 걸음 앞으로 나아갔다.

"하루라도 빨리 도라오마루님을 데리고 스와 대사로 가야 할 줄 아옵니다."

"역시 그래야겠지."

"예, 그러하나이다. 또 한 가지, 제게 좋은 생각이 있사옵니다."

하루노부는 그게 뭐냐는 눈빛으로 간스케를 바라보았다.

"다케다 가의 깃발 말씀입니다."

"깃발?"

하루노부는 묘한 표정을 지었다. 다케다 가의 깃발에는 두 종류가 있었다.

하나는 조상 대대로 전해져 오는 깃발, 이른바 '미하타'이고, 또 하나는 '풍림화산'이다. 그것이 도대체 스와의 민심을 안정시키는 것과 무슨 상관이 있단 말인가.

"주군, 깃발을 하나 더 만드는 것이 좋을 듯하옵니다. 그 깃발을 풍림화산과 함께 다케다 군의 선두에 높이 세우는 것이지요."

"어떤 깃발을?"

"그 깃발에 커다란 글씨로 이렇게 적는 겁니다. '諏訪南宮 上下大明神'."

하루노부는 저도 모르게 머리를 탁 쳤다. 상상도 하지 못한 좋은 생각이었다. 어제의 적의 깃발을 오늘 자신의 깃발로 삼는 것이라니.

"좋은 생각이야."

하루노부는 솔직히 감탄하고 있었다. 잘 생각해보면 스와 진무군鎭撫軍의 명목상 대장은 요리시게의 적자 도라오마루가 아닌가. 즉 진무군은 형식적으로 스와 군인 셈이었다. 물론 어디까지나 형식상으로 그렇고, 실질적으로는 다케다의 군대였다. 그러나 '도라오마루의 군대'라는 형식을 확고히 하려면 스와 명신의 깃발보다 더 좋은 것이 없었다. 깃발이란 놈은 멀리서도 잘 보이는 법이니까.

도라오마루를 모시는 다케다의 군대가 스와의 축제를 부활시키고 평화와 안정을 가져다주는 사자임을 그만큼 더 명백하게 보여주는 것은 없었다. 물론 논리적으로 생각해보아도 스와 명신의 깃발을 다케다 군대의 깃발에 덧붙이는 효용도 크다. 문제는 그런 발상을 할 수 있는가, 없는가였다. 스스로 생각해내는 것과 말을 듣고 느끼는 것과는 하늘과 땅 차이다.

하루노부는 간스케를 새로이 평가했다.

"그 깃발의 제작을 소인에게 맡겨주소서."

간스케는 스스로 하겠다고 나섰다.

"호오, 자네는 장인들이 하는 일도 하는가?"

하루노부가 웃자 간스케는 심각한 표정으로 대답했다.

"다케다 사람들에게 맡겨서는 아니 되옵니다."

그것은 마치 자신은 다케다 가 사람이 아니라는 투였다.

"왜?"

하루노부가 물었다.

"가문 사람들에게 맡겨두면 스와 사람을 깔봐서 깃발을 아무렇게나 만들어버릴 테지요. 그러면 오히려 역효과가 날 따름이나이다."

간스케는 황송한 표정으로 말했다.

"흠."

하루노부는 고개를 끄덕였다. 있을 법한 일이었다. 다케다는 스와에게 이겼다. 당연히 다케다 사람들은 스와 사람을 깔볼 것이다. 그런 사람들에게 적의 수호신인 스와 명신의 깃발을 만들게 하면 어떻게 될까. 우선 좋은 재료를 쓰지 않을 것이다. 패자의 깃발에 승자가 존경심을 품을 리 없다.

"오히려 스와 명신의 깃발은 아름답고 호화롭게 해야 하나이다. 조잡한 깃발을 다케다 군대의 선두에 세우면 스와 사람들은 굴욕감을 느끼게 되고, 다케다 가에 반감을 가질 것이옵니다."

하루노부는 간스케의 말을 충분히 이해했다. 간스케는 스와의 깃발을 채용하는 것뿐만 아니라 그 깃발의 제조에도 세심하게 신경쓰고 있었다.

"그 깃발의 문자, 스와 명신은 내가 쓰겠네."

"그것 참 좋은 생각이시옵니다."

간스케는 고개를 끄덕이며 만족스러워했다. 만일 하루노부가 그 말을 하지 않았으면 스스로 제안할 생각이었던 것이다.

"주군, 신명을 휘호하실 때는……."

"알고 있네. 몸을 정결히 하고 스와 명신에게 절을 올린 후 경건한 마음으로 쓰라는 말이 아니더냐?"

과연 하루노부였다. 두뇌 회전이 빨랐다. 간스케는 스와 명신을 믿을 마음이 추호도 없었다. 단, 절대적으로 경건한 태도를 보여야 했다.

하루노부가 명신을 깔보면서 휘호하면 그 소문은 반드시 스와까지 전해질 터였다. 애당초 스와 사람을 깔봐온 다케다 사람들이 좋아라 떠들어댈 것이기 때문이다. 하물며 그 신의 이름을 주군이 손수 휘호한다면 더욱 그럴 것이다. 무례하게 굴면 절대로 안 될 일이었다.

"빨리 만들도록 해라. 비용을 아끼지 말고"

깃발 하나로 스와 민심을 수습할 수 있다면 비용쯤이야 문제되지 않았다.

"받들어 행하겠나이다."

"신의 이름은 내일이라도 모두가 보는 앞에서 쓰도록 하겠다. 며칠이나 걸리겠느냐?"

하루노부가 물었다.

"닷새 정도, 서둘러서 그 정도는 걸릴 것이옵니다."

"알았네. 모든 걸 자네에게 맡기겠어."

하루노부는 기분이 좋았다.

세이노스케는 사흘 만에 감옥에서 석방되어 방을 하나 받았다. 그곳에는 미사 공주가 기다리고 있었다.

"공주님!"

여위기는 했지만 미사 공주가 무사한 것을 보고 세이노스케는 눈물을 글썽였다. 절대로 눈물만은 보이지 말자고 마음먹었지만 도저히 참을 수 없었다.

미사 공주는 세이노스케를 보고도 표정 하나 바꾸지 않았다. 마치 가면처럼 감정이 지워진 얼굴이었다.

"?"

세이노스케는 아무 말이 없는 미사 공주의 얼굴을 의아하게 바라보았다. 이윽고 미사 공주가 천천히 입을 열었다.

"세이노스케, 네게 할말이 있다."

"예."

무슨 말인가 싶어 세이노스케는 공주의 입만 뚫어지게 바라보았다.

"너에게 자유를 주마."

미사 공주의 말에 세이노스케는 자신의 귀를 의심했다.

"공주님!"

세이노스케가 목소리를 높이자 미사 공주는 침착하게 말했다.

"내 말 잘 알겠느냐? 너와의 주종관계는 이것으로 끊도록 하겠다."

"왜 저를 버리시나이까?"

세이노스케는 도저히 믿을 수 없었다.

"……"

"소인이 무슨 잘못이라도 저질렀나이까?"

필사적으로 호소하는 세이노스케에게 미사 공주의 표정은 여전히 차갑기 짝이 없었다.

"어쨌든 스와로 돌아가거라. 돌아가서 아버님에게 효도하고, 네가 하고 싶은 대로 하고 살아라."

"공주님은 누가 돌보고요?"

"나는 다케다 가의 사람이 되고 말았다. 그러므로 다케다 가에서 나를 돕겠지."

미사 공주는 담담하게 말했다. 세이노스케는 도저히 믿을 수 없었다. 왜 공주가 자신을 버리는가. 왜 공주는 아버지의 원수인 다케다에게 모든 것을 허락하고 말았는가.

"전 받아들일 수 없사옵니다."

세이노스케는 고개를 가로저었다. 울었다. 분노로 얼굴이 시뻘겋게 달아올랐다.

'나를 용서해라, 세이노스케. 이렇게 하지 않으면 네 목숨이 위태롭단다.'

미사 공주는 마음속으로 사죄했다. 하루노부는 세이노스케를 설득하여 다케다의 신하로 만들라고 했다. 그러나 그렇게 할 수 없었다.

미사 공주는 다케다의 속내를 알 수 있었다. 세이노스케를 신하로 삼은 후 언젠가 기회를 봐서 죽이려는 것이다.

물론 세이노스케가 다케다에 대한 원한을 잊고 성심성의껏 활약한다면 사무라이 대장으로 삼을지도 몰랐다. 그러나 세이노스케는 주군의 원한을 잊고 내 몸의 영달만 생각할 성격이 아니었다. 미사 공주는 그 점을 누구보다 잘 알고 있었다. 아마 하루노부도 느끼고 있을 터였다. 단지, 지금 죽여버리면 미사 공주를 마음대로 조종할 수 없게 된다. 그래서 다케다 가의 신하로 삼은 다음 괜찮으면 심복으로 만들겠다는 것이 하루노부의 노림수였다.

그러나 그렇게 될 리 없었다. 세속의 때 하나 묻지 않은 세이노스케가 하루노부에게 마음을 열 리가 없었다. 그러므로 세이노스케를 억지로 다케다 가의 신하가 되라한들 언젠가는 충돌하게 되어 있었다.

그렇게 되면 세이노스케는 죽을 수밖에 없는 운명에 처하고 만다. 다케다의 영주와 세이노스케, 애석하게도 서로의 지혜와 힘은 비교 대상이 되지 못한다. 세이노스케의 목숨을 구하려면 이 방법 외에는 길이 없다. 괴롭지만 어쩔 수 없는 일이다.

세이노스케는 공주의 그런 마음을 알지 못했다. 미사 공주는 세이노스케가 납득할 수 있도록 설명할 자신이 없었다.

그런 말을 했다가는 오히려 세이노스케의 목숨이 위험할 따름이었다. 동광사에서 할복한 아버지처럼 죽음을 당하고 말 것이다. 문 한쪽에 숨어서 귀를 쫑긋 세우고 있을 하루노부의 부하에게 들리지 않도록 나지막하게 말했다.

"세이노스케, 내가 할말은 그것뿐이야."

그렇게 말하고 미사 공주는 자리에서 일어섰다.

"잠깐만 기다려주소서."

세이노스케는 피를 토하는 심정으로 불렀다. 그 필사적인 시선 앞에 미사 공주는 그만 눈길을 돌리고 말았다.

"세이노스케, 사무라이는 물러갈 때를 알아야 해."

미사 공주는 찢어지는 심정으로 말했다. 세이노스케는 힘없이 두 손을 바닥에 짚었다. 뜨거운 눈물이 뚝뚝 떨어졌다. 복도를 걸어가는 미사 공주의 두 눈에도 눈물이 맺혔다.

"주군, 깨끗이 당하고 말았나이다."

간스케였다. 몰래 엿듣고 있던 사람이 하루노부에게 보고하는 말을 곁에서 듣고 있었던 것이다. 하루노부는 씁쓸한 표정을 지으며 고개를 끄덕였다. 당하고 말았다. 미사 공주는 하루노부의 명을 거역하고 세이노스케를 도망치게 한 것이었다. 그것도 도망치라는 말은 하지 않고, 고집을 부릴 게 뻔한 세이노스케의 성격을 배려하는 치밀함까지 보이면서.

"그 젊은이, 목숨을 구했군."

하루노부의 말에 간스케는 고개를 홰홰 저었다.

아수라의 길

1

하루노부는 놀란 눈으로 간스케를 바라보았다. 간스케는 말없이 하루노부를 바라보고만 있었다.

"베라는 말이냐, 그 젊은이를?"

머쓱한 표정으로 하루노부가 물었다.

"그러하옵니다."

거침없는 어조였다. 하루노부는 어이가 없었다.

"그애를 놓아준다고 뭐가 잘못되기라도 한단 말이냐?"

간스케는 고개를 가로저으며 정원의 커다란 녹나무를 가리켰다. 이 저택이 세워지기 전부터 그 자리에 있던, 이 관에서 가장 오래된 나무였다.

"저 나무가 어쨌단 말이냐, 간스케."

"한아름이 넘는 나무이옵니다. 베어 넘어뜨리려면 몇 사람이 땀을 흘려야 하나이다."

"허면 저 나무를 베라는 말이냐?"

"아니지요. 비유하자면 그렇다는 것이옵니다. 저 나무는 적이 아니므로 벨 필요가 없나이다. 그러나 베려면 어릴 적에 베어야 하나이다. 저렇게 큰 나무도 어린 시절이 있을 터, 그때라면 어린아이의 힘으로라도 벨 수 있을 것이옵니다."

"화근을 미리 잘라내라는 말이군."

하루노부의 말에 간스케는 고개를 끄덕였다.

"그러나 지금 치면 미사 공주가 화를 낼 텐데."

문득 분노에 불타오르는 미사 공주의 얼굴이 눈에 어른거렸다.

"여기서 벨 필요는 없나이다. 여기서는 공주가 원하는 대로 세이노스케를 그냥 보내주고, 추적대를 보내 치도록 하면 될 것이옵니다."

"그렇군."

"반드시 죽여야 하나이다. 후환을 남길 필요는 없지 않겠나이까?"

간스케는 넌더리가 날 정도로 힘주어 말하고는 밖으로 나갔다.

세이노스케는 다케다 관에서 쫓겨났다. 의기소침해하고 있는 세이노스케를 다케다의 사무라이들은 마치 거지처럼 내팽개쳐버렸다. 반항할 기력도 없이 터벅터벅 걷기 시작했다. 갈 곳이 없었다. 스와에는 아버지가 있고, 동생도 있다. 그러나 이렇게 비참하게 돌아가고 싶진 않았다. 발길은 어느새 스와의 반대편에 있는 동광사로 향하고 있었다. 주군 스와 요리시게가 할복한 절, 거기에는 묘지가 있을 것이다.

'묘 앞에서 주군께 사죄하고 배를 가르자.'

세이노스케는 그렇게 결심하고 경내로 들어섰다. 새로 세워진 하얀 묘비 앞에서 세이노스케는 칼을 빼들고 종이를 감아서 두 손으로 거머

쥐었다.

"잠깐, 젊은이. 뭘 하려는 게야?"

등뒤에서 고함소리가 들렸다. 거기엔 삿갓을 쓴 승려가 서 있었다.

"나를 말리지 마시오"

세이노스케는 거침없이 칼끝을 배에 갖다댔다.

"어리석은 놈!"

승려는 호통을 치며 지팡이로 손목을 내리쳤다.

"왜 이러시오!"

세이노스케는 오른손목을 부여잡고 얼굴을 찌푸리며 외쳤다.

"젊은 놈이 왜 그렇게 죽지 못해 안달이야?"

"그대가 알 바 아니오"

세이노스케는 승려를 노려보았다. 승려는 삿갓을 벗어들고 나지막한 목소리로 말했다.

"그렇게 젊은 나이에 주인을 따라 죽을 필요는 없지 않느냐. 순사殉死는 늙은이의 몫이야."

바위처럼 거칠거칠한 얼굴에 눈이 큰 남자였다. 승려라기보다는 무술가 같았다.

"순사가 아니오"

세이노스케는 반박했다. 요리시게는 주군이긴 하지만 실제 주인은 미사 공주였다. 미사 공주가 살아 있는 이상 순사라는 말은 맞지 않았다. 승려가 웃었다.

"사연이 있나이다."

세이노스케는 단호한 어조로 말했다.

"호오, 사연이라? 그럼 어디 이야기라도 한번 들어볼까."

"내가 왜 이야길 해야 한단 말이오?"

"그러지 말고 이야기라도 해보게. 난 부처님을 모시는 몸. 사람이 아까운 목숨을 버리려 하는데, 보고만 있을 수야 없지 않은가."

세이노스케는 상대할 수 없는 사람이라 생각하고 땅바닥에 떨어진 칼을 집어들려 했다. 승려는 지팡이로 재빨리 칼을 멀리 밀쳐버렸다.

"무례하오!"

세이노스케는 분개했다.

"사연을 이야기해보아라. 그 사연이 그럴듯하면 내가 대신 목을 쳐주지. 사양하지 마. 이래봬도 사람 목 자르는 데는 일가견이 있으니까."

"도대체 스님의 정체는 뭐요?"

승려는 아무 말도 하지 않았다.

세이노스케가 다시 물었다. 그러나 역시 승려는 대답하지 않았다. 세이노스케는 문득 깨달았다.

"소인은 모치즈키 세이노스케라고 하오. 스님의 성함은?"

승려는 다시 웃음을 떠올리며 말했다.

"호오, 이제야 예절이란 걸 알았구나. 좋았어, 아주 좋았어. 주위를 둘러볼 여유를 찾으면 마음도 안정되는 법이지."

자신을 놀리는 듯한 승려의 말에 세이노스케는 다시 화가 치밀었다.

"자아, 이야기나 해보거라. 내가 너의 불평을 다 들어줄 테니."

승려는 가까이 있는 바위 위에 걸터앉았다.

"불평이 아니오."

세이노스케는 승려를 바라보며 말했다.

"불평인지, 아닌지는 내가 들어보고 판단하지. 자아, 어서 이야기나 해봐."

세이노스케는 마음이 초조해졌다. 이런 성격의 사람은 남의 일에 간섭하기를 좋아한다. 분명 할복하는 것을 방해할 것이다. 그럴 바에는 빨리 이야기해서 쫓아버리는 게 상책이다.

세이노스케는 이야기를 시작했다. 일단 입을 열자 봇물처럼 말이 터져나왔다. 이야기하기 어려운 부분도 승려의 교묘한 부추김에 넘어가 모두 이야기해버렸다. 문득 제정신을 차리고 보니 세이노스케는 남에게 하면 안 될 이야기까지 모두 해버린 것을 알았다.

"흠."

이야기를 다 들은 승려는 고개를 갸웃거렸다.

'이 젊은이의 주인인 공주는 이자의 목숨을 구하기 위해 부득불 그런 조치를 취했을 게야. 그러나 그걸 깨닫지 못하는 이 젊은이에게 과연 사실을 이야기해줘야 옳을까? 공주의 마음을 알면 젊은이는 더욱더 할복하려고 발버둥칠 것이다. 아니면 이 길로 당장 다케다를 치러 갈지도 모른다. 그렇게 되면 공주의 호의는 무참히 짓밟히고 만다. 어떻게든 그런 일을 저지르지 않고, 홧김에 배를 가르고 죽는 일도 없도록 해야 한다. 그럼 어떡하면 좋을까? 그 방법을 생각하지 않으면 안 된다.'

세이노스케는 승려가 무슨 말을 할지 초조하게 기다렸다.

"스님, 뭐라고 한마디 해보시오."

승려는 화를 내는 세이노스케를 보고 큭, 하고 웃었다. 세이노스케는 더욱더 울화통이 치밀었다.

"웃지 마시오. 왜 웃고 그러시오!"

승려는 웃음을 띠며 여유로운 표정으로 입을 열었다.

"자네, 적이 바라는 대로 행동하는 게 그리 좋은가?"

"?"

"내 말뜻을 모르겠는가? 적이 뭘 바라고 있는지도 모르겠나, 젊은이?"

세이노스케는 승려가 자신을 바보 취급한다고 생각했다.

"자네가 지금 하는 행동이 바로 적이 바라는 거란 말이야."

승려의 말을 세이노스케는 이해할 수 없었다.

"왜요?"

"모르겠느냐? 자네가 여기서 배를 가르면 다케다 사람들은 귀찮은 존재가 없어졌다고 좋아할 걸세. 제 손을 더럽히지 않고도 알아서 죽어주는데, 누가 좋아하지 않겠나. 자네는 어떻게 생각하는지 모르겠지만, 마치 다케다 사람들을 도와주는 것 같구먼. 그러니까 적이 바라는 대로 행동한다는 게야."

승려는 빙긋 웃었다. 세이노스케는 낯선 승려의 말을 액면 그대로 받아들일 수 없었다.

"멋대로 지어내지 마시오."

"멋대로라니? 멋대로 죽으려 한 사람이 누군데 그래?"

갑자기 심각한 표정으로 승려는 달래듯이 말했다. 세이노스케는 할 말을 잃고 말았다.

"그것 봐, 할말이 없지? 자네가 얼마나 제멋대로 살고 있는지, 할말을 잃은 걸 보면 알 수 있어."

승려는 세이노스케를 막다른 골목길로 몰아넣었다.

"그럼 나더러 어쩌란 말이오."

세이노스케는 맥 빠진 목소리로 말했다.

"이런 멍청한 놈!"

세이노스케는 깜짝 놀라 목을 움츠렸다.

"네 목숨인데, 네가 알아서 해야지."

듣고 보니 옳은 말이었다. 세이노스케는 공주에게 자신의 목을 걸고 있었다. 그런데 정작 공주는 세이노스케의 목숨 따위는 필요없다고 했다. 그 순간 세이노스케는 어떻게 살아야 할지 길을 잃고 만 것이다. 그러나 본디 자신의 목숨이니 마땅히 스스로 결정해야 한다.

"어떠냐, 아직도 죽고 싶으냐? 그렇게 말해줬는데도 죽고 싶다면 어쩔 수 없는 노릇이지. 내가 이 지팡이로 대갈통을 부숴줄까?"

승려는 지팡이를 목도처럼 거머쥐고 머리 위로 치켜올렸다.

"잠깐만."

세이노스케는 황급히 오른손을 올렸다.

"왜? 아직도 이 세상에 미련이 있느냐?"

"……."

세이노스케는 대답할 말을 잃고 말았다. 승려는 음산한 미소를 떠올렸다.

"그럼 죽어라. 너처럼 배알도 없고, 오기도 없는 놈이 살아서 뭣하겠느냐."

승려는 높이 치켜든 지팡이를 내리쳤다. 부웅, 공기를 가르는 파열음이 터져나왔다. 세이노스케는 아슬아슬하게 몸을 피했다. 쾅, 하고 지팡이가 땅을 때렸다. 커다란 구덩이가 파졌다. 세이노스케는 몸을 부르르 떨었다. 등에서 식은땀이 흘러내렸다.

"왜 도망치느냐? 죽고 싶다고 하지 않았느냐?"

승려는 다시 한 번 지팡이를 치켜올렸다.

'보통 스님이 아니다.'

세이노스케는 칼을 집어들고 반격 자세를 취했다. 상대는 무사 출신임이 분명했다. 그것도 대단한 무사였음이 틀림없었다.

'내가 이런 개죽음을 당할 사람인 줄 아느냐.'

어느새 세이노스케는 그런 생각을 하고 있었다.

필사적으로 반격을 가하려는 세이노스케의 모습은 마치 고양이 앞에서 최후의 발악을 하는 새앙쥐 같았다. 그 필사적인 표정을 본 승려는 큭, 하고 웃더니 지팡이를 내렸다.

"?"

"그런 마음가짐이면 된다."

승려는 만족스럽게 고개를 끄덕이더니 삿갓을 집어들었다.

"왜 그만두시오?"

세이노스케는 여전히 칼을 빼든 채 외쳤다.

"하하하, 벌써 잊었느냐. 난 너에게 원한이 있어 싸운 게 아니다. 죽고 싶다는 너를 도와주고 싶었을 뿐이야. 그런데 넌 지금 죽고 싶은 마음이 없지 않느냐? 뭘 더 싸우겠다는 게냐?"

세이노스케는 입만 멍하니 벌리고 있었다. 승려는 갓을 덮어쓰고는 다시 한마디 덧붙였다.

"하나뿐인 목숨이야. 네가 원하는 대로 써먹도록 해봐."

그런 말을 남기고 승려는 그 자리를 떠나려 했다.

"스님, 존함을 가르쳐주세요."

세이노스케는 그의 등을 향해 외쳤다.

"이름을 댈 만큼 대단한 중도 아니다."

승려는 뒤도 돌아보지 않고 말했다. 세이노스케는 승려의 앞으로 돌아가 그 앞에 무릎을 꿇었다.

"제발 존함을 가르쳐주십시오."

세이노스케의 간청에 못 이겨 승려는 이름을 댔다.

"덴카이(傳海)라고 한다네."

"덴카이님, 어느 절에 머물고 계시나요?"

세이노스케가 묻자 덴카이는 웃었다.

"절 같은 건 없다네. 이 하늘 아래 모든 곳이 수행처. 이 하늘 아래

선광사를 모시는 것이 내 인생의 길이라네."

"선광사善光寺."

시나노 사람이라면 누구나 아는 대사찰이었다.

일본에 처음 전래된 아미타여래를 본존으로 모시고 있으며, 그 이름은 시나노라는 일국을 넘어서 전국에 알려져 있었다. 세이노스케는 스와 명신을 믿고 있지만, 선광사에 대해 적지 않은 존경심을 가지고 있었다.

"자네 인생이 어떤 길이 될지, 내 무척 궁금하네."

덴카이는 그 자리를 떠났다. 세이노스케는 그 모습이 보이지 않을 때까지 머리를 숙였다.

─하나뿐인 목숨이야. 네가 원하는 대로 써먹도록 해봐.

지금 내가 가장 하고 싶은 것은 무엇일까. 세이노스케는 그 생각에 빠져들기 시작했다.

2

하루노부는 기분이 좋았다. 스와를 손에 넣은 거나 마찬가지였다. 다카토 요리쓰구의 저항이 예상되지만, 그건 문제도 아니었다. 다케다의 힘과 스와의 정통을 이은 도라오마루라는 간판만 있다면 스와는 완전히 손안에 넣은 것이나 다름없었다. 그뿐 아니라 미사 공주라는 미인도 손에 넣었다.

'들고양이 같지만 앞날이 기다려지는군.'

하루노부에게는 정부인이 있었다.

남자애 둘을 낳은 아내와 하루노부의 관계는 그리 좋지 않았다. 아내는 귀족 우대신右大臣 산조 기미요리(三條公賴)의 딸이었다. 입만 벌렸다 하면 이런 산골짜기가 싫다고 아우성이었다. 우대신의 딸이 멀고 먼 동쪽 시골까지 시집을 온 것이다. 어느 정도 불평불만을 각오하긴 했지만, 그것도 너무 심하면 정나미가 떨어지는 법이다. 하루노부의 발길은 '산조님'이라 불리는 아내에게서 점점 멀어져가고 있었다. 그런데 그 자리를 대신할 여자를 발견했다. 하루노부의 얼굴에 미소가 끊이지 않는 것도 당연한 일이었다.
"주군, 부르셨사옵니까?"
가스가 겐고로가 나타났다.
"음, 정원으로 나가자꾸나."
하루노부는 한 발 앞서 햇살이 쏟아지는 정원으로 나섰다. 장마가 걷히면서 서서히 여름으로 접어들고 있었다. 사방에서 울어대는 매미 소리가 시끄러웠다. 그 햇살 아래서 하루노부는 새삼 겐고로를 바라보며 감탄했다.
'정말 멋진 젊은이로 성장했군.'
측근 경호원에서 쓰카이반으로 승진시킬 때만 해도 좀 이른가 하는 감이 없지 않았다. 몸이 가늘고 얼굴에도 치기가 남아 있었다. 그러나 전령에 임명한 지 얼마 되지도 않았는데, 당당한 사무라이의 얼굴이 아닌가.
'과연 젊은이의 성장은 빨라.'
자신도 젊은이에 속하는 편이지만, 하루노부는 그런 생각이 들었다. 겐고로는 정원에서 한쪽 무릎을 꿇고 맑은 눈동자로 하루노부를 응시하고 있었다.
"겐고로."
"예."

하루노부는 그때까지만 해도 다른 일을 시킬 생각이었다. 그러나 겐고로의 얼굴을 보는 순간 생각을 바꾸었다.

"겐고로, 그날 밤 왜 미사 공주를 지키고 있었더냐?"

하루노부의 물음에 겐고로는 당황해하는 눈치였다.

"너는 전령이라 공주를 지킬 위치가 아닐 텐데?"

하루노부는 웃음을 머금고 물었다.

"예. 사실은 그날 밤, 동료가 감기에 걸려서."

겐고로는 식은땀을 흘리며 대답했다.

"그렇다고 네가 보초를 설 필요는 없지 않았더냐? 너는 이미 측근 경호원이 아니다. 전령이야. 네 직분을 다하도록 해라."

"예, 황공합니다."

"무사히 임무를 완수하기는커녕 스와의 꼬맹이에게 당하지 않았느냐?"

그렇게 말한 뒤 하루노부는 웃었다. 겐고로는 굴욕감으로 얼굴이 벌겋게 달아올랐다. 그놈의 목을 베라고, 하루노부는 겐고로에게 명할 생각이었다. 그러나 지금 그런 명을 내리면 겐고로는 표범처럼 분기탱천하여 달려나갈 것이다. 물론 혼자 가게 할 생각은 아니었다. 솜씨 좋은 병사를 붙이고 겐고로는 그 병사를 지휘하면 되는 것이었다.

'그렇지만 아냐.'

하루노부는 마음을 정했다. 왜 그랬는지는 자신도 모른다. 간스케의 말이 옳다고 생각했다. 지금 겐고로는 건장한 청년으로 자라고 있었다. 마찬가지로 그 세이노스케가 장래 다케다의 적이 되지 말라는 법이 없었다. 그것을 충분히 예상하면서도 이렇게 밝은 햇살 아래서 파란 싹을 자르라는 명령을 내리기가 싫었다.

"물러가도록 해라."

하루노부가 말했다. 겐고로는 의아한 표정을 지었다.

'시키실 일이 있는 줄 알았는데.'

"이제 됐다."

하루노부는 거듭 말했다. 겐고로는 머리를 숙이고 자리를 떠났다. 그와 동시에 간스케가 다가왔다. 오동나무 상자를 든 장인풍의 남자를 동행하고 있었다.

"간스케로구나."

하루노부는 무릎을 꿇은 간스케에게 친근한 목소리로 말을 걸었다.

"주군, 오늘은 날씨까지 축복해주는 것 같사옵니다."

늘 단도직입적으로 용건부터 말하는 간스케가 오늘은 희한하게도 날씨부터 입에 담았다. 하루노부는 웃으며 말했다.

"깃발이 다 된 모양이구나."

"예. 이 장인이 만들었사옵니다."

간스케가 장인을 불렀다. 남자는 앞으로 나와 상자를 내밀었다.

"염직染織 장인 요네지로라는 사람이옵니다. 성실하게 자신의 임무를 다해주었나이다."

간스케가 그 남자를 소개했다.

"그래, 빨리 보여봐라."

하루노부가 명했다. 요네지로는 상자 뚜껑을 열고, 그 안에서 깃발 하나를 꺼냈다.

"호오, 정말 멋지구먼."

펼쳐진 깃발을 보고 하루노부는 탄성을 올렸다. '諏訪南宮 上下大明神'라는 글자만 하얗게 남겨두고 전체를 쑥색으로 염색한 깃발이었다. 그뿐만이 아니었다. 하루노부가 쓴 '諏訪南宮 上下大明神'을 감싸는 듯한 형상으로 63자의 범어梵語가 검게 물들어져 있었다. 스와 대명신을, 범자로 상징되는 삼천세계三千世界의 부처님이 수호한다는 것을 의미했다.

"이 범자는 그대가 고안한 것이냐?"

하루노부가 요네지로에게 물었다. 요네지로는 넓죽 엎드리고 있을 뿐, 말이 없었다.

"괜찮다. 허락하마, 어디 말해보아라."

"예, 간스케님께서 지시하셨사옵니다."

요네지로는 황송한 태도로 대답했다.

"간스케, 너의 그 꾀주머니는 정말 감탄스러워."

하루노부가 웃으면서 말했다.

"황공하옵니다."

간스케는 머리를 숙였다. 스와 명신은 패자敗者의 신이다. 그 신명을 자랑스럽게 군대의 선두에 내걸면 다케다 병사들은 그다지 기분이 좋지 않을 터였다. 개중에는 독실한 불교 신자도 있을 것이다.

하루노부는 평소 선禪을 수행하고 있어 특정한 신이나 부처를 옹호하는 입장이 아니었다. 이유는 간단했다. 어느 특정 신이나 부처를 믿으면 다른 신불神佛을 믿는 자와 소원해질 수밖에 없기 때문이다. 일국의 주인으로서 그것은 피해야 할 일이었다.

그러나 스와를 평정하기 위해서라면 스와 명신을 믿는다는 표시를 보여야 한다. 그건 무척 힘든 일이었다. 노골적으로 그런 표시를 하면 다케다 백성들의 반감을 살 것이고, 그렇다고 해서 별다른 표시를 보이지 않으면 스와 사람들이 분개할 것이다. 그러나 이 깃발의 의장은 쌍방의 체면을 살리기에 충분했다.

"수고 많았다. 내가 상을 내리겠다."

하루노부는 요네지로를 손짓으로 부르고, 품속 주머니에서 자갈만

한 금덩어리를 꺼냈다.

"엣, 주군, 그러지 않으셔도 되옵니다."

요네지로는 눈을 동그랗게 떴다.

다케다의 기석금碁石金이라는 것이었다.

말 그대로 바둑돌처럼 생긴 금덩어리였다. 신상필벌에 철저한 하루노부는 늘 그것을 몸에 지니고 다녔다.

"받도록 해라. 주군의 은혜를 가슴에 새기고"

간스케가 말하자 요네지로는 그것을 받아들고 감격해하며 그 자리를 떠났다.

"간스케, 이제 모든 준비가 갖추어진 겐가?"

"그러하옵니다."

하루노부는 관으로 돌아가자마자 바로 스와 원정군 편성을 명했다.

스와로 통하는 길이 눈앞에 죽 뻗어 있었다. 모치즈키 세이노스케는 그 길가에 서서 저 멀리 우에하라 성 쪽을 뚫어져라 바라보고 있었다.

인생의 길, 도대체 그게 뭘까. 생각하는 사이에 세이노스케는 이윽고 하나의 주제에 이르렀다.

'다케다 하루노부를 죽인다.'

바로 그거였다. 암살이라는 수단을 생각하지 않은 것도 아니었다. 그러나 그것은 지극히 힘든 일이었다. 하루노부는 수많은 신하들에 둘러싸여 있고, 수천의 병사를 움직일 수 있는 힘을 가지고 있었다. 일대 일의 승부라면 도전이라도 해보겠지만, 그것은 불가능한 일이었다. 틈을 봐서 습격하는 방법도 있었다. 그러나 그것은 세이노스케가 가장 싫어하는 방법이었다. 속이고 치는 건 정말 싫었다.

'네놈처럼 비겁한 방법은 쓰지 않겠어.'

세이노스케는 그렇게 생각했다. 하루노부를 쓰러뜨리는 데 모략을 사용하면, 그것은 자신이 하루노부와 똑같이 비겁자라는 것을 의미했다. 그런 짓은 절대로 하기 싫었다. 어디까지나 정정당당한 수단으로 하루노부를 쓰러뜨리고 싶었다.

그렇다면 길은 오직 하나, 그것은 하루노부에 적대하는 무장을 모시는 것이다. 당장 떠오르는 곳은 없었다. 여태 다른 가문의 신하가 된다는 생각을 해본 적이 없었기 때문이다.

한 가지 확실한 것은, 하루노부가 시나노 전부를 수중에 넣으려 한다는 것이었다. 그렇다면 시나노의 무장은 하루노부를 상대로 사느냐, 죽느냐를 걸고 싸우지 않을 수 없다. 그 무장을 모신다면 하루노부를 상대로 마음껏 싸워볼 수 있을 것이다. 목숨을 걸고, 평생을 걸고 세이노스케는 하루노부를 상대로 싸우기로 결의했다. 그 길이 바로 눈앞에 펼쳐져 있었다.

'가자.'

세이노스케는 한 발짝 내디뎠다. 길 앞에는 스와가 있었다. 스와는 자신이 태어난 고향이며, 아버지와 동생과 친구들이 사는 곳이다. 그러나 세이노스케는 고향을 버리지 않으면 안 될 운명이었다. 지금 스와는 하루노부의 땅, 적지이기도 했다.

'언젠가 반드시 하루노부를 멸망시키고 말겠나이다. 공주님, 기다려 주소서.'

세이노스케는 뒤돌아서며 가이를 향해 깊이 머리를 숙였다. 다케다의 저택에 있는 미사 공주에게 작별 인사를 올리는 것이었다.

'두고 보아라, 하루노부. 반드시 가이로 돌아올 것이다. 다케다를 멸망시키는 군대의 선봉에 반드시 내가 있을 것이다.'

세이노스케는 굳게 다짐했다.

이합집산 離合集散

1

1542년(덴분 11년)의 여름도 끝나갈 무렵, 하루노부는 오천의 병사를 이끌고 고후에서 출발했다.

목적지는 스와 우에하라 성이었다.

선두에는 '풍림화산'의 깃발과 '스와 명신'의 깃발이 나란히 서 있고, 그 뒤에는 다케다 가문의 문장 '다이아몬드'가 새겨진 몇십 개의 깃발이 펄럭이고 있었다.

위풍당당한 진군이었다. 출발이 늦어진 데는 이유가 있었다. 여동생 네네 때문이었다. 스와 요리시게의 미망인이며, 그 적자 도라오마루의 어머니이기도 한 네네는 도라오마루의 스와 행을 거부했다.

하루노부가 요리시게를 자결하게 한 이후로 네네는 오빠와 말도 나누려 하지 않았고, 얼굴도 보려 하지 않았다. 하루노부도 마음에 걸리는 게 있었기에 억지로 만나려 하지 않았지만, 이번에는 그럴 수 없는 노릇이었다.

사자를 보내봤자 불가능하다는 것을 알고 직접 만나서 도라오마루를 넘기라고 명했다. 네네는 하루노부를 노려볼 따름이었다. 식사도 제대로 하지 않아 형편없이 야윈 네네가 오랜만에 입을 열고 외쳤다.

"도라오마루까지 죽일 생각이세요?"

그 말이 하루노부의 가슴을 찔렀다. 여동생은 마치 야차처럼 독기 품은 눈길로 쐐려보았다.

"바보 같은 소리!"

하루노부는 한참이나 자신의 감정을 다스리고 난 다음 입을 열었다.

"나는 도라오마루를 스와의 영주로 삼을 생각이야. 그것을 스와 백성들에게 알리기 위해 스와 대사를 참배하는 것이야. 이건 도라오마루를 위한 일이기도 해."

"오라버니 말은 믿을 수 없어요."

네네는 도라오마루를 가슴에 꼭 끌어안았다.

"오라버니 말을 믿었기 때문에 요리시게님은 비참한 최후를 맞이한 거예요. 도라오마루만은 절대로 넘겨줄 수 없어요. 만일 억지로라도 빼앗겠다면, 먼저 내 목을 치세요."

"그게 무슨 말이냐? 내가 어찌 여동생을 죽일 수 있단 말이냐?"

"여동생의 남편을 죽이고서도 그런 말이 나오는가요?"

그 말에는 하루노부도 대꾸할 입이 없었다. 하루노부는 일단 관으로 돌아와 간스케를 불렀다.

"도라오마루님을 내주지 않으셨겠지요?"

간스케의 첫 마디였다. 하루노부는 씁쓰레하게 웃으며 말했다.

"알면서도 왜 묻느냐. 간스케, 좋은 방법이 없겠느냐?"

"있사옵니다."

"자네는 여자 다루는 법을 모른다 하지 않았느냐?"

"여자는 싫어하지만, 군사 전략에는 자신있나이다. 도라오마루님을 금방 이쪽으로 모시고 오겠나이다."

간스케는 대수롭지 않게 말했다.

하루노부는 놀랐다.

"그렇게 쉽게 말하는 게 아냐."

간스케는 고개를 가로저었다.

"허풍떠는 게 아니옵니다. 자신이 있기 때문에 드리는 말씀이지요."

"혹시 자네는……."

네네를 죽일 생각은 아니겠지, 그 말을 하루노부는 억지로 삼켜야 했다. 아무리 스와 평정이 중요하다지만, 그것만은 절대로 할 수 없는 일이었다.

"폭력은 절대로 쓰지 않겠나이다."

간스케는 웃으면서 안심하라는 듯이 말했다.

"그럼 어쩌려고? 네네는 절대로 도라오마루를 내놓지 않을 거야."

"소인에게 맡겨주시면, 당장 도라오마루님을 모시고 오겠나이다."

하루노부는 고개를 갸웃거렸다. 아무리 생각해봐도 순조롭게 풀릴 문제는 아닌 것 같았다.

"당장이라면, 이삼 일 정도 걸린다는 말이냐?"

하루노부가 확인하듯이 말하자 간스케는 고개를 가로저었다.

"당장이란 것은 지금 당장이란 뜻이옵니다. 반각(한 시간)이면 충분할 줄 아옵니다."

"뭐라고? 반각이라 했느냐?"

"그러하옵니다."

하루노부는 간스케가 도무지 무슨 생각을 하는지 알 수 없었다.

"재미있군. 그렇다면 반각 안에 도라오마루를 이곳으로 데리고 오너라."

"명을 받들겠사옵니다."

간스케는 거침없이 대답했다.

"단, 네네에게는 절대로 해를 끼쳐서는 안 돼."

"당연하지요"

"억지로 끌고 오는 건 아니겠지?"

하루노부가 묻자 간스케는 웃으며 대답했다.

"그런 일은 절대로 없을 것이옵니다. 무엇보다 네네님께서 가만있지 않으실 게 아닙니까?"

간스케는 다시 한 번 안심시키려는 듯이 목소리를 부드럽게 했다.

"그럼 다녀오겠나이다. 주군, 절대로 기다리게 하지 않겠나이다."

간스케가 물러났다.

반신반의하며 기다리는 하루노부 앞으로 간스케는 정말로 반각 만에 돌아왔다. 시녀가 아기를 안고 있는 것이 아닌가. 그 아기는 스와가의 '꾸지나무 잎' 문양이 새겨진 옷을 입고 있었다.

"간스케, 어떻게 데리고 올 수 있었느냐?"

하루노부는 마치 여우에게 홀린 듯한 기분이었다.

"우선 아기님을 보시옵소서."

"흠."

아기의 머리를 보는 순간 하루노부는 격분했다. 하루노부가 화를 내는 것도 무리는 아니었다. 그 아기는 도라오마루가 아닌, 전혀 다른 아기였다.

"간스케, 나를 놀리는 게냐?"

"그럴 리가 있겠사옵니까, 주군. 소인, 말씀드린 대로 도라오마루님을 모시고 왔사옵니다."

"이애가 어찌 도라오마루가 될 수 있단 말이냐?"

"지당하신 말씀. 그러나 그런 사실을 아는 사람은 주군뿐이지 않사옵니까?"

하루노부는 허를 찔린 듯한 기분이었다. 간스케는 더 이상 변명도 하지 않고 그냥 입을 다물어버렸다.

'이놈이.'

하루노부는 왠지 기분이 찜찜했다.

"이애를 스와로 데리고 가란 말이냐?"

"그러하옵니다."

간스케는 단호하게 말했다.

"그래도 될까?"

"아무 문제 없사옵니다. 도라오마루님은 이제 갓 태어나신 몸. 갓난아기를 구별할 수 있는 사람은 세상에 없나이다. 중요한 것은, 스와 도라오마루님이 주군과 함께 스와 본궁을 참배한다는 사실뿐이옵니다. 도라오마루님이 갓난아기라는 게 무엇보다 다행이지요. 만일 다 큰 남자였다면 누구를 대신해서 세울 수 있겠나이까?"

"흠, 그건 그래."

하루노부는 솔직히 인정하고 두 손을 들었다.

"그런데 간스케, 요리쓰구 놈은 어찌하고 있다더냐?"

"정말 죄송한 말씀이옵니다만, 주군께서 소인보다 더 잘 알고 계신 줄 아옵니다."

간스케는 웃었다. 다카토 요리쓰구. 요리쓰구는 하루노부와 손잡고 본가 스와 요리시게를 쳤다. 그 시점에서 요리쓰구는 다케다에게 반드시 필요한 존재였다. 요리쓰구와 요리시게, 스와 일족의 내분에 다케다가 개입하는 형식을 취하고 싶었기 때문이다. 결국 하루노부와 요리쓰구가 협력해 요리시게를 망하게 했다.

하루노부는 요리쓰구와 스와를 반으로 나눠가졌다. 미야가와(宮川)라는 강을 경계로 동쪽은 하루노부가, 서쪽은 요리쓰구가 차지했다. 그러나 하루노부는 언제까지고 서쪽을 요리쓰구에게 맡겨둘 생각이 없었다. 요리쓰구의 이용가치가 없어진 지금, 하루라도 빨리 스와의 서쪽 지역을 손에 넣고 싶었다.

하루노부가 물은 것은 그 공략법이었다.

'어떻게 하면 가장 손쉽고도 신속하게 스와의 서쪽을 차지할 수 있을까?'

"간스케, 어디 네 의견을 말해보아라."

하루노부는 스와의 서쪽을 손에 넣는 방법을 재촉했다.

"요리쓰구 놈에게 먼저 손을 대게 하는 것이 좋을 것이옵니다."

간스케는 망설이지 않고 대답했다.

"도발하게 한단 말이지?"

"그러하옵니다. 요리쓰구를 화나게 해서 병사를 일으키게 하는 것이지요."

"그게 가능하겠느냐?"

하루노부는 고개를 갸웃했다. 스와 본가를 쓰러뜨릴 때도 그렇게 엉덩이가 무거웠던 요리쓰구가 아니던가. 신중하기 그지없는 요리쓰구에게 병사를 일으키게 하려면 온갖 머리를 다 짜내고 고생해야 할 것이다. 그 방법을 간스케에게 묻고 싶었다.

"어떻게 하면 좋으냐?"

하루노부는 잔뜩 기대감에 부풀어 물었다. 간스케는 그 물음에 대답도 하지 않고 엉뚱한 말을 꺼냈다.

"주군, 우에하라 성 개축을 소인에게 맡겨주시옵소서."
"뭐라고? 우에하라 성을?"

갑자기 무슨 말을 하느냐며 하루노부는 미간을 찌푸렸다. 스와의 본성인 우에하라 성은 이미 스와 군다이로 임명된 이타가키 노부카타의 손에 의해 작업이 진행 중이지 않은가. 전승자로서 너무도 오만하여 스와 백성의 원성을 사고 있다는 것을 간스케가 제 입으로 보고하지 않았던가. 그런데 이제 와서 책임자를 바꾸는 게 무슨 소용이 있을까?

노부카타가 조금만 조심하면 해결될 문제라고 하루노부는 생각하고 있었다. 한편으로 간스케의 축성술築城術을 두 눈으로 보고 싶은 바람도 있긴 했다. 고금의 군 전략에 통달한 간스케라면 축성술에도 대단한 솜씨를 보일 터였다.

"네가 맡으면 가장 튼튼한 성이라도 만들 자신이 있다는 말이냐?"
하루노부가 물었다.
"그렇지 않사옵니다."
간스케는 웃으며 말을 이었다.
"어떤 바보 같은 무장이 공격해도 금방 무너질 성, 세상에서 가장 공략하기 쉬운 성을 만들어 보이겠나이다."
"?"

다른 신하가 그런 말을 했더라면 하루노부는 화를 내고 나무랐을 것이다. 그러나 상대는 간스케였다. 그 말의 배후에 있는 의미를 읽어내기까지 하루노부에게는 약간의 시간이 필요했다.

이윽고 하루노부의 눈이 빛났다.
"그래, 우에하라 성을 미끼로 삼겠다는 말이냐?"
"바로 맞히셨나이다."
간스케는 머리를 숙이고 덧붙였다.

"성이 완성되면 어떤 구실을 붙여서라도 노부카타님을 가이로 불러들여야 하옵니다."

하루노부는 고개를 끄덕였다. 그렇게 하면 요리쓰구는 무주공산無主空山이나 다름없는 우에하라 성을 칠 것이다.

간스케에게는 또 다른 비책이 있었다.

"그리고 또 한 가지, 도라오마루님을……."

"도라오마루를?"

하루노부는 저도 모르게 되물었다.

"우에하라 성에 머물게 하고 성주로 삼는 것이옵니다. 그렇게 하면 요리쓰구 놈은 노부카타님이 없는 틈을 타서 반드시 우에하라 성을 칠 것이옵니다."

간스케의 말에 하루노부는 일일이 고개를 끄덕이며 동의했다. 스와의 적통嫡統은 어디까지나 도라오마루였다. 요리쓰구 일족은 어디까지나 방계에 지나지 않는다. 그러므로 스와 본가를 노리는 요리쓰구에게 도라오마루라는 존재는 눈엣가시나 다름없었다.

본가의 혈통을 근절시켜야만 요리쓰구는 누가 뭐라 하든 스와의 정통을 이을 수 있었다. 도라오마루가 이 세상에 살아 있는 한, 그 야망은 실현 불가능한 꿈일 뿐이다. 그 도라오마루가 아무 방비도 없이 우에하라 성에 있다는 사실을 알면 틀림없이 성을 공략해올 것이다.

"간스케, 그 도라오마루는 바로 여기 있는 도라오마루를 말하는 거겠지?"

"그러하옵니다."

진짜 도라오마루가 아니다. 가신의 자식 가운데서 갓난아기를 찾아서 데리고 온 것이다. 가짜이기는 하지만 요리쓰구를 불러들이는 미끼로는 충분했다.

'아무리 그렇지만, 갓난아기를 정쟁政爭의 희생으로 삼아야 하다니.'

하루노부는 가슴이 아팠다. 자칫하면 이 아이는 요리쓰구에게 죽음을 당하고 말 것이다.

간스케가 하루노부의 그 마음을 읽고 안심시켜주었다.

"절대로 이 아기에게는 손을 대지 못하게 할 것이옵니다. 만일 요리쓰구 놈이 먹이를 물면 즉시 이애를 데리고 구와바라 성으로 도망칠 것이옵니다."

"바로 그때 내가 공격을 한다는 말이겠지?"

하루노부가 되받았다. 당연히 가까운 곳에 병사들을 매복시켜두어야 했다.

"적이 눈치채면 안 되니, 너무 가까이 있으면 아니 되옵니다. 구와바라 성은 천연의 요새, 이 간스케가 지키면 한 달이고 두 달이고 끄떡도 하지 않을 것이옵니다."

"하하하, 그 허풍은 여전하구나."

하루노부는 저도 모르게 웃음을 터뜨리고 말았다.

우에하라 성에 '도라오마루' 군사들을 배치하고, 스와의 주인을 지키고 그 역할을 대신해야 마땅할 노부카타를 가이로 불러들여 틈을 보인다. 요리쓰구는 병사를 이끌고 우에하라 성을 탈취하고 도라오마루를 죽이려 할 게 뻔하다. 그러나 하루노부는 철수하는 것처럼 위장할 뿐, 요리쓰구를 칠 병사들을 매복시켜둔다. 그리고 도라오마루 군사들이 우에하라 성에서 구와바라 성으로 옮겨 요리쓰구를 끌어들인 다음, 하루노부의 군대가 일거에 요리쓰구를 친다. 배후에서 퇴로를 차단하면 요리쓰구는 독 안에 든 쥐나 다름없다.

"아주 좋은 생각이야."

하루노부는 만족스럽게 고개를 끄덕였다.

2

세이노스케는 스와로 돌아왔다. 이미 스와 관에는 사람 그림자가 하나도 보이지 않았다. 하루노부의 공격을 받았을 때 죽음을 각오하고 요리시게와 함께 했던 이백 명의 용사들은 그 충성의 대상을 하루아침에 잃어버렸다. 사람 인심이란 이렇게도 매정한 것인가. 스와 관에는 스와 일족이라곤 한 사람도 없었고, 제각기 자신의 영지로 돌아가 숨을 죽인 채 사태의 추이를 지켜보고 있었다.

단결하여 사무라이 가문의 기상을 보이며 저항하는 사람이 있을 것이라고 은근히 기대했던 세이노스케는 실망하지 않을 수 없었다. 요리시게가 죽은 이후, 일족의 중심이 되어야 할 사람은 그 숙부인 스와 미쓰지카(諏訪滿隣)일 것이다. 도라오마루를 제외하고 가장 적통에 가까운 혈족인데다 두 아들을 거느린, 당당한 장년의 사무라이가 아닌가.

그러나 지금 미쓰지카는 자신의 태도를 명확히 하지 않고 있었다. 미쓰지카가 깃발을 높이 들고 다케다와의 결사항전을 선포하면 제법 많은 사람들이 호응할 것이 분명했다. 그러나 미쓰지카는 그럴 마음이 없었다. 세이노스케는 불만을 품은 채 아버지의 집으로 돌아왔다.

"어리석은 놈!"

아버지는, 자리에 누운 사람이 어디서 그런 목소리가 나오는지 가슴이 철렁할 정도로 고함쳤다. 세이노스케는 있는 그대로 이야기했다. 그것이 아버지를 화나게 한 것이었다.

"주인을 적의 손에 빼앗기고, 뻔뻔스런 얼굴로 돌아오다니. 이런 놈을 아들이라고 키웠다니, 당장 이 자리서 배를 갈라라. 배를 가르고 죽어서 주인께 사죄하거라, 이 못난 놈!"

흥분한 아버지가 마구 퍼부어댔다.

"절대로 그럴 수 없나이다."

세이노스케는 단호하게 말했다. 그 말에 아버지는 더욱 격노했다.

"배를 가를 수 없다고? 이 비겁한 놈!"

"여기서 배를 갈라 뭘 하겠나이까. 하루노부 놈을 즐겁게 할 뿐이지 않겠나이까."

세이노스케는 침착한 어투로 말했다.

"하루노부 놈이 왜 즐거워한단 말이냐?"

"자신의 목을 노리는 자가 하나 줄어들었기 때문이지요."

"뭐라고?"

아버지는 아들의 얼굴을 뚫어져라 쳐다보았다.

"어차피 죽을 몸, 하루노부라도 죽이고 죽겠다는 말이냐?"

"하루노부만이 아닙니다. 다케다 가 놈들의 씨를 말려버릴 때까지 싸우겠나이다."

아버지는 마른침을 삼켰다.

'어느새 세이노스케가 이렇듯 용맹한 사내가 되었다니.'

그것은 신선한 놀라움이었다.

선두에 풍림화산의 깃발과 스와 명신의 깃발을 나란히 세우고, 다케다 군 삼천이 스와 땅으로 들어섰다. 표면적으로는 제사장 요리시게의 아들 도라오마루를 다케다 가의 영주 하루노부가 호위한다는 것이었다. 그러나 이것이 다케다 군의 진주이며, 다케다 가에 의한 스와 지배의 시작이라는 것을 모르는 사람은 없었다.

그저 백성들은 행렬을 보고 안도했다. 선두에는 다케다 가의 깃발과 똑같은 자격으로 스와 명신의 깃발이 나부끼고, 말을 탄 하루노부에 비해 도라오마루는 유모의 품에 안겨 가마에 타고 있었다. 언뜻 보기에 가마 안의 도라오마루를 하루노부가 신하로서 호위하는 듯했다. 사실은 그렇지 않다는 것을 너무도 잘 아는 백성과 사무라이들이었지만, 그 모습을 보고 마음을 놓았다. 어제까지만 해도 원수처럼 보이던 다케다가 왠지 믿음직스럽게 느껴지기까지 했다. 그러나 하루노부는 조금도 마음을 놓지 않았다.

다케다 군대는 고슈(甲州) 가도로 나아가 고신(甲信 : 가이와 시나노) 국경을 넘어서자 우에하라 성 앞에서 왼쪽으로 방향을 틀어 스와 대사의 상사上社 본궁 쪽으로 향했다. 본궁은 상과 하로 나누어져 있고, 상사는 전궁, 하사下社는 춘궁과 추궁으로 나누어져 있었다.

네 개의 신사 가운데 가장 격이 높은 곳은 상사 본궁이었다. 우선 본궁에 들어 스와 명신에게 인사를 올리고, 적당한 시간에 우에하라 성으로 들어갈 계획이었다.

하루노부가, 아니 도라오마루가 본궁에 참배하려 한다는 것을 이미 연도沿道의 백성들은 알고 있었다. 다케다 군대는 그것을 적극적으로 선전했고, 본궁에서도 '도라오마루님의 참배'를 널리 전했다. 비록 점령군이지만 전 주인의 적통을 정중하게 모시고, 자신들의 신에게 공경하는 태도를 보이는 다케다 군대에게 반감을 품는 사람은 거의 없었다.

'역시 요리시게는 백성들에게 믿음을 주지 못했어.'

말 위의 하루노부는 그 사실을 잘 알 수 있었다. 간스케의 책략에 따라 요리시게를 '두 번' 죽인 것이 바로 이 순간에 효력을 발휘하고 있었다. 본궁 주위에는 수많은 사람들이 모여들었고, 신관 모리야 요리자네(守矢賴眞)는 정장 차림으로 다른 신관들을 거느린 채 마중을 나와 있었다.

요리자네의 직책은 신장관神長官인데, 대사 전체를 책임지는 제사장을 보필하고, 그 아래에 속한 각 신사를 통솔하는 역할이었다. 하루노부는 미리 요리자네에게 정중한 편지와 함께 예물을 보내고, 도라오마루의 참배를 무사히 치를 수 있도록 협조해달라고 요청해두었다.

"하루노부라네. 스와의 적통 도라오마루님을 모시고 왔네."

하루노부는 요리자네를 향해 큰 소리로 말했다.

"이렇게 찾아주셔서 영광이옵니다."

요리자네는 환영의 뜻을 전했다.

하루노부는 유모의 품에 안긴 아기와 함께 상사 본궁의 본전에 올라, 신장관 요리자네의 축사를 들었다. 스와의 제사장이 대를 이어 바뀌었음을 스와 명신에게 보고하는 자리였다.

요리자네는 이 또한 신의 뜻이라고 스스로에게 속삭였다. 눈앞의 다케다 하루노부가 제사장 스와 요리시게를 죽였다는 것을 모를 리 없었다. 그러나 반항한들 무슨 소용이란 말인가. 목숨을 헛되이 잃을 뿐이다. 그것으로 끝나면 다행이지만, 분노한 하루노부가 스와 신사에 불이라도 질러버리면 큰일이 아닌가.

하루노부에게 그럴 생각은 추호도 없었지만, 요리자네는 그런 불안감을 떨쳐버릴 수가 없었다. 그 하루노부가 도라오마루를 호위하여 이 본궁으로 와서 스와 대명신에게 머리를 숙이는 것이 아닌가. 요리자네는 바로 그 순간 하루노부를 따르기로 결심했다.

이제 제사장을 이어받을 도라오마루와 하루노부는 일심동체가 되었다. 하루노부를 거역하는 것은 도라오마루의 목을 위협하는 것과 같았다. 결론은 하나밖에 없었다. 스와 가문의 정통을 이은 자를 모시고, 스와 대사를 지키는 일이야말로 대대로 신장관을 이어온 모리야 가문의 사명인 것이다.

"신장님, 이 하루노부, 신 앞에서 기원하고 싶은 게 있다네."

신장은 신장관을 간단히 부른 말로, 친밀한 느낌을 주는 어투였다.

그 말에 요리자네는 호감을 느꼈다.

"무엇을 기원하시겠사옵니까?"

"이 도라오마루를 스와의 제사장으로……."

하루노부는 갓난아기 쪽으로 눈길을 던지며 말을 이었다.

"그러나 도라오마루가 아직 어리다는 것을 빌미로 그 자리를 노리는 자가 나오지 말란 법은 없지 않겠나. 신장님 생각은 어떠신가?"

"소인도 그럴 위험이 있다고 생각하옵니다."

요리자네는 가볍게 고개를 끄덕였다. 하루노부의 표정은 엄숙했다.

"만일 그런 자가 나온다면 스와 대신에게 칼을 휘두르는 역적이라 보아도 좋지 않겠는가?"

"예, 지당하신 말씀이옵니다."

요리자네는 그렇게 대답할 수밖에 없었다. 하루노부는 얼굴을 부드럽게 풀면서 말했다.

"그 역적들을 퇴치하는 전승기원을 올리고 싶네. 신장님, 여기 나의 기도문이 있네."

하루노부는 요리자네에게 그것을 건네주었다. 그제야 요리자네는 하루노부의 의도를 눈치챘다. 이 글을 대명신 앞에서 읽으면 도라오마루와 하루노부는 대명신의 종복이 되며, 정의의 군대가 되는 것이었다.

하루노부는 갑자기 생각난 듯이 입을 열었다.

"내가 깜빡했군. 기원을 올리기에 앞서, 갑옷 한 벌과 말 한 필을 신전에 바치겠네. 또한 역적을 물리친 다음에는 백 관에 해당하는 신령지를 바칠 것을 약속하지."

요리자네는 기원문을 읽고, 신전에 기도를 올렸다. 이렇게 된 이상 물러설 자리가 없었다. 게다가 백 관에 해당하는 땅이 들어오는 것도 고마운 일이었다. 그 정도만 있으면 이 전란의 세상에서 명맥이 끊어진 다양한 축제를 부활시킬 수 있다. 기도가 끝나고 돌아가기 전에 하루노부는 또 하나의 글을 앞으로 내밀었다.

"신장님, 여기에 연서를 해주시게."

넘겨받은 그 글은 제사장 도라오마루가 다카토 요리쓰구 앞으로 보내는 형식을 취하고 있었다. 물론 다른 사람이 쓴 것이었다.

내용을 읽고 요리자네는 경악을 금치 못했다.

"이, 이건!"

"왜 그러느냐? 뭐가 잘못된 거라도 있느냐?"

하루노부는 일부러 고개를 갸웃거려 보였다.

"아, 아니옵니다."

요리자네는 황망히 고개를 가로저었다. 그것은 요리쓰구에게 '불법' 점거하고 있는 스와의 서쪽 지역을 정통 영주인 도라오마루에게 반납하라는 내용의 글이었다.

'이건 말도 안 돼. 스와를 둘로 나눈 게 누군데?'

그러나 문서에는 그런 말이 한마디도 없었다. 어디까지나 요리쓰구의 불법적인 점거를 나무라고, 제멋대로 차지한 그 땅을 반납하라는 것이었다. 여기에 연서한다는 것은 이 내용을 지지한다는 것을 의미했다. 이번에야말로 돌아올 수 없는 강을 건너야 할 순간이었다.

"다케다 가의 주군, 이런 문서를 요리쓰구에게 보내면 전쟁이 일어나지 않겠사옵니까?"

요리자네는 새파랗게 질린 얼굴로 물었다. 그러나 그것이야말로 하루노부가 바라는 것이 아닌가.

"당연히 그렇게 되겠지. 요리쓰구 놈이 어디까지나 제사장의 뜻을 거역한다면 역적이 아닌가. 지금 신 앞에서 맹세한 대로 이 하루노부, 목숨을 걸고 역적을 토벌할 게야. 자아, 빨리 연서나 하시게."

요리자네는 망설였다. 하루노부는 냉랭한 시선을 던지며 말했다.
"신장님, 설마 역적 편을 드시려는 건 아니시겠지?"
"천부당만부당하신 말씀."
더 이상 물러날 자리가 없었다. 제사장 스와 도라오마루라는 이름이 적힌 말미에 요리자네는 '신장관 요리자네'라고 서명했다.

3

"이 죽일 놈, 나를 뭘로 보고!"
분노 때문에 벌겋게 달아오른 얼굴로 다카토 요리쓰구는 그 문서를 바닥에 내동댕이쳤다. 스와 도라오마루와 신장관 요리자네의 서명이 든 공문이었다. 요리쓰구가 차지하고 있는 스와의 서쪽 지역을 빨리 반납하라는 것이 아닌가.
'웃기는 놈들. 스와는 내 손으로 싸워서 얻은 것이야. 그것을 갓난아기에게 빼앗겨서야 말이 안 되지.'
가신들도 격분했다.
"주군, 지금 즉시 병사를 일으켜 도라오마루를 쳐야 하옵니다."
요리쓰구는 잠시 침묵을 지켰다.
"주군, 뭘 하고 계시나이까?"
요리쓰구는 신음을 토하면서 명했다.
"하루노부의 책략이야. 함부로 움직여서는 안 돼. 지금 당장 우에하라로 사람을 보내도록 하라. 하루노부의 동정, 우에하라 성의 방비 상황을 잘 살펴보라고 이르라."
'하루노부 이놈, 나를 함정에 빠뜨리겠다는 말이지? 홍, 내가 그리

호락호락 넘어갈 줄 알았더냐.'

그러나 요리쓰구는 그와 동시에 출진 준비를 명했다. 하루노부가 도라오마루를 전면에 내세운 이상, 언젠가는 맞부딪쳐야 할 운명이었다. 요리쓰구가 자중하여 이나(伊奈) 군이 다카토 성에서 꼼짝 않는다 해도 스와의 서쪽 지역 탈취를 노리는 하루노부는 언젠가 공격을 가해올 것이다.

그럴 바에야 지금 우에하라 성을 빼앗아 영토를 넓히는 쪽이 낫다. 그리고 본거지인 다카토 성에서 싸우기보다 다른 전진 기지에서 싸우는 쪽이 유리하다. 단, 우에하라 성에 하루노부가 함정을 파놓지 않았다는 사실이 확인되어야 한다.

요리쓰구는 첩자의 보고를 기다렸다. 하루가 마치 일 년처럼 길게 느껴졌다. 이틀 만에 돌아온 첩자는 희색이 만면하여 보고했다.

"주군, 기뻐해주시옵소서."

첩자의 말에 요리쓰구는 몸을 앞으로 기울였다.

"우에하라 성은 지금 텅 빈 상태나 다름없사옵니다. 군사는 고작 이백 정도……."

"뭐라고!"

요리쓰구는 눈을 동그랗게 떴다.

"하루노부는? 성을 지키는 노부카타는?"

"관동의 우에스기님이 움직이는 것 같나이다. 하루노부가 가이를 비운 틈을 타서 국경을 넘었다 하나이다. 하루노부와 노부카타가 분기탱천하여 가이로 돌아가는 것을 이 눈으로 보았사옵니다."

"그랬군. 노리마사님이 움직였어."

고즈케(上野) 국의 영주인 우에스기 노리마사(上杉憲政). 예전에 다케다의 선대인 노부토라가 시나노를 쳤을 때, 패배한 운노와 사나다(眞田)

이합집산 277

일족을 받아들였던 노리마사였다. 그 이후 다케다 가와 우에스기 가는 대립관계에 있었다.

"하루노부 이놈, 천벌을 받을 게다."

요리쓰구는 쾌재를 불렀다.

'관동의 우에스기가 움직였다면 하루노부 놈, 엉덩이에 불이 붙은 거나 마찬가지. 이제 하루노부 놈은 스와에 군대를 파견할 여력이 없어졌어.'

우에스기 가는 무로마치 막부(室町幕府 : 1338년 아시카가 다카우지足利尊氏가 교토에 창설한 막부. 지금 이 소설의 무대가 되고 있는 전국시대의 오다 노부나가에 의해 마지막 쇼군 아시카가 요시아키가 축출되는 1573년까지 지속되었다) 때부터 관동 관령(管領 : 무로마치 막부의 관직명으로, 쇼군을 보좌하여 막부의 업무를 총괄했다. 관동 관령은 관동 지방을 총괄하는 장관이다)으로 임명된 명문가다. 전성기에 비해 힘이 쇠약해졌지만, 관동을 중심으로 아직까지 상당한 힘을 보유하고 있었다.

하루노부가 본국 가이에서 서쪽으로 나아가 스와를 공략하고 있는 사이 반대편인 동쪽에서 노리마사가 가이를 공격한다면 하루노부는 쉽게 움직일 수 없게 된다. 스와 평정도 물 건너간 거나 다름없었다.

'이걸 두고 천우신조天佑神助라는 거다.'

요리쓰구는 다시 첩자에게 물었다.

"그럼 아직도 우에하라 성에 도라오마루가 있단 말이지?"

"그러하옵니다. 입성 이후 움직이는 기색이 없었나이다. 게다가 우에하라 성의 방비를 보면……."

첩자는 무릎을 앞으로 내밀며 은밀하게 말을 이었다.

"아직 지난번 전투 때의 피해를 복구하지 못하여 여기저기 방책이 부서지고, 성이 무너져 공략하기에 더없이 좋은 줄 아옵니다."

"흠, 그래?"

요리쓰구는 만족스럽게 고개를 끄덕였다. 역시 하루노부 놈에게 천벌이 내린 것이라고 요리쓰구는 생각했다. 우에하라 성의 개축이 완전히 끝나지도 않았는데, 동쪽에서 전투가 벌어졌다는 것이 그 증거였다. 하늘이 정말로 하루노부를 도울 생각이었다면 성의 개축이 끝날 때까지 나쁜 일이 일어나지 않아야 했다. 즉 하늘은 놈을 버렸다.

"좋아, 출진 준비. 지금 즉시 우에하라 성을 친다. 각지에 격문을 돌려라. 타국 사람인 하루노부에게 스와를 빼앗겨도 좋으냐고, 뜻이 있는 자는 무기를 들라고 외쳐라."

요리쓰구는 드디어 결단을 내렸다. 바로 그날 이천의 병사를 이끌고 성을 출발하여 쓰에즈키 가도를 북쪽으로 타고 올라갔다. 고개만 넘으면 우에하라 성은 바로 눈앞이었다.

간스케는 가스가 겐고로와 함께 우에하라 성에 있었다. 하루노부에게 간청하여 성의 수비를 맡은 것이었다. 명목상의 수비대장은 겐고로이고, 간스케는 뒤에 숨어 있었다. 적을 속이려면 그쪽이 더 좋았다.

"어떠냐, 네가 싸워서 빼앗은 성의 수비대장이 된 기분이? 꽤 괜찮지 않느냐?"

망루에서 간스케가 겐고로에게 물었다.

"뭐가 재미있나이까?"

겐고로는 불퉁스런 표정으로 되물었다.

"호오, 재미가 없어?"

간스케는 큿큿, 하고 웃었다. 겐고로는 화를 벌컥 냈다.

"웃을 일이 아닙니다."

"왜 그리 화를 내느냐?"

"이 성을 좀 보세요."

"뭐가 잘못되었다는 게냐?"

간스케가 태연하게 받아넘기자 겐고로는 더욱 울화통이 치밀었다.

"이런 구멍투성이 성을 적이 공격이라도 해오면 어떻게 견뎌낼 수 있겠어요?"

"그건 맞는 말이야. 잘 보았다."

간스케는 엄숙한 표정으로 칭찬했다.

"알면서 왜?"

작업을 독려해야 하지 않느냐고 겐고로는 말하고 싶었다. 우에하라 성의 재건 작업은 지지부진하기 짝이 없었다. 간스케는 군다이 이타가키 노부카타가 가이로 떠난 후, 성 보수를 위해 모집해놓았던 백성들도 돌려보내버렸다. 아직 보수가 끝나지도 않았는데, 돈을 지불하고 술로 위로한 뒤 돌려보낸 것이었다.

나머지는 성을 지키는 이백 명의 병사들이 교대로 담을 만들고 지붕을 잇고 있었다. 그러나 일하는 모습이라니, 전문가가 아닌 겐고로의 눈으로 보아도 기가 찰 정도로 느긋했다. 이런 상태로는 적의 기습에 도저히 견뎌낼 재간이 없었다. 도대체 무슨 생각을 하고 있는 걸까?

"겐고로, 걱정 말거라. 이 성은 다카토 요리쓰구 놈에게 그냥 내줄 생각이니까."

그제야 간스케는 속내를 털어놓았다.

"요리쓰구에게? 그럼 이 성은 미끼란 말인가요?"

겐고로가 놀란 눈으로 물었다. 간스케는 고개를 끄덕였다.

"그렇지만 왜 이 성을?"

"요리쓰구를 끌어내기 위해서지. 이 우에하라 성과 도라오마루, 두 가지 미끼라면 조심스런 요리쓰구 놈도 물지 않고는 배길 수 없을걸?"

그렇게 말하고 간스케는 병사들이 세우고 있는 기둥을 손가락으로 가리켰다.

"지금 이 성이 어떻게 보이느냐, 겐고로."

"어떻게 보이다니요?"

겐고로는 고개를 갸웃거렸다.

"자네는 수비대장이야. 그 입장에서 볼 때 지키기 쉽겠느냐, 어렵겠느냐?"

"그거야 물론 지키기 어렵지요."

"그렇겠지. 그러나 이것이 요리쓰구의 손에 넘어간다면 어떻게 되겠느냐? 지키기 어려운 성, 즉 다케다 입장으로서는 공략하기 쉬운 성이 되지 않겠느냐?"

간스케의 말에 겐고로는 눈이 번쩍 뜨이는 것 같았다.

"그럼 간스케님. 우에스기가 국경을 넘었다는 것도 거짓이겠군요."

겐고로의 물음에 간스케는 만족스럽게 고개를 끄덕였다.

"우에스기 출병 소문은 우리가 퍼뜨린 거야. 성주가 이 성을 비우도록 말이야."

"그렇지만 노부카타님은 분기탱천해 있던데요?"

겐고로가 작은 목소리로 물었다. 이타가키 노부카타는 연극을 할 만한 그릇이 못 되었다. 노부카타는 심각한 표정으로 대부분의 병사들을 이끌고 성문을 빠져나간 것이었다.

"노부카타님에게는 아직 이런 계략을 알리지 않았다. 알고 있는 건 주군과 나뿐이지. 그러는 편이 좋아. 모략은 비밀리에 해야 하니까. 적을 속이기 전에 우선 아군을 속여야 해. 알겠느냐?"

간스케의 말에 겐고로는 어이가 없었다.

"노부카타님이 나중에 화를 내실 텐데요?"

"그건 걱정하지 않아도 된다. 책임은 내가 다 뒤집어쓰면 되니까."

간스케가 태연자약하게 말했다.

"그런데 간스케님, 요리쓰구 놈이 과연 이 계략에 걸려들까요?"

겐고로는 왠지 불안했다. 우에스기 출병이 터무니없는 소문이란 사실을 알면 요리쓰구는 함정이란 것도 알아채지 않을까?

"걸려들게 되어 있어."

간스케는 자신있게 말했다. 겐고로는 간스케의 얼굴을 눈부신 듯 바라보았다.

"겐고로, 요리쓰구에게는 욕망이 있다. 다케다의 손에 넘어간 스와의 동쪽 땅과 스와 대명신의 제사장 자리, 이 두 가지 욕망을 가지고 있는 거야. 나는 그 두 가지 먹이를 한꺼번에 놈의 눈앞에 던져놓았어. 그러나 조심스런 요리쓰구는 그것만으로 덥석 물지 않아. 그래서 우에스기 군의 출병으로 다케다 군에게 여유가 없다는 이야기를 지어낸 것이야. 놈의 마음속에는 우에스기 군이 움직여주었으면 하는 간절한 바람이 있었거든.

우에스기 군이 움직여주면 다케다 군의 움직임을 견제할 수 있으니까. 제발 움직이라고 기도하는 자 앞에 움직였다는 소식을 전해준 게야. 놈의 눈에는 실제로 노리마사가 병사들을 이끌고 움직이는 모습밖에 보이지 않아. 겐고로, 그게 바로 욕망에 눈먼 자의 행동이란 것이야. 욕망에 눈먼 자는 쉽게 속는 법이지."

간스케는 아기에게 밥을 씹어 먹이듯이 상세하게 설명해주었다.

"그런데 노리마사는 왜 움직이지 않는 거죠?"

겐고로에게는 그게 너무도 이상했다. 다케다 군이 스와 공략에 전력을 쏟고 있는 지금이야말로 본국 가이를 공격할 절호의 기회가 아닌가. 간스케는 즐겁게 웃었다.

"그건 노리마사에게 너와 같은 명군사가 없기 때문이야."
놀림받는 듯한 느낌이 들어 겐고로는 불퉁한 표정을 지었다.
"하하하, 화내지 말거라. 너를 칭찬하고 있지 않느냐."
간스케의 말은 거짓이 아니었다.

주인을 잃은 스와 관으로 오랜만에 사람들이 모여들었다. 살아남은 스와 일족이었다. 죽음을 당한 요리시게의 숙부 미쓰지카를 중심으로 그의 자식인 신로쿠로 요리토요(新六郞賴豊), 같은 일족인 야지마(矢島), 고사카(小坂), 지노(千野) 같은 사람들이었다. 그들 앞으로 두 장의 서한이 날아와 있었다.

하나는 다카토 요리쓰구, 또 하나는 스와 도라오마루가 보낸 것이었다. 요리쓰구의 서한에는 스와 일족이 단결하여 다케다 하루노부를 치자는 호소가 담겨 있었다. 도라오마루의 서간에는 그 자신이 제사장임을 선언한 다음, 제사장 자리를 노리는 역적 요리쓰구를 토벌하자는 호소가 담겨 있었다.

그 거취를 결정하기 위해 일족이 모인 것이었다. 상좌에 앉은 미쓰지카는 망설였다. 본심으로는 어느 쪽도 따르고 싶지 않았다. 요리쓰구의 서한에 대해서는 이제 와서 무슨 소리를 하느냐고 따지고 싶었다. 본가를 배신하여 멸망으로 몰아넣은 것은 요리쓰구 본인이 아니던가. 그 요리쓰구가 혀에 침도 마르기 전에 단결해서 싸우자니, 말도 안 되는 소리였다.

그렇다고 도라오마루의 요청에 따를 수도 없었다. 서명은 분명 도라오마루지만, 그 배후에는 하루노부가 있는 게 분명했다. 하루노부는 도라오마루의 아버지인 스와의 동량 요리시게를 죽인 사내가 아닌가. 그런 사내의 명령에 따르고 싶지는 않았다. 그러나 어느 한쪽을 선택하지 않을 수 없는 입장이었다. 이 양자를 동시에 적으로 돌리면, 그것이야말로 스와 일족의 멸망을 의미했다.

'순리적으로 따진다면 다케다 편을 들어야 해.'

미쓰지카의 생각은 다케다 쪽으로 기울어지고 있었다. 역시 적통을 따라야 한다. 누가 뭐라든 도라오마루는 스와의 적통이 아닌가. 그 누구도 부정할 수 없는 사실이다.

그렇지만 다케다는 과연 스와 일족을 그냥 살려둘까?

그게 걱정이었다. 일족이 다케다 편을 들면 아마도 요리쓰구는 패배할 것이다. 그러나 문제는 그후였다.

눈엣가시 요리쓰구를 친 다음, 도라오마루 이외의 스와 일족은 다케다에게 걸림돌에 지나지 않는다. 멸족을 시키지 않는다는 보장도 없다. 그에 비해 요리쓰구는 비록 배신자지만 같은 피를 나눈 형제다. 운 좋게 다케다에게 이긴다면 요리쓰구는 결코 일족을 경시하지 않을 것이다. 요리쓰구 쪽이 신상의 안전을 위해서는 더 낫다. 배신이라는 불쾌한 사실만 눈감아버리면 말이다. 그러나 병력은 다케다 쪽이 우세하다.

"아우야, 뭘 그리 망설이느냐?"

갑자기 미쓰지카는 자신을 부르는 소리를 듣고 놀라서 뒤를 돌아보았다.

"형님."

형 미쓰다카(滿隆)였다. 죽음을 당한 요리시게의 아버지 요리다카(賴隆)가 장남이고, 그 아래가 미쓰다카이며, 바로 그 아래가 미쓰지카였다. 즉 삼형제였다. 그러나 장남 요리다카는 이미 세상을 떠났고, 차남인 미쓰다카도 전장에서 부상을 당해 누워지내다시피 했다.

요리시게가 죽은 지금, 미쓰다카가 일족을 지휘할 동량이 되어야 하지만, 자식이 없고 몸도 불편한데다 동생 미쓰지카가 잘해주기 때문에 앞에 나서지 않았다. 그런데 그 미쓰다카가 지팡이에 몸을 의지하고 나타난 것이었다. 미쓰지카는 황급히 자리에서 일어나 미쓰다카를 부축한 다음 상석에 앉혔다. 스와 대명신의 신명을 등뒤로 하고 미쓰다카가 자리에 앉았다. 고작 그런 움직임인데도 숨을 가쁘게 몰아쉬고 있었다.

"형님, 불편하지 않나이까?"

미쓰지카가 물었다. 그러자 미쓰다카는 얼굴을 벌겋게 하고 외쳤다.

"이런 멍청한 놈이 있나. 일족의 존망이 걸린 사안이야. 어찌 그냥 누워 있을 수 있겠느냐."

그 한마디에 그 자리의 공기는 얼음처럼 식어버렸다. 미쓰다카는 한 사람, 한 사람을 뚫어져라 쳐다보더니 천천히 입을 열었다.

"다케다 편에 들어라. 모두 제자리로 돌아가서 준비하거라."

이론의 여지가 없는, 위엄에 가득 찬 음성이었다. 그 말을 듣고 미쓰지카는 가슴을 쓸어내렸다. 윗자리에 앉아 결단을 내리는 것만큼 괴로운 일은 없었다. 자신의 한마디에 일족의 운명이 결정되었다. 그런 가장 고통스런 결단을 병석에 누운 형이 대신해준 것이었다. 미쓰지카는 내심 형에게 감사해했다. 형은 일족들이 모두 물러난 후, 열네 살이 된 미쓰지카의 아들 요리토요에게 말했다.

"요리토요, 자리를 좀 비우거라. 네 아비와 할 이야기가 있다."

이제 막 성인식을 마친 신로쿠로 요리토요는 다소곳이 백부의 명에 따랐다. 관의 정청에는 미쓰다카와 미쓰지카만이 남았다. 미쓰지카는 무슨 일인가 싶어 병색이 완연한 형의 얼굴을 바라보았다.

"쇼타로는 올해 몇 살이나 되었느냐?"

쇼타로(小太郞)는 요리토요의 동생이었다. 요리토요는 첩의 몸에서 났지만 쇼타로는 정처가 낳은 자식이었다.

"일곱 살이 됩니다."

"그렇구나."

미쓰다카는 가볍게 눈을 감더니 무서운 말을 뱉어냈다.

"불쌍하지만 쫓아내도록 해라."

미쓰지카는 경악했다. 형의 말투는 단호했다. 형은 감고 있던 눈을 뜨고 가만히 동생을 바라보았다.

"도대체 쇼타로가 어쨌다고?"

미쓰지카는 분을 참으며 물었다. 아무리 형의 명이지만 도저히 들어줄 수 없는 말이었다.

"쇼타로에게 죄가 있어서가 아니다."

"그럼 왜 쫓아낸단 말입니까?"

"우리 일족을 위해서야."

"일족을 위해서라고요?"

미쓰지카는 따지고들었지만 미쓰다카는 태연스레 팔짱을 낀 채 대답했다.

"스와 일족은 다케다 편에 선 게야. 일단 그 편에 든 이상 분골쇄신하여 주군을 모시는 것이 사무라이의 도리. 그러나 아무리 강력한 다케다라 해도 언젠가는 멸망할지 모를 일이야. 아니, 그에 앞서 다케다가 우리 일족을 없앨지도 몰라. 어느 쪽이든 그런 사태에 이르면 신대부터 이어져온 명문 스와 일족의 혈통이 끊어지고 말 게야. 그래서는 조상을 볼 면목이 없어."

그제야 미쓰지카는 형이 하려는 말뜻을 알아차렸다. 만일의 사태에 대비해 쇼타로를 스와 이외의 땅으로 피신시켜 혈통을 보전해놓자는 생각이었다.

'그럴 필요까지 있단 말인가?'

쇼타로는 아직 일곱 살에 지나지 않았다. 그렇게 어린아이를 앞으로 일어날지도 모를 사태에 대비하여 고향에서 추방해야 한다니. 그러나 가장의 명령은 절대적이었다.

"말씀에 따르겠나이다."

미쓰지카는 머리를 숙일 수밖에 없었다.

미쓰지카의 아들 신로쿠로 요리토요는 관 밖에서 아버지가 나오기를 기다리고 있었다.

"요리토요님."

요리토요가 고개를 돌려 뒤를 돌아보았다. 그곳에는 모치즈키 세이노스케가 서 있었다.

"세이노스케가 아니냐?"

두 사람은 신분이 다르지만 동년배로 어릴 때부터 같이 자란 사이였다. 세이노스케는 요리토요에게 회의 결과를 물었다.

"너는 참석하지 않았더냐?"

요리토요는 그 말을 하고서야 깨달았다. 세이노스케는 미사 공주를 모시는 신하가 아닌가.

"사정이 있어서요. 그런데 결론은 어떻게 났는가요?"

세이노스케는 머리를 숙였다.

"응."

요리토요는 사정에 대해 묻지도 않고 간단히 대답했다.

"다케다로 정해졌어."

"그렇게 되었군요."

세이노스케는 입술을 깨물고 다시 한 번 정중히 고개를 숙였다.

'다음에 만나면 우리는 적이 된다.'

세이노스케는 만감이 엇갈리는 가슴을 끌어안고 그 자리를 떠났다.

스와 평정

1

1542년 9월 10일. 다카토 요리쓰구는 이천의 병사를 이끌고 스와 땅으로 들어갔다.

본거지 다카토가 있는 이나 군과 스와 군의 경계인 쓰에즈키 고개를 넘으면 스와 군 입구에 위치한 안국사安國寺가 나온다. 그곳에서 우에하라 성까지는 채 1리도 안 되었다. 우에하라 성을 바라보며 요리쓰구는 군침을 흘렸다.

"보아라. 저게 우리의 성이다. 이제 곧 저 성은 우리 것이 될 게야."

요리쓰구는 동생 요리무네(賴宗)에게 말했다. 요리무네는 출가하여 렌보겐(蓮芳軒)이란 이름을 쓰고 있었다. 렌보겐은 고개를 끄덕였다.

"드디어 형님의 숙원이 이루어지는군요"

숙원宿願. 그것은 스와 본가의 동량 자리를 빼앗고, 스와 대사의 신관 최고위인 제사장이 되는 것이었다. 종가의 지위를 빼앗는 것이었다.

그러나 요리쓰구의 입장에서 볼 때, 그것은 결코 빼앗는 것이 아니었다. 저 먼 옛날, 요리쓰구의 조상 가운데 자신과 이름이 같은 요리쓰구라는 할아버지가 있었다. 그 선조는 스와 본가의 장남이었음에도 동량의 자리를 잇지 못하고, 동생인 노부쓰구(信嗣)에게 빼앗기고 말았다. 그런 이야기가 오래 전부터 전해져 오고 있었다. 그 노부쓰구의 자손이 요리시게이며, 도라오마루였다.

그러므로 자신이야말로 스와 본가의 정통이라고, 요리쓰구는 늘 생각해왔다. 또한 본가의 자리를 잃어버렸던 조상의 이름이 자신과 똑같은 요리쓰구라는 데에, 요리쓰구는 깊은 인연과 시대적인 필연성을 느끼고 있었다.

'선대의 요리쓰구가 잃어버린 것을 후대의 요리쓰구가 되찾는 것일 뿐. 하늘을 우러러 부끄럽지 않다.'

그것이 요리쓰구의 정의였다. 지금, 눈앞의 산상에 우에하라 성이 보인다. 그것이야말로 오랜 세월 기다리고 기다렸던 스와 일족의 동량 자리이기도 하다. 요리쓰구는 힘차게 전군에 호령을 내렸다.

"전진! 저 성은 무주공산이나 다름없다. 수비병은 고작 이백이다. 그들을 물리치고 다케다의 꼭두각시 도라오마루의 목도 베어야 한다!"

전군은 대장의 호령에 맞춰 함성을 질렀다. 어느새 군대는 삼천으로 늘어나 있었다.

요리쓰구의 군대만이 아니었다. 같은 이나 군 미노와(箕輪)의 성주 후지사와 요리치카(藤澤賴親)가 응원군을 보내주었고, 스와 일족 중 일부가 요리쓰구의 부름에 응하여 달려왔다. 요리시게의 숙부인 스와 미쓰지카가 오지 않은 것이 불만이었지만, 상사의 신관 야지마 미쓰키요(矢島滿淸)가 와주었다. 미쓰키요는 신장관인 모리야 요리자네가 다케다 편에 붙은 것을 못마땅하게 생각하여, 이번 기회에 신장관의 자리를 차지하겠다는 욕심으로 요리쓰구 편에 붙은 것이었다. 요리쓰구 군은 성난 파도처럼 우에하라 성으로 진격했다.

간스케와 겐고로는 요리쓰구의 내습을 이미 알고 있었다. 쓰에즈키 고개와 안국사 부근에 첩자를 보내두었던 것이다. 간스케는 즉시 국경에 대기하고 있는 하루노부에게 사자를 보냈다. 편지도 쓰지 않았다. 만일 사자가 요리쓰구에게 체포되면 계략이 발각되기 때문이었다.

간스케는 입으로 전했다.

"잘 들어라. 이렇게 전해야 한다. 요리쓰구가 반反 다케다 세력을 규합할 테니 충분히 시간을 준 다음에 토벌하는 것이 좋겠다고, 주군께는 천천히 진군하라 일러라. 알겠느냐? 절대로 이 말을 잊어서는 안 돼. 천천히."

사자는 머리를 끄덕이고 그 자리를 떠났다. 간스케는 갑옷으로 무장하고, 처음으로 대장 노릇을 하며 기세를 올리고 있는 겐고로에게 묘한 웃음을 흘리면서 말했다.

"자아, 대장님, 우리는 이제 슬슬 물러갈까요?"

겐고로는 놀랐다.

"엣? 싸움 한번 해보지도 않고 말입니까?"

"응."

간스케는 짧게 대답하고 고개를 끄덕였다. 겐고로는 분개했다.

"그럼 도망치는 것과 뭐가 다릅니까?"

이 우에하라 성은 미끼, 적에게 던져주는 미끼라는 사실을 잘 알고 있었다. 그러나 아무리 요리쓰구 군의 수가 많다지만, 일전도 벌이지 않고 구와바라 성으로 도망친다는 것은 도저히 받아들일 수 없었다.

"도망치는 거야. 도망치는 것도 병법의 한 가지. 삼십육계三十六計는 도망이 아니라 작전이라고 옛 성인이 말씀하셨다네."

"그럼 사무라이의 혼은 어떻게 되는 겁니까?"

겐고로가 따지듯이 물었다.

결코 체면을 생각해서 하는 말이 아니었다. 용맹한 다케다 군이 요리쓰구와 일전도 벌이지 않고 도망쳐버리면 앞으로의 전투에 영향을 끼칠지도 몰랐다. 적은 다케다 군을 깔보게 될 것이기 때문이다. 간스케는 고개를 가로저으며 달래듯이 대답했다.

"오히려 여기서 일전을 벌이면 반드시 요리쓰구가 이기게 될 거야. 고작 적의 목 두셋을 자르고 난 뒤, 우리는 도라오마루님을 모시고 구와바라 성으로 물러나야 해. 가령 우리가 적의 목을 많이 잘랐다한들 세상 사람들은 물러난 쪽이 졌다고 생각할 것이야. 그럴 바에는 처음부터 싸우지 않는 편이 좋아."

"결국 이 성을 빼앗긴다는 것엔 변함이 없지 않습니까?"

"아니야, 그렇지 않아. 겐고로."

간스케는 차근차근 설명해나갔다.

"싸우지 않고 물러나는 것과 일전을 벌인 후에 물러나는 것은 전혀 달라."

간스케는 간곡하게 타일렀다. 오기를 부려 요리쓰구 군과 일전을 벌이는 것보다 곧장 구와바라 성으로 물러나버리면 결전은 후일로 미룰 수 있다. 여기 있는 그 누구도 다케다와 요리쓰구의 본격적인 싸움은 지금이 아니라고 생각하고 있었다. 그러나 여기서 일전을 겨루어 일단 요리쓰구 군에게 승리의 맛을 보게 하면 세상은 요리쓰구가 다케다와의 전초전에서 승리했다고 생각할 것이다.

"최후의 승자는 다케다가 아닙니까? 도중에 이기든 지든 마찬가지가 아닙니까?"

겐고로는 여전히 고집을 부렸다.

"그건 달라. 지금 스와의 백성들은 이 싸움의 향방이 어디로 가는지 숨죽이며 지켜보고 있어. 게다가 앞으로의 일도 있지. 다케다 군이 얼마나 강한지, 백전백승의 군대라는 평판이 나도록 하는 게 중요해. 쓸데없는 닭싸움은 할 필요가 없어."

간스케가 단호하게 말했다. 그러나 겐고로는 여전히 납득할 수 없다는 표정이었다. 전략적으로 물러날 수도 있다는 것을 잘 알고 있었다. 그러나 아직도 개운치 않았다. 겐고로 개인의 명예 문제이기도 했다.

'첫 출전 때도 화려한 전과를 올리지 않았던가. 여기서 싸우지도 않고 물러서면 모두들 나를 겁쟁이라 할 것이다.'

무가武家 사회에서 일단 겁쟁이라는 오명을 뒤집어쓰면 다시 일어서기 힘들다. 그것은 결코 기우가 아니다. 사무라이에게 용기란 그 무엇과도 바꿀 수 없는 귀중한 재산이다. 그 재산이 많으면 많을수록 사무라이로서 높이 평가된다. 그러나 그것이 없다는 평판이 나면 경멸과 조소의 대상이 되어 아무도 상대해주지 않는다. 만에 하나 누구로부터 겁쟁이라는 말을 들으면 그 자리에서 칼을 빼들고 상대의 말을 철회시켜야 한다. 그것이 사무라이의 숙명이다.

간스케가 그걸 모를 리 없었다. 그러나 그런 사고방식을 바꿔야 한다는 것이 간스케의 생각이었다. 쓸데없는 오기를 부리다가 최후의 승리를 놓칠 수도 있는 것이다. 간스케는 웃음을 떠올리며 말했다.

"그럼 이제부터 '삼십육계의 달인 겐고로'라고 하면 되지 않느냐? 꽤 괜찮은 이름 같은데?"

"농담하지 마세요"

겐고로는 불만스런 표정을 지으면서도 결국 간스케의 말에 따라 수비병들을 거느리고 구와바라 성으로 들어갔다.

＊　　　＊　　　＊

　다카토의 군대 삼천은 단숨에 우에하라 성을 장악하고 대장 요리쓰구의 지시에 따라 일제히 산으로 오르기 시작했다. 산 위의 성문을 향하여…….
　"한 놈도 살려두지 마라. 우리 앞에 다케다의 군대 따위는 가을바람에 낙엽과도 같다."
　다카토 군 삼천에 대한 다케다의 우에하라 성 수비대는 고작 이백, 어디를 보나 다카토 세력이 압도적으로 유리했다. 게다가 우에하라 성은 완전히 복구되지도 않았다.
　'어디 맛 좀 봐라, 하루노부. 네놈이 아끼는 도구들을 모두 박살내버리고 말 테니까.'
　도구, 그건 물건이 아닌 사람을 가리키는 말이었다.
　스와 도라오마루라는 갓난아기다. 그 도구를 살려두어서는 안 된다. 다케다가 스와를 장악하는 데 그보다 더 소중한 도구는 없다. 그것만 있으면 스와 침략을 정당화시킬 수 있다. 사무라이와 백성들의 저항을 막을 수 있다. 수천의 군대와 무기에 필적하는 불가사의한 도구인 것이다. 그 도구가 지금 눈앞의 성에 있었다.
　'그놈만 죽이면 하루노부는 스와 침략의 대의명분을 잃게 된다.'
　요리쓰구는 자신이 선두에 서서 성문을 부숴버리고 싶은 충동을 느꼈다. 그런데 선두에 서서 우에하라 성을 공격하던 병사들은 김이 빠져버렸다. 아무런 저항도 없이 성문이 열리고 말았다. 함정이 아닐까 겁이 날 정도였다. 그러나 그것은 쓸데없는 노파심에 지나지 않았다. 우에하라 성은 그저 빈 껍데기였다.
　"뭐라고! 한 놈도 없다니?"
　선봉대에서 들어온 보고를 들은 요리쓰구는 깜짝 놀라다가 곧 유쾌한 웃음을 터뜨렸다.

"핫핫핫, 그렇게 겁쟁이들일 줄이야. 한 번도 싸우지 않고 성을 비워버리다니. 다케다의 사무라이들이 고작 그 정도였단 말이냐? 모두 웃어라, 비웃어줘라."

요리쓰구의 말이 떨어지자 군사들은 일제히 웃음을 터뜨렸다. 요리쓰구는 날아갈 듯한 기분이었다. 병사 하나 잃지 않고 스와의 주성主城인 우에하라 성을 손에 넣은 것이었다. 이렇게 되면 스와 평정은 코 푸는 것보다 더 쉬웠다. 그러나 과연 요리쓰구는 달랐다. 그냥 웃고만 있지는 않았다.

"빨리 척후병을 보내라. 도라오마루가 어디로 도망쳤는지 알아보도록 해라. 아마도 구와바라 성일 게야. 빨리 확인해라. 그리고 이 성의 상태도 철저히 점검해보도록 해라. 수리가 필요한 곳이 있으면 서둘러야 해."

재빨리 신하들에게 지시를 내렸다. 요리쓰구 군은 가이로 이어지는 길을 막는 형태로 진격해왔다. 따라서 수비대는 절대 본국으로 도망칠 수 없었다. 도망친다 해도 산을 넘어 기소로 가든지, 구와바라 성에 숨든지 둘 중 하나일 수밖에 없었다.

'도라오마루 이놈, 절대로 놓치지 않겠다.'

척후병에 의해 우에하라 성 수비대 이백 명이 구와바라 성에 들어가 있다는 것이 확인되었다.

요리쓰구는 즉시 전군을 이동시켜 구와바라 성에서 개미 한 마리 새 나가지 못하도록 포위해버렸다.

'이제 됐다. 도라오마루 놈은 독 안에 든 쥐다.'

이렇게 된 이상 서두를 필요도 없다. 다카토에서 강행군해온 병사들에게 휴식을 충분히 취하게 하고, 내일 아침에 총공격을 감행하면 된다. 그리고 내일 하루 만에 함락시키면 될 일이다.

'설마 놈들이 야간 기습이야 하려고.'

성 안의 수비대로서는 본국 가이에서 지원군이 올 때까지 최선을 다해 시간을 끄는 것이 최선책이었다. 그러므로 절대로 무리하지 않을 것이다. 그러나 만약을 대비해 요리쓰구는 사방에 횃불을 밝히도록 하고, 야습에 대한 경계태세를 갖추도록 했다.

노리마사가 움직였다면 다케다의 원군 파견은 거의 불가능에 가깝다. 그러므로 수비대가 필사적으로 발악할지도 모를 일이었다. 기습보다 야음을 틈타 포위망을 뚫고 본국으로 도망칠 가능성에 대비해 경계태세를 갖추게 했다.

'이제 완벽하다. 성 안에 있는 놈들은 속수무책일 게야.'

요리쓰구는 그렇게 확신했다.

바로 그 즈음, 구와바라 성 안에서는 간스케가 겐고로에게 책략을 가르치고 있었다.

"겐고로, 이제부터 너라면 어떡하겠느냐?"

"우선 병사들에게 전투 준비를 갖추게 하겠습니다."

겐고로는 간발의 틈도 주지 않고 말했다.

"그건 안 돼."

간스케가 웃으며 말했다.

"왜요?"

"전투는 내일 아침부터니까. 오늘밤은 충분히 휴식을 취하게 하여, 내일의 전투를 위해 힘을 비축해두어야지."

간스케의 말에 겐고로는 불만을 느꼈다.

"왜, 내 말이 틀렸느냐?"

겐고로는 날카롭게 대들었다.

"적이 야습해오면 어떡합니까?"

"야습? 왜 그런 걱정을 하느냐?"

"적의 움직임이 이상하지 않습니까? 여기저기 횃불을 밝히는 걸로 봐서 밤새 무슨 행동을 벌일 게 분명합니다."

"하하하, 횃불이라고? 저게 야습의 전조로 보이느냐?"

"……"

"걱정하지 마라, 겐고로. 네 눈은 지금 정상이 아니다. 굳이 말하자면 겁쟁이 눈이라 할까."

간스케의 말에 겐고로는 벌컥 화를 냈다.

겁쟁이라니, 겐고로는 정말로 화가 치밀었다. 간스케는 칭얼대는 아이를 어르는 듯한 투로 타일렀다.

"늘 두 눈으로 사물을 보라고 하지 않았더냐, 겐고로. 욕망의 눈이나 겁쟁이 눈은 모두 한쪽 눈만 사용하는 게야. 한 눈으로만 사물을 보는 거지. 생각해보거라. 지금 다카토 요리쓰구가 가장 두려워하는 게 뭐겠느냐?"

겐고로는 고개를 갸웃거렸다.

요리쓰구 군대는 압도적으로 우세하다. 그런데 요리쓰구가 뭘 두려워한단 말인가.

"두려워한다고 할까? 그것만은 당하고 싶지 않는 일이 있는데, 그게 뭘까? 아직 모르겠느냐?"

"도라오마루로군요."

간스케는 깜짝 놀랄 정도의 큰 소리로 맞장구쳤다.

"그래, 바로 그거야. 도라오마루가 이 성에서 탈출하는 거지. 그러나 이렇게 이중삼중으로 포위되었으니, 밝은 대낮에는 절대로 움직일 수 없어. 야음을 틈타 도망칠 수밖에 없겠지."

"그걸 막기 위해 횃불을 밝혔다는 말이군요"

겐고로가 고개를 끄덕이며 말하자 간스케도 고개를 끄덕였다.

"그렇기 때문에 오늘밤은 절대로 공격을 감행하지 않아. 혼란을 틈타 도라오마루가 도망쳐버리면 도로아미타불이니까. 물론 우리도 보초를 세워야지. 어떤 경우에도 보초만은 반드시 세워야 해. 그렇다고 모든 병사들이 보초를 설 필요는 없어."

"알겠습니다."

겐고로는 재빨리 병사들에게 휴식을 명했다. 간스케는 만족스런 눈길로 겐고로를 바라보며 덧붙였다.

"그런데 대장, 적의 규모는 얼마나 되어 보이느냐?"

"삼천 정도일 겁니다."

"잘 보았어. 정확해."

간스케는 진심으로 칭찬했다. 전장에 처음 나오는 병사는 대체로 적의 규모를 실제보다 과다하게 평가한다. 적에 대한 공포와 긴장감 때문이다. 삼백을 삼천으로 오인하는 경우도 드물지 않다. 그러나 적을 냉정한 눈으로 바라보고 정확히 평가하면 첫 관문을 통과했다고 볼 수 있다.

"주군이 우에하라 성을 공략할 때 다카토 세력은 몇 명이나 되었더냐?"

"팔백 정도였던 걸로 알고 있나이다."

"그렇지. 그러나 지금은 삼천이나 돼. 왜 그렇게 늘어났을까?"

"미노와의 후지사와 요리치카가 참가했기 때문일 겁니다."

"그렇기도 해. 그러나 후지사와 세력은 고작 오륙백. 나머지 일천육백 명은 어디서 왔다고 생각하느냐?"

다카토 군 팔백, 후지사와 군 육백, 총 일천사백. 그런데 일천육백이 남는 것이었다.

겐고로는 고개를 갸우뚱했다.

"우선 다카토 세력인데, 절대로 이전처럼 생각해서는 안 돼. 지난번에 팔백이라면 이번에는 일천이백 명 가까이 불어났다고 봐야 돼."

간스케는 겐고로에게 설명하기 시작했다.

"왜 그렇게 불어났는가요?"

"지난번의 요리쓰구는 전력으로 우에하라 성을 칠 생각이 없었어. 단지 다케다에 편승해 어부지리를 얻으면 그만이었어. 게다가 다케다의 진의를 의심하고 있었지. 그런 상황에서 어떻게 본국의 성을 텅 비워두겠느냐. 허를 찔릴 위험이 있으니까 말이야."

"그건 그래요."

"그러나 이번에는 달라. 요리쓰구로서는 스와를 전부 차지하고, 제사장 자리를 빼앗을 절호의 기회지. 이런 상황에서 빈 성을 걱정할 바보는 없어. 더욱이 요리쓰구 놈은 주군이 가이에 발이 묶여 있다고 생각하고 있어. 그러므로 출병 가능한 병사는 모두 데리고 나왔을 게야. 이런 경우 5할은 불어났다고 생각하는 것이 정상이야."

"5할이라고요?"

겐고로는 말하면서 웃음을 흘렸다. 간스케의 전술이 주판알을 퉁기는 것과 똑같다는 생각이 들었기 때문이다.

"다음으로 후지사와 요리치카다. 요리치카 세력은 수가 문제가 아냐. 문제는 왜 요리쓰구의 편을 들었는가 하는 점이야. 왜 가담했을까, 겐고로?"

"……"

"의리? 은혜를 갚으려고? 그런 문제가 아냐. 요리치카도 이 전쟁을 이길 수 있다고 보았기 때문에 참가한 게야. 이기는 쪽에 붙으면 떡고 물이 있으니까. 무슨 말인지 알겠느냐? 즉 이 싸움에서 다카토 세력 이외의 군대는 있으나마나. 허수아비에 지나지 않는다는 말이지."

겐고로는 간스케의 비약을 따라잡을 수가 없어 눈알만 뒤룩뒤룩 굴렸다.

"어떻게 그렇다고 단정하는 겁니까?"

"나머지는 스와의 토착 사무라이들이야. 토착 사무라이는 이기는 쪽에 붙게 되어 있어. 이길 수 있다고 판단했기 때문에 가담하는 거지. 이기면 보상이 주어지니까. 이 성의 공략뿐만 아니라 주군이 이끄는 다케다의 정예군과 전투가 벌어지면 우선 어느 쪽이 이길 건지 가늠하다가 패색이 짙은 쪽을 공격하게 되어 있지. 다시 말해 적의 반은 상황에 따라 우리편이 될 수 있다는 말이야. 그렇다면 우리의 적은 다카토의 군대뿐이라는 결론이 나오지 않느냐?"

"놈들은 정말 비겁하군요."

겐고로는 토착 사무라이들에 대한 증오심을 내비쳤다. 간스케는 고개를 가로저었다.

"그렇지 않다. 자신의 선택에 따라 가족의 목숨이 왔다갔다하는 상황이야, 겐고로. 아내와 자식을 잃고, 조상을 모실 핏줄이 없어지고 말아. 그렇기 때문에 토착 사무라이들은 이기는 쪽에 붙을 수밖에 없는 거야. 그것을 알아야 비로소 전략을 세울 수가 있지."

여전히 불만스런 표정을 짓고 있는 겐고로를 바라보며 간스케가 덧붙였다.

"우에하라 성에서 왜 저항 한 번 하지 않고 물러났는지, 이제 알겠느냐? 다케다가 졌다는 소문이 퍼지면 요리쓰구 편에 오백은 더 가담한다고 봐야 돼."

2

하루노부는 고신(甲信) 국경지대인 고부치자와(小淵澤)에 진을 치고 있었다. 일단 고후 부근까지 물러났다가 바로 말머리를 돌려 잠시 국경에 가까운 사사오(笹尾) 성채에 머물고 있었다.

그러다가 이윽고 고신 국경까지 전진했다. 다카토 요리쓰구가 스와에 침입한 지 열흘이 지나고 있었다. 중신의 우두머리이며 스와 군다이기도 한 이타가키 노부카타는 초조한 기색을 감추지 못했다.

'주군은 도대체 무슨 생각을 하는 거야. 이러다간 구와바라 성이 함락되고 말 텐데.'

성에 있는 도라오마루가 가짜라는 사실을 전해듣긴 했지만, 아무리 가짜라도 그렇지, 너무 쉽게 성 하나를 적에게 넘겨준다는 것은 다케다의 이름에 먹칠을 하는 것과 다름없었다. 노부카타는 그날 몇 번이나 간언했는지 모른다. 하루라도 빨리 군세를 전진시켜 요리쓰구 군과 싸워야 하지 않을까.

하루노부는 귀찮다는 표정을 지었다. 그러나 노부카타는 물러서지 않았다.

"주군, 이대로 가다가는 구와바라 성이 적의 손에 떨어지고 말 것이옵니다. 그러면 요리쓰구와 싸울 기회도 잃게 되지 않나이까?"

"잘 알고 있다, 노부카타. 이제 그만 해라."

하루노부 역시 고집을 꺾지 않았다. 노부카타는 불만스러웠다. 첫째, 우에스기 출병이라는 구실로 군대를 가이로 불러들이면서 그것이 거짓임을 미리 알려주지 않았다는 점. 둘째, 우에하라 성을 요리쓰구에게 그냥 넘겨주었다는 점.

'그것도 싸움 한 번 하지 않았어. 간스케 이놈, 사무라이 얼굴에 황

칠을 해도 유분수지.'

간스케를 향한 분노가 일었다. 우에하라 성을 그냥 비워주고 도망친 것도 그렇지만, 우에하라 출병이 거짓이라는 사실을 알려주지 않았다는 것에 더 화가 치밀었다.

'주군은 자신이 그랬다고 하지만, 이건 분명 간스케 놈의 책략이야. 뻔뻔스러운 놈!'

노부카타는 중신의 우두머리로서 체면을 잃었다고 생각했다. 다케다 가의 군사 기밀이라면 자신이 모두 알고 있어야 하지 않겠는가.

"주군, 그럼 언제 스와로 진격하실 생각이시온지?"

노부카타가 따지듯이 물었다. 하루노부는 그 말투에 화가 치밀었다.

"내가 결정할 일이야. 가만 지켜보고 있으면 돼."

"아니옵니다, 주군. 이건 반드시 짚고 넘어가야 되겠나이다."

두 사람 사이의 공기가 팽팽해지기 시작했다. 그런 분위기를 깨뜨린 것은 때마침 달려온 사자였다.

"오, 신장님의 사자가 왔다고?"

하루노부의 얼굴이 활짝 펴졌다.

다케다 군은 곧장 서쪽으로 진격해가기 시작했다. 하루노부의 결단을 재촉한 것은 스와 대사의 신장관 모리야 요리자네의 서찰이었다. 다카토 요리쓰구가 드디어 무덤을 판 것이었다. 구와바라 성에 도라오마루가 갇혀 있다고 판단한 요리쓰구는 그길로 상사에 난입해 신장관을 협박한 뒤 제사장 자리에 올랐다.

그리고 하사에도 손을 뻗쳐 제압하고 말았다. 스와의 정통을 자부하는 요리쓰구로서는 당연한 행동이었을지도 모른다. 그러나 방약무인한 행동은 스와 일족의 미쓰지카와 대신사에 봉직하고 있는 요리자네의 반발을 불러일으켰다.

요리자네는 요리쓰구의 행동을 조목조목 비판하면서 하루노부의 출병을 탄원하고 나섰다. 물론 출병을 요청하는 내용은 아니었다. 스스로 병사를 모아 싸우겠다는 각오를 적은 것이었다. 미쓰지카를 비롯한 스와 일족도 같이 싸운다는 것이었다. 하루노부는 그 소식이 기쁘면서도 한편으로 걱정스럽기도 했다.

'우리편을 드는 것은 좋지만 너무 노골적으로 움직이면 우리의 계략이 탄로날 수도 있어.'

그랬다. 요리쓰구가 눈치챌 수도 있었다. 하루노부의 노림수는 요리쓰구의 퇴로를 차단하고 철저하게 쳐부수는 것이었다.

여기서 요리쓰구를 처리하면 스와뿐만 아니라 가미이나(上伊奈) 군까지 손에 들어온다. 가미이나의 남쪽에는 오가사와라(小笠原) 씨가 다스리는 시모이나(下伊奈) 지역이다. 그리고 스루가, 오와리(尾張), 미노(美濃)가 이어진다. 천하제패를 위해서는 반드시 손에 넣어야 할 나라들이었다.

하루노부의 가슴은 불타오르고 있었다. 천하를 손에 넣으려면 우선 스와를 제압해야 한다. 스와야말로 시나노 제압의 요충지다. 그 땅을 취하려면 요리쓰구를 쳐야 한다. 이제 그 기회가 왔다.

하루노부가 이끄는 다케다 군은 고신 국경을 넘었다. 국경에서 구와바라 성까지는 6리 정도 그 중간에 있는 아오야기(靑柳) 마을에서 하루노부는 스와 문중의 환영을 받았다. 스와 미쓰지카와 그 문중, 신장관 요리자네도 갑옷을 입고 있었다. 먼저 미쓰지카가 말을 몰고 앞으로 나오더니 인사를 올렸다.

"처음 뵙사옵니다. 스와 미쓰지카가 인사 올립니다."

"이렇게 와주셔서 고맙소"

하루노부는 활짝 웃으며 미쓰지카를 맞이했다.
"이번 싸움은 새삼 말할 것도 없이 스와 대사를 모욕한 역적들을 물리치는 신전神戰이오. 스와 대명신의 가호가 있을 것이오. 우리 함께 역적을 물리치도록 합시다."

구와바라 성에 몸을 숨긴 간스케는 교묘한 전술로 다카토 군을 농락하고 있었다. 겐고로는 농성전籠城戰을 어떻게 펼쳐야 하는지 새로운 경지에 눈을 뜨고 있다. 활을 쏘는 방법도 달랐다. 간스케는 절대로 무모하게 화살을 날리지 않았다. 반드시 목표를 정해 집중적으로 화살을 쏘게 했다.
"적의 대장, 또는 가장 활발히 움직이는 놈을 노리고 쏴. 서두를 필요는 없다. 우리 성문은 그리 호락호락 부서지지 않아."
어디까지나 냉정한 자세로, 충분히 접근시킨 후 화살을 날렸다.
"요리쓰구 놈은 성 공략법을 몰라. 그냥 무작정 수적 우세만 믿고 달려들 뿐이야."
"그렇다면 그런 군대에 어떻게 대처해야 합니까?"
겐고로가 물었다.
"내가 요리쓰구라면 군대를 밤과 낮으로 이분하여 하루종일 공격하겠어. 전력으로 공격하지 않아도 돼. 그냥 집적거리기만 하는 거지. 단, 잠시도 쉴 틈을 주지 않고 공격하는 게 중요해. 그렇게 되면 성 안 사람들은 잠도 자지 못할 테고, 마침내 익은 감처럼 저절로 떨어지게 되어 있거든."
"그런 방법이 있었군요."
겐고로가 탄성을 지르자 간스케는 엄숙한 표정으로 덧붙였다.
"단, 공격하는 쪽이 농성하는 쪽보다 압도적으로 우세할 때만 그렇게 해야지. 힘이 백중지세伯仲之勢라면 그 방법은 좋지 않아. 오히려 공격하는 쪽이 지쳐서 역습당할 우려가 있어."

겐고로는 고개를 끄덕였다. 설명을 듣고 보니 요리쓰구의 전술은 너무도 조잡했다. 날이 새자마자 공격해오는 것은 그렇다치더라도, 해만 지면 달랑 보초만 세우고 공격을 중지해버렸다. 그 덕분에 농성군은 밤새 휴식을 충분히 취할 수 있었다.

요 며칠 동안은 강력한 저항에 부딪쳐 그냥 성만 포위한 채 공격도 하지 않았다. 다케다의 본진이 가이에 발이 묶여 있다고 생각하는 요리쓰구로서는 피해를 보면서 힘들여 함락시키기보다 병량이 떨어지기를 기다리는 쪽이 현명하다고 판단하고 있을 것이었다. 그러나 그것이야말로 간스케가 바라던 바였다. 농성 열사흘째, 망루에서 포위군을 내려다보고 있던 간스케는 겐고로를 불러 말했다.

"저걸 보아라. 다카토 본진이 움직이고 있어."

겐고로는 요리쓰구의 깃발이 서 있는 진지를 바라보았다. 병사들이 바쁘게 오가고 있었다.

"드디어 주군께서 출진하신 게야. 요리쓰구 놈, 그 소식을 듣고 입에 게거품을 물었겠지?"

간스케는 불쌍하다는 듯이 웃었.

"요리쓰구 놈, 어떻게 대응할까요?"

"우선 본진을 물러서게 하여 주군의 군대를 정면에서 받아치겠지. 결전은 안국사 부근에서 벌어질 게야."

간스케는 자신있게 말했다.

"뭐라고? 하루노부가 돌아왔어?"

요리쓰구는 믿기지 않았다. 다케다 군은 우에스기를 대적하느라 발이 묶여 있어야 했다.

동생 렌보겐도 당황해하고 있었다. 요리쓰구는 호흡을 가다듬고 대책을 세우기 시작했다. 여하튼 다케다 군과 정면 승부를 벌여야 한다. 구와바라 성 포위진을 풀고 다케다 군과의 야전에 대비해 결집시켜야 한다. 둥그렇게 퍼져 있다가는 단숨에 뚫리고 만다.

"좋아, 안국사까지 나아가서 다케다를 맞받아친다."

요리쓰구도 보통은 아니었다. 전군을 집결시켜 그대로 진격을 개시하기로 결정했다. 안국사는 고슈 가도와 쓰에즈키 가도가 교차하는 교통의 요충지였다.

만에 하나 다카토로 도망칠 수도 있었다. 그러나 그것이 오히려 전군의 사기를 저하시키는 결과를 낳게 될 것이다.

"우리가 바라던 바지. 그렇지 않느냐, 겐고로?"

구와바라 성의 망루에서 간스케가 웃으며 그렇게 말했다.

"왜 전군의 사기가 떨어진다는 거죠?"

겐고로가 물었다.

싸움이 시작되면서 겐고로가 묻는 횟수도 부쩍 늘어났다. 병법과 군략에 대해 간스케만큼 명쾌하게 말해주는 사람은 지금껏 없었다.

"요리쓰구는 안국사로 이동했어. 그곳은 다카토로 통하는 길목, 즉 도주로라 할 수 있지. 싸울 때는 절대 도주로를 등지면 안 되는 법. 조금만 흐트러져도 모두 도망치고 말 테니까."

"그럼 이번 싸움은 어떻게 해야 합니까?"

"배수의 진을 쳐야지. 강이나 호수를 등지고 한 걸음도 물러서지 않고 싸워야 해. 그러나 성은 안 돼. 자기 성이라면 몰라도 적의 성은 절대로 금물이다. 아무리 적은 숫자라 해도 등뒤에 적을 두어서는 안 되는 거야."

간스케의 말에 겐고로는 고개를 갸우뚱했다. 여기 머물러서도 안 된다. 그렇다고 안국사 부근에서 싸워서도 안 된다. 그렇다면 요리쓰구가 선택할 길은 없단 말인가.

"그럼 길이 없다는 겁니까?"

겐고로가 묻자 간스케는 호탕하게 웃었다.

"하하하, 겐고로. 그것이 바로 전략이란 게야. 적이 아무리 발버둥쳐도 질 수밖에 없는 지경으로 몰아넣는 게 바로 전략 전술이다."

그제야 겐고로는 고개를 끄덕였다. 그러나 다시 새로운 궁금증이 솟구쳤다.

"그렇다면 요리쓰구에게는 이미 방법이 없다는 겁니까?"

"있지, 단 하나. 지지 않고 곤경에서 벗어나는 길이."

"그게 뭔가요?"

"겐고로, 네가 가장 싫어하는 방법이야."

간스케는 그렇게 말하고 다시 웃었다.

겐고로는 묘한 표정을 지었다.

간스케는 웃으면서 단호하게 말했다.

"도망치는 것."

"도망친단 말입니까?"

"그렇다. 걸음아 날 살려라 하고 말이야. 다케다와 싸우지 않고 다카토로 돌아가는 거지."

"그러나 그래서는……."

"사무라이의 체면이 안 선다는 말이냐? 그러나 가장 중요한 것은 지지 않는 것이다. 요리쓰구는 지금 어떻게 싸워도 질 수밖에 없는 상황에 몰렸어. 아니, 주군과 내가 그런 길로 몰아넣었지. 만일 내가 요리쓰구라면 도망치겠어. 도망침으로써 다케다가 세운 전략을 모두 무위로 돌려버리는 게야. 지금 요리쓰구가 선택할 수 있는 최선의 길이지."

"그러나 겁쟁이라는 오명이 남을 겁니다."

겐고로가 불퉁한 표정으로 말했다.

"그런 건 중요하지 않아. 싸움에 져서 목숨을 잃는 것보다 훨씬 낫지 않겠느냐. 물론 겁쟁이라는 평판이 나면 사람들이 따르지 않겠지. 그렇더라도 죽는 것보다는 훨씬 나아. 특히 영주는 죽으면 안 되는 게야. 대장이 죽으면 그 싸움은 끝이니까."

"도망치면 요리쓰구는 이길 수 있을까요?"

"당장은 지지 않아. 그게 중요한 게야."

간스케는 섬뜩할 정도로 엄숙한 표정으로 말했다.

"주군께서 그길로 요리쓰구를 친다면?"

"그러진 못해."

"왜죠?"

겐고로는 이상하다는 표정으로 물었다.

"주군은 무엇보다 먼저 스와의 민심을 안정시켜야 해. 요리쓰구가 아무리 나약하다한들 다카토까지 단숨에 달려가 공격한다면 반드시 발목을 잡히게 되어 있어. 요리쓰구에게 다카토 땅은 자기 집 앞마당 같은 곳이지. 더 이상 물러설 곳이 없으니, 제 집 앞마당에서 필사적으로 저항할 게 뻔해. 그렇지만 걱정하지 마라, 겐고로 요리쓰구는 그 정도 그릇이 못 되니까."

간스케는 그렇게 결론을 내렸다.

그 즈음, 안국사에서는 이미 양군이 격돌하고 있었다. 미각(未刻: 오후 2시경)부터 전투가 시작되었다. 안국사로 출발할 때 어느새 다카토 군은 이천 명으로 줄어든 상태였다. 요리쓰구가 이길 것으로 보고 참가했던 토착 사무라이들이 다케다의 대군이 진격해온다는 소식을 듣자마자 전선에서 이탈하기 시작한 것이었다.
　요리쓰구 세력은 전의를 잃고 이탈하는 병사들을 하릴없이 쳐다보며 진을 펼칠 수밖에 없는 상황에 처해 있었다. 싸움은 처음부터 다케다의 우세로 시작되었다. 이타가키 부대, 아마리 부대, 오부 부대 등 다케다 군의 정예들은 성난 이리떼처럼 요리쓰구 군대를 휘저었다.

　'믿을 수 없어. 이런 말도 안 되는 일이……'
　다카토 요리쓰구는 몇 번이나 고개를 가로저었다. 갑작스럽게 스와에 출현한 다케다 대군의 공격을 받고 지금 아군은 속절없이 무너지고 있었다. 고개를 넘어 스와로 들어간 다음 우에하라 성을 향해 진격할 때만 하더라도 자원병들이 속속 모여들지 않았던가. 그런데 지금은 어떤가. 아군 병사들은 봄눈처럼 소리도 없이 사라져가고 있었다. 지금까지 아군으로 믿어왔던 자들이 전장에서 벗어나 숲 속으로 숨어들고 있지 않는가.
　껍질은 모두 벗겨지고 알맹이만 남았다. 그 알맹이도 이제 곧 다케다 군의 맹공으로 바람 앞의 등불이었다.
　"형님!"
　고통스런 표정으로 렌보겐이 다가왔다. 요리쓰구가 의자에서 몸을 일으켰다. 동생의 갑옷 여기저기에는 화살이 꽂혀 있었다. 치명상은 아닌 것 같았다.
　"형님, 이 싸움은 졌습니다."
　"무슨 말을 하느냐? 싸움은 이제부터야."
　요리쓰구는 짐승처럼 울부짖었지만, 그 목소리에는 힘이 없었다. 렌보겐은 고개를 가로저었다.
　"고집을 부리다가 목숨을 잃으면 끝장입니다. 형님, 내가 후미를 맡겠습니다. 빨리 떠나세요."

퇴각전을 벌이는 최후미에 서겠다는 뜻이었다. 아군의 주력 부대를 도망치게 하기 위해 적의 공격에 맞서는 것이다. 당연히 적은 주력을 놓치지 않기 위해 전력으로 후미 부대를 공격하게 된다. 그러므로 후미를 맡으면 거의 죽는다고 봐야 한다.

"그건 안 된다!"

요리쓰구가 외쳤다. 동생을 사지로 몰아넣을 수는 없었다. 그러나 렌보겐의 태도는 단호했다.

"대장이 죽으면 끝장입니다. 형님, 성으로 돌아가 재기를 노리세요 여기서 죽으면 하루노부 놈의 이름에 금칠을 할 따름입니다."

요리쓰구의 얼굴이 뒤틀렸다. 렌보겐은 열심히 설득했다. 그동안에도 다케다 군은 맹공을 가해, 서서히 본진 쪽으로 다가오고 있었다. 마침내 요리쓰구는 단장斷腸의 아픔을 견디며 결단을 내렸다.

"그래, 부탁한다."

요리쓰구는 태어나서 처음으로 동생에게 머리를 숙였다. 렌보겐은 웃음을 잃지 않고 말했다.

"형님, 부탁이 있습니다. 형님의 깃발과 갑옷을 내게 주세요."

"?"

"한 번만이라도 대장으로 싸워보고 싶나이다."

요리쓰구는 동생의 진의를 알고 놀라는 표정으로 말없이 그 얼굴을 바라보았다.

간스케는 겐고로와 함께 성에서 나와 하루노부가 있는 안국사로 말을 달렸다. 두 사람뿐이었다. 구와바라 성의 이백 명은 그대로 남겨두었다.

"간스케님, 우리가 성을 비워도 될까요?"

겐고로는 몇 번이나 구와바라 성을 돌아보며 걱정스레 물었다. 간스케는 의미심장한 미소를 지었다. 겐고로가 걱정하는 것은 도라오마루였다. 물론 진짜는 아니다. 구와바라 성에 남겨진 가신의 자식, 그 아이는 도라오마루의 허수아비다. 그것이 허수아비라는 걸 겐고로는 꿈에도 생각하지 못하고 있었다. 그러므로 성을 비운 사이 만일의 사태가 벌어지면 어떡하나 걱정하는 것이었다.

겐고로는 분연한 표정으로 다시 물었다.

"왜 웃으십니까?"

"하하하, 미안하구나, 겐고로 너를 속여서 말이야."

"?"

"모르겠느냐? 도라오마루님은 절대로 위험하지 않아. 쓰쓰지가사키관에는 적이 없으니까."

그제야 겐고로는 진상을 깨닫고 얼굴을 붉혔다. 요 며칠 동안 목숨을 걸고 지키려 했던 도라오마루가 가짜였다니.

"간스케님!"

"가만있거라. 그런 눈으로 날 보지 마라."

"그렇지만 너무 심하지 않나요?"

겐고로는 볼멘소리로 불평했다.

"적을 속이려면 먼저 아군을 속여야 한다고 하지 않았느냐? 네가 그 애를 진짜로 믿고 행동했기 때문에 비로소 적을 속일 수 있었던 게야."

그렇게 말하고 간스케는 앞으로 나아갔다. 겐고로는 불만스런 표정으로 그 뒤를 따랐다. 두 사람이 전장에 도착했을 때는 이미 결말이 난 상태였다. 말할 것도 없이 다케다의 압승이었다. 적군은 한꺼번에 무너져 거의 팔백 명이 죽고, 나머지 병사들은 걸음아 날 살려라 하고 다카토 성으로 도망쳤다. 그뿐만이 아니었다. 적의 대장 다카토 요리쓰구가 전사한 것이었다.

"그게 정말이냐?"

보고를 들은 하루노부의 얼굴에 희색이 가득했다. 요리쓰구가 죽으면 가미이나 군도 다케다의 손에 들어온다. 바로 그때 요리쓰구의 목을 딴 이타가키 노부카타의 부하 오기와라 요자에몬(荻原與左衛門)이 목을 들고 의기양양하게 들어섰다. 요자에몬은 상 위에 목을 올려놓았다.

"수고가 많았다, 요자에몬."

하루노부의 말이 떨어지자마자 간스케가 앞으로 나섰다.

"주군, 이건 요리쓰구의 목이 아닙니다."

"무슨 말을 하는 거요?"

오기와라 요자에몬이 길길이 날뛰었다. 사무라이로서 자신이 따온 목이 가짜로 취급당하다니, 이처럼 커다란 모욕은 없었다. 그러나 간스케는 태연자약했다. 요자에몬은 점점 더 화가 치밀었다.

"이게 요리쓰구의 목이 아닌지 그 이유를 말해보시오, 간스케?"

요자에몬은 자신이 있었다. 간스케는 아직 그 목을 자세히 살펴보지도 않았다. 자세히 보지도 않고 어떻게 가짜라고 할 수 있는가.

"간스케, 요자에몬이 묻지 않느냐. 이유를 말해보아라."

하루노부가 재촉했다.

간스케는 목례를 하고 입을 열었다.

"그러기에 앞서, 요자에몬님께서 이 목을 딸 때의 상황에 대해 말씀해주시지요."

"그래, 요자에몬, 빨리 말해보아라."

하루노부가 고개를 끄덕이며 재촉했다. 요자에몬은 격분을 감추고 빠른 어조로 설명했다.

"요리쓰구님의 최후는 사무라이로서 한 점 부끄럼이 없었나이다. 최후까지 본진에 남아 싸우다가 스스로 큰 칼을 빼내 '나는 다카토 성주 요리쓰구다. 내 목을 베어 공을 세우라' 외치고 저의 수하 아시가루를 세 명 베었는데, 그후 저와 격투를 벌이다 제 칼에 쓰러졌나이다."

"뭐가 이상한가?"

"요자에몬님, 역시 이건 요리쓰구가 아니오. 그렇게 산뜻한 최후와 용맹, 그건 결코 요리쓰구의 본성이 아닌 줄 압니다. 아마도 요리쓰구를 도망치게 하기 위해 허수아비 역을 자청한 일족일 거라 추측되오."

"그럼 요리쓰구가 도망쳤다는 말이냐?"

하루노부가 물었다. 간스케는 고개를 끄덕였다.

"비겁한 놈. 제 대신에 부하를 죽이고 목숨을 구하다니."

하루노부가 내뱉듯이 말하자 간스케는 엄숙한 표정으로 말했다.

"황송하지만, 정말 멋진 사나이라고 생각하나이다."

"무슨 말을 하는 게야!"

하루노부가 놀라서 외쳤다.

"왜, 그런 비겁한 겁쟁이를?"

"대장은 뭇 사무라이와 다르옵니다. 신하를 몇 명 죽이는 한이 있어도 대장은 살아야 하는 법. 대장이 죽으면 다시는 일어설 수 없나이다. 누가 무슨 말을 하든 반드시 살아남아야 하는 것이 대장의 길인 줄 아옵니다."

하루노부는 고개를 끄덕였다.

'간스케 놈, 이 말을 하려고 일부러 왔구먼.'

"잠깐만."

중신의 우두머리 이타가키 노부카타가 이의를 제기했다.

"이 목이 허수아비라는 결론이 내려진 것도 아니지 않사옵니까? 다시 한 번 확인해주시기 바라옵니다."

목을 따온 오기와라 요자에몬은 노부카타의 조카였다. 게다가 노부카타 부대의 부대장이기도 했다. 바로 그런 부하가 세운 공이 물거품이 되려 하고 있었다.

노부카타의 항의는 당연했다.

하루노부가 간스케를 향해 말했다.

"간스케, 너는 다카토 성에 사자로 간 적이 있지 않느냐. 자세히 확인해보아라."

간스케는 고개를 가로저으며 되받았다.

"제가 보기보다는 스와 일족 여러분께서 살펴보는 것이 순리일 줄 아옵니다."

"아, 옳은 말이야."

한 번 얼굴을 봤을 뿐인 간스케보다 일족으로서 오랫동안 봐온 사람 쪽이 더 확실할 것이다. 목은 어디까지나 죽은 얼굴이므로 생전의 얼굴과는 다르다. 얼굴을 잘 아는 사람이 아니면 구별하기 힘들었다.

스와 미쓰지카가 그 자리에 불려나왔다. 미쓰지카는 두 손으로 목을 들고 자세히 관찰했다. 평온한 표정으로, 원한 같은 감정은 조금도 나타나 있지 않은 얼굴이었다. 이윽고 미쓰지카는 눈동자를 반짝이며 입을 열었다.

"요리쓰구의 동생, 요리무네, 출가하여 렌보겐이라는 이름을 쓰고 있던 자임에 틀림없습니다."

"뭐라고? 그게 사실이오?"

하루노부의 확인에 대해 미쓰지카는 크게 고개를 끄덕이며 말했다.

"틀림없나이다. 친동생이라 얼굴이 비슷하긴 하지만, 요리쓰구는 이 보다 좀더 퉁퉁하고, 인상에도 욕심이 가득한 자이옵니다."

"출가했다면 머리를 깎았어야 하지 않소?"

렌보겐의 목에 달려 있는 기다란 머리카락을 본 하루노부가 의아한 표정으로 물었다.

미쓰지카는 눈을 깜박이며 말했다.

"마음은 부처님께 주었지만 사무라이의 숙명은 버리지 않겠다고 늘 주변 사람들에게 말했다고 하나이다. 아마 이런 최후를 예감하고 있었는지도 모르겠나이다."

하루노부는 고개를 끄덕였다.

"형을 위해 목숨을 버릴 각오를 했던 게로군."

모두 렌보겐의 최후에 감동하여 잠시 침묵을 지켰다.

그런 가운데 하루노부의 동생인 노부시게가 앞으로 나섰다.

"형님, 이 목을 제게 맡겨주소서."

"노부시게, 어떡하려고?"

노부시게는 목을 힐끗 바라보고 물었다.

"남의 일처럼 보이지 않나이다. 형님, 정중하게 장례를 치러주고 싶나이다."

"그렇게 하도록 해라."

하루노부는 노부시게에게 그 목을 맡겼다.

그 일이 끝나자 하루노부는 간스케를 은밀히 불러들였다. 간스케는 이미 하루노부가 뭘 물어볼지 알고 있었다. 겨우 목숨을 건지고 다카토로 도망친 요리쓰구를 어떻게 하면 좋겠냐는 것이었다. 이 길로 전군을 다카토로 진격시켜 몰살시키는 것이 좋은지, 아니면 다른 방법을 택해야 하는지를.

"요리쓰구는 그냥 내버려두소서."

예상치 못했던 간스케의 대답에 하루노부는 눈을 동그랗게 떴다.

"그래도 되느냐?"

간스케는 고개를 끄덕였다.

"아무 상관없나이다. 이미 요리쓰구는 저절로 말라 떨어질 썩은 나뭇잎. 아무도 요리쓰구 편에 서서 싸우려 하지 않을 것이옵니다."

"그렇다면 지금 공격하는 것이 좋지 않느냐?"

"아니옵니다. 지금 다카토를 공격하면 놈은 최후의 힘을 짜내 필사적으로 저항할 것인즉, 아군의 손실도 많을 테고, 만에 하나 장기전으로 돌입하면 겨우 손에 넣은 보석까지 잃어버릴 염려도 있사옵니다."

"보석이라면, 스와 말이냐?"

"그러하옵니다."

간스케는 무릎을 앞으로 끌어당기며 말을 이었다.

"주군, 지금이야말로 우에하라 성을 완벽하게 개축해야 하나이다. 스와는 시나노 경략經略의 거점인데다 당장 행해야 할 논공행상이 있나이다. 우리편에 서준 스와 일족을 후대하셔야 하옵니다. 그리고 세금을 낮춰 민심을 추스른 다음 스와를 천천히 다케다의 수중에 넣어야 할 것이옵니다. 스와만 평정해두면 다카토는 저절로 떨어지게 되어 있사옵니다."

구구절절 옳은 말이었다. 지금은 가이에서 십여 리를 달려 스와를 공략해왔다. 그러나 스와가 다케다 땅이 되면 여기서 바로 출진시킬 수 있다. 다카토에 대한 군사적 행동은 더욱 용이해질 것이다.

하루노부가, 자신의 간언을 받아들이는 것을 보고 간스케는 다시 입을 열었다.

"주군, 또 하나 완벽하게 개축해야 할 것이 있사옵니다."

하루노부는 의아한 표정으로 간스케를 바라보았다.

간스케는 빙긋 웃으며 말했다.

"스와의 공주님 말씀이옵니다. 여심女心은 바람처럼 흔들리는 것. 너무 멀어지면 좋지 않을 듯하나이다."

"간스케, 여자 일까지 자네가 간섭할 필요는 없어. 내게 맡겨둬."

"제가 괜한 걱정을 했나이다."

주군과 신하는 동시에 웃음을 터뜨렸다.

'공주는 어떤 얼굴로 나의 승전보를 접할까?'

하루노부의 뇌리에 미사 공주의 얼굴이 떠올랐다.

이제 공주의 마음만 빼앗으면 스와는 완전히 평정되는 셈이었다.

〈2권에 계속〉

■ 다케다 신겐 상

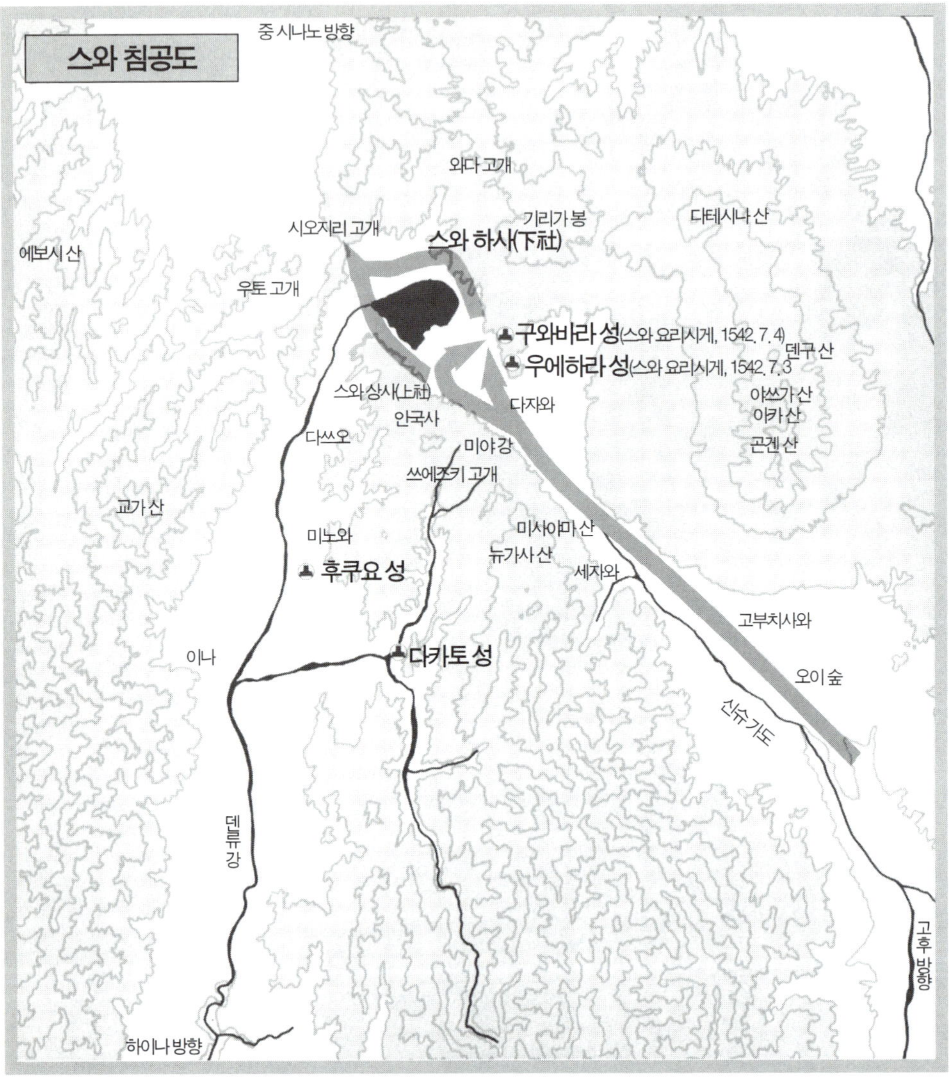

스와 침공도

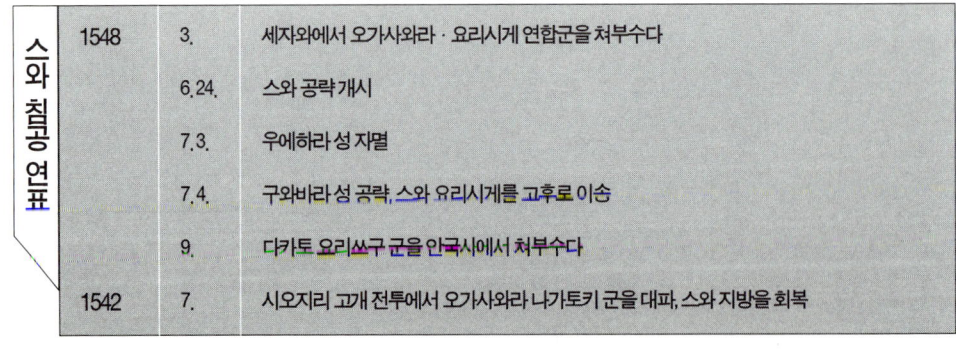

스와 침공 연표	1548	3.	세자와에서 오가사와라·요리시게 연합군을 쳐부수다
		6.24.	스와 공략 개시
		7.3.	우에하라 성 자멸
		7.4.	구와바라 성 공략, 스와 요리시게를 고후로 이송
		9.	다카토 요리쓰구 군을 안국사에서 쳐부수다
	1542	7.	시오지리 고개 전투에서 오가사와라 나가토키 군을 대파, 스와 지방을 회복

✴ 다케다 24 무장 프로파일

※이 무장 프로파일은 가능한 한 역사적 사실에 기반하고자 한 것이므로 본 소설의 내용과 약간 다를 수 있습니다

야마모토 간스케 하루유키(山本勘介晴幸)

간스케는 총대장 신겐 다음으로 지명도가 높지만, 많은 수수께끼로 둘러싸인 인물이다. 미가와 국 우시쿠보 출신. 여러 나라를 전전하면서 각종 정보에 숙달하고, 문무 양면의 실력을 겸비했다. 신겐은 스루가의 이마가와 가에 기숙하고 있던 간스케를 한눈에 알아보고, 200관을 주고 아시가루(일반병) 대장으로 발탁했다. 1561년(에이로쿠 4년) 9월, 가와나카지마 전에서 전사할 때까지 19년 동안 신겐의 두뇌로서 활약했다. 용모는 수수께끼의 인물답게 키가 작고 얼굴이 거무스름한 추남이었다. 게다가 왼쪽 눈이 실명되고 오른 발을 절뚝이며 손가락도 정상이 아니었다. 이렇게 분명하게 묘사되는 간스케가 왜 수수께끼의 인물인지는, 간스케가 등장하는 사료가 『甲陽軍鑑』을 제외하고는 전무여서, 에도 시대부터 끊임없이 실재·가공 논쟁이 벌어졌기 때문이다. 1969년 홋카이도에서 "중요한 일은 사자 야마모토 간스케의 입을 빌려 전한다"라고 쓰여진 문서가 발견되어 실재설이 힘을 얻었지만, 그렇다고 허구설이 완전히 수그러든 것은 아니다. 가와나카지마 전에서 간스케의 작전이 우에스기 측에게 간파된 데 대한 책임을 지고 몸을 던져 신겐의 본진을 지키다가 죽었다고 한다. 그때의 나이 69세.

이치조 노부다쓰(一條信龍)

다케다 노부토라의 8남으로, 신겐의 이복동생이다. 가이 겐지 이래로 명문가를 이루어왔던 이치조 씨의 성을 계승한다. 친족으로서 기마 100기를 이끄는 사무라이 대장이라는 기록이 등장한 것은 1567년(에이로쿠 10년) 이후의 일이다. 그때는 이미 신겐의 친동생인 노부시게와 적자인 요시노부가 죽고, 쇼요켄 노부카도와 신겐의 이복동생인 다케다 노부자네, 그리고 가쓰요리와 노부토요 등과 함께 친족의 리더격을 맡고 있었다. 노부다쓰는 고후의 쓰쓰지가사키 관 가까이에 주거지를 정하는 한편, 스루가 가도로 통하는 요충지 고즈케를 지키는 역할을 맡았지만, 형 신겐의 관동·동해 진공작전에 따라 각지를 전전했다. 미카타가하라 전에서는 신겐 본진의 후미를 담당하는 중요한 위치에 있었지만, 오히려 그 때문에 눈에 띄는 전적은 전해지지 않고 있다.

슨푸 성을 탈출한 가쓰요리 일행을 이치조 집으로 보낸 뒤 고즈케의 성에 들어가 스루가 가도

로 진격해오는 도쿠가와 이에야스를 공격하지만, 사로잡혀 아들과 함께 이치카와 다이몬에서 주살된다.

하라 마사타네(原昌胤)

마사타네의 아버지 가가 마사토시(加賀昌俊)는 노부토라·신겐의 2대에 걸쳐 진마봉행(陣馬奉行)을 맡았던 무장이었다. 진마봉행이란 미리 세워진 작전계획에 따라 진을 펴기에 앞서 지리(地利)와 수리(水利)를 살펴 아군이 유리하게 싸울 수 있는 장소를 선택하는 중요한 역할이다. 이러한 봉행의 절차가 이루어지고 난 연후에 전투가 시작된다. 마사타네도 아버지가 죽은 후 이 명예로운 진마봉행 역할을 맡게 되었는데, "마사토시 앞에 마사토시 없다"라고 일컬어질 만큼 명 봉행이었던 아버지의 이름을 더럽히지 않고 그 대업을 잘 수행했다. 신겐을 비롯한 다케다 군의 모든 장수들이 "진을 고르는 것은 마사타네에게 맡겨라"고 할 만큼 전폭적인 신뢰를 받았다. 본래 진마봉행은 전투에 직접 참가하는 일이 적고, 총대장의 본진 옆에 있다가 각 부대에서 올라온 전황보고를 듣고 즉시 전투상황을 파악, 보고하는 역할이지만 마사타네는 나가시노 전투에서 직접 120기를 이끌고 적진에 뛰어들었다가 비처럼 쏟아지는 총탄을 맞고 장렬한 최후를 맞이했다.

사나다 노부쓰나(眞田信綱)

사나다 유키타카의 장남. 아버지로부터 무용(武勇)을 물려받았다. 가와나카지마 전투에서는 25세의 청년 무장으로서 신겐 본진을 지키는 기(旗) 본대를 지휘했다. 신슈(시나노) 공략 선발대 대장을 맡은 것은 신겐이 동해 지방으로 진출을 노리기 시작했던 1567년(에이로쿠 10년)부터이므로, 이 무렵에 유키타카로부터 가주(家主)를 상속받은 것으로 보인다. 신겐이 대망의 입경을 목표로 출진 준비를 개시할 때 대규모 군단 재편성이 이루어졌는데, 노부쓰나는 명예로운 선두 진을 명받았다.

사나다 가문이 특기로 하는 기습전과 야전이 높이 평가받은 것이다. 특히 성 공략에서 보이는 노부쓰나의 솜씨는 발군이었다고 하며, 미카타가하라 전에서는 기대한 바대로 도쿠가와 군을 격파했다. 1574년(덴쇼 2년) 아버지 유키타카가 신겐의 뒤를 좇듯이 병사하자 영지를 상속하여 사나다·마쓰오의 성주가 되었다. 이듬해의 나가시노 전에서 동생인 마사테루와 함께 나가시노 성 밖의 시타라가하라에 구축된 기마 저지용 울타리를 뛰어넘어 분투했으나, 오다 군의 집중포화를 받고 장렬히 전사했다. 당년 39세.

오바타 도라모리(小幡虎盛)

노부토라 시대에 아버지인 니치조와 함께 다케다 가의 가신이 되었다. 당시 가이 국내는 다케다 씨 동족간에 싸움이 끊이지 않았고, 노부토라가 가이 일국의 통일을 향해 약진하고 있을 때였다. 노부토라를 떠받든 니치조가 다케다 씨족인 이마이 씨와의 싸움에서 전사하자, 당시 14세인 도라모리가 가주를 이었다. 노부토라도 다케다 가를 계승한 것이 14세 때였으므로 특별히 도라모리에게 관심을 기울였다. 신겐 시대에는 아시가루 대장으로서 전투에 임하기를 30여 차례, 몸에 40군데 이상의 상처를 입은 역전의 용사였으나 이미 늙어 있었다. 사나다 유키타카와 함께 출가하였는데, 한때는 가이즈 성의 장수인 고사카 마사노부의 부장을 지내기도 했다. 가와나카지마 전투 직전인 1560년(에이로쿠 4년) 6월 71세의 나이로 병사했다.

요코타 다카토시(橫田高松)

노부토라 시대에 다케다의 가신이 되었다. 신겐 시대에는 기마 30기, 아시가루 100명을 이끄는 아시가루 대장으로 활약했다. 전투에서는 아마리 부대의 수비대를 맡았으나, 실질적으로는 사무라이 대장격이었다. 후대에 이르러 '고요(甲陽)의 5대 명신' 가운데 하나로 꼽혔다. 적의 움직임을 보고 그 전술을 간파하여 '선수(先手) 필승'을 무기로 다케다 군에 승리를 안겨다준 일이 이루 셀 수 없이 많았다. 신겐도 다카토시의 정확한 정보 수집과 판단 분석, 그 무략(武略)에 신뢰를 보냈다. 신겐 시대 초기에 벌어진 신슈의 우에다하라 전에서 이타가키와 아마리 등의 용장을 잃고 패배했으나, 다카토시 부대는 아군을 안전지대로 철수시키기 위해 후미부대를 맡아 최후까지 분전하다가 결국에는 무라카미 요시키요 군의 주력에 포위당해 전사했다.

쓰치야 마사쓰구(土屋昌次)

가와나카지마 전투 때 약관 17세의 나이로 첫 출진을 했다. 다케다 본진이 우에스기 군에게 공략당하는 위기에 처했으나, 마사쓰구는 신겐의 곁을 떠나지 않고 싸웠다. 그후 22세에 기마 100기를 지휘하는 사무라이 대장으로 발탁되었으며, 고슈의 명족인 쓰치야 씨의 이름을 계승하고 우에몬노조(右衛門尉)에 임명되었다. 다케다 멸망 때 "한 손으로 천 명을 벤다"고 할 만큼 용맹을 떨친 쓰치야 마사쓰네가 그의 친동생이다. 미카타가하라 전에서는 검은 바탕에 하얀 도리이(鳥居 : 신사 입구에 세우는 솟대)를 그린 깃발을 등에 지고 전장으로 달려가, 도쿠가와 측의 용장 도리이 노부모토와 일 대 일 대결을 벌여 그의 목을 따는 솜씨를 보였다. 신겐이 병사하자 순사(殉死)할 것을 원했으나, 고사카 마사노부로부터 "공의 유지를 받들고 아드님 가쓰요리 공을 위해 일하는 것이 무사의 도리"라는 충고를 듣고 스스로를 억제했다. 나가시노 전에서 아군의 열세를 만회하기 위해 오다 측이 쌓아놓은 기마 저지용 울타리를 무너뜨리려다가 철포대의 일제 사격을 받고 전사했다.

다다 미쓰요리(多田滿賴)

미노 국 출신인 미쓰요리는 노부토라 시대에 다케다 가에 귀속하여 아시가루 대장으로 발탁되었다. 신겐은 미쓰요리의 무용에 전폭적인 신뢰를 보냈는데, 특히 야습전에 관한 한 미쓰요리를 따를 자가 없다고 평가하는 등 그를 비장의 무장으로 여겼다. 후세에 미쓰요리도 '고요 5대 명신'의 하나로 꼽혔다. 가와나카지마 전투 때는 이미 늙었는지라 장남인 신조가 아시가루 부대를 이끌고 참전. 아버지에 뒤지지 않는 맹장의 기질을 발휘했다. 미쓰요리는 그로부터 2년 후 병으로 세상을 떠났다.

오야마다 노부시게(小山田信茂)

다케다 가쓰요리가 멸망하기 직전에 오쓰키의 이와도노 산성을 치러 간다고 속이고는 전열에서 빠져나옴으로써, 다케다를 숭앙하는 사람들로부터 아나야마 바이세쓰(穴山梅雪)와 함께 '배신자'의 낙인이 찍힌 사람이다. 노부시게는 후지 산 주변을 지배지로 삼아, 노부토라 시대부터 일종의 독립된 강대 세력을 갖고 있었다. 어머니는 노부토라의 누이로, 신겐과는 사촌간이었다. 아나야마 씨와 함께 다케다 친족 내에서 중요한 지위를 점하고 있었다. 노부시게는 젊을 때부터 신겐의 측근에 있으면서 전투의 상담과 진언을 했다. 가쓰요리가 멸망한 후 가이의 선광사에 진을 친 오다 노부타다를 알현했으나, 주군을 배신했다는 이유로 오다의 무장 호리오 요시하루의 손에 처형당했다. 당년 42세.

사이구사 모리토모(三枝守友)

모리토모는 가와나카지마 전에서 본진에 속하여 기마 30기, 아시가루 70명을 이끌었다. 모리토모는 오다와라 공략 등에서 공을 세우고 스루가의 후카사와 성 공략에서는 첫째가는 공

을 이루었으며, 미카타가하라 전에서도 발군의 활약을 보였다. 나가시노 전에서는 신겐의 동생인 다케다 노부자네의 부장으로서 도비노스 산에 진을 쳤으나 도쿠가와 측의 기습을 받아 전사했다.

오부 도라마사(飯富虎昌)

다케다 군의 아카조나에(赤備え) 부대를 지휘하여 '가부토 산의 맹호'로 위명을 떨쳤던 호걸이다. 노부토라와 신겐의 2대에 걸쳐 활약했다. 신겐이 신슈의 사쿠 지방으로 진출한 이래 오로지 수비대장으로서 중요한 역할을 해왔다. 도라마사의 용맹함을 이야기해주는 에피소드로, 800의 군세로 8,000의 대군을 격파했다는 이야기가 있다. 상대는 우에스기 겐신이 이끄는 에치고 군대. 도라마사가 수비하는 남 사쿠의 우치야마 성으로 우에스기 군이 쳐들어오자, 도라마사는 능숙한 기습작전으로 우에스기 군을 교란시키고 그 허를 찔러 공격을 감행했다. 그 모습은 마치 맹호가 양떼 속으로 뛰어든 것과 같았다고 사료는 전한다. 가와나카지마 전투 후 동해 진출을 겨냥한 신겐의 스루가 진공작전에 정면으로 반대했다가 적자(嫡子)의 자리에서 쫓겨난 신겐의 장자 요시노부 사건에 연좌되어 '모반 의심'의 책임을 지고 자결했다.

아마리 도라야스(甘利虎泰)

이타가키 노부카타와 마찬가지로 노부토라와 신겐의 2대를 섬긴 사무라이 대장이다. 군략가로도 명성이 높았다. 청년 신겐에게 전투에서의 진퇴를 실제 시범으로 가르쳐준 장본인이다. 아마리 씨는 가마쿠라 시대부터 가이 겐지 씨 일족이었다. 내정 면에서는 다케다의 족신(族臣)으로서 중요한 역할을 했고, 신겐을 보좌하여 전투에 나설 때는 이타가키, 아마가타 등의 맹장과 선두를 다투었다. 그는 "미쳐 날뛰는 들소를 들판에 풀어놓은 것과 같다"는 표현에서처럼 적에게 강렬한 공포심을 심어주었으며, 그가 출격하는 것을 본 적들이 싸우지도 않고 달아났다는 에피소드가 있을 정도였다. 도라야스는 1548년(덴분 17년) 2월 신슈의 우에다하라 전투에서 지리를 잘 아는 무라카미 요시키요와 격전을 벌이다가 대패하고 노장인 이타가키 노부카타와 함께 전사했다. 도라야스의 장남인 마사타다도 아버지에 못지않은 맹장이었는데, 부하를 끔찍이 사랑하여 그 부하들은 마사타다를 위해서라면 목숨도 아끼지 않았다고 한다. 하지만 그는 31세의 젊은 나이에 급사했다.

다케다 노부카도(武田信廉)

노부토라의 3남이며, 신겐과 노부시게의 친동생이다. 쇼요켄이라는 이름으로 더 잘 알려져 있다. 노부 카도는 센코쿠(戰國) 시대의 무인 화가로 알려져 있으며, 아버지 노부토라, 어머니 오이 부인을 그린 화상은 중요문화재가 되었다. 또한 형 신겐을 본뜬 부동존 화상과 조각상(컬러 화보 참조) 등의 명작도 남아 있다. 무장으로서 그는 둘째형 노부시게와 함께 형 신겐을 도왔고, 가와나카지마 전투에서는 본진 옆을 지키면서 골상이 형과 닮았다는 이유로 가게무샤 (그림자 무사) 역할을 했다. 훗날 신겐이 진중에서 병사했을 때 진영 내의 대혼란을 방지하기 위해 '병든 신겐' 노릇을 함으로써 전군이 평온하게 고후로 가는 데 성공했다. 그래서 오다 쪽은 신겐의 죽음을 모략으로 의심했다는 이야기가 있다. 나가시노 전에서는 이나 군세 4,000을 이끌고 오다 진영의 중앙 돌파를 지휘했다. 다케다 멸망 후 오다 군에 생포되어 처형되었다.

다케다 노부시게(武田信繁)

다케다 노부토라의 2남이자 신겐의 친동생이다. 형 신겐에 못지않게 총명하고 문무 양면에 뛰어났다. 노부토라는 노부시게를 편애하고 신겐을 멀리하여, 다케다의 가주를 노부시게에게 물려주려고 했다. 신겐이 아버지를 추방한 사건 때, 노부시게는 형의 가슴에 감추어진 고충을 헤아리고 신겐을 따랐다. 그는 형제가 아닌 군신의 도로써 신겐에게 충성을 다함으로써 가신단의 높은 인망을 샀다. 가와나카지마 전에서 우에스기 군대의 기습을 받아 신겐 본대가 위험에 처했을 때, 노부시게가 목숨을 걸고 싸움으로써 신겐은 호랑이 입에서 간신히 빠져나올 수 있었다.

오바타 마사모리(小幡昌盛)

다케다 노부토라의 시대에 '고요 다케다의 귀신 호랑이'라는 별명으로 두려움의 대상이었던 도라모리의 장남. 가와나카지마 전투 직전에 아버지가 병사하자, 청년 부장으로 활약하던 28세의 마사모리가 영지를 계승하고, 신슈의 가이즈 성 부장을 숙부와 교대로 맡으면서 신겐의 본진에 참가했다. 신겐은 마사모리가 가업을 잇기 전부터 '귀신 호랑이'에 뒤지지 않는 소질을 발견하고는, "귀신의 아들에게는 귀신의 딸이 어울린다"며 '귀신 미노(美濃)'라는 별명을 갖고 있던 하라 도라타네의 딸과 결혼하게 했다. 마사모리가 활약한 전투 경력은 신겐의 관동 진공작전에서 이루어졌으며, 서 고즈케의 구라가노 성, 무사시마쓰 산성, 고즈케의 미노와 성 공략에서 무용을 발휘했다. 그러나 마사모리는 아버지 못지않게 운이 없었는지, '다케다 멸망' 직전에 병사하고 말았다.

하라 도라타네(原虎胤)

다케다 가 내에서 '귀신 미노'라고 불렸던 도라타네는 노부토라·신겐의 2대를 섬기며 전투 38회, 온몸에 받은 상처가 53군데나 되는 강한 사내였다. 도라타네가 다케다 노부토라에 귀속한 것은 신겐이 태어나기 전 노부토라가 센코쿠 다이묘로서 실력을 갖추어가던 때였다. 그때 그의 나이는 약관 18세. 신겐이 자립했을 무렵에는 이미 노신으로서 가내(家內)에서 부동의 지위를 점하고 있었으며, 젊은 신겐을 도와 아시가루 대장으로 활약했다. 그는 공성전을 특기로 했는데, 성을 빼앗자마자 큰 보수가 필요없이 곧바로 쓸 수 있는 공략방법을 즐겨 사용했다. '귀신'이라는 표현은 어디까지나 호걸을 상징하는 것일 뿐, 그가 전장에서 부상당한 적장을 돌려보내면서 건강한 모습으로 다시 상대하자고 위로했다는 이야기는, 사실은 그가 정이 많은 무장이었음을 나타낸다. 가와나카지마 전에는 늙어서 참전하지 못하고, 1564년(에이로쿠 7년) 68세의 나이로 세상을 떠났다.

나이토 마사토요(內藤昌豊)

다케다 가 내에서 바바, 야마가타, 고사카 등과 함께 '4대 명신'으로 꼽히는 마사토요는 신겐의 친동생인 노부시게가 가와나카지마 전에서 전사한 후 다케다의 부장격으로 지목될 만큼 기량 있는 인물이었다. 본래 노부토라 시대의 노대신이었던 아버지가 노부토라에게 주살되자 한때 고슈를 빠져나갔다가 신겐이 자립한 후 복귀, 기마 50기를 지휘하며 신겐의 관동 진출에 큰공을 세웠다. 이 공적으로 고슈의 명문인 나이토 씨의 이름을 얻었다. 가쓰요리의 나가시노 출진에 참가, 야마가타 마사카게와 함께 전황이 불리함을 고했으나 받아들여지지 않자 오다·도쿠가와 연합군의 진중으로 육탄공격을 감행, 산화했다.

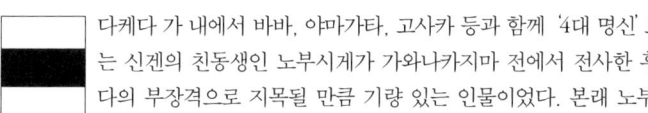

사나다 유키타카(眞田幸隆)

신슈의 명문 사나다 씨는 유키타카에 의해 다시 일어선다. 신겐 초기인 1546년(덴분 15년), 일문을 거느리고 신겐에게 귀속했다. 본래 동 시나노의 명문인 운노 씨 출신이지만, 북 시나노의 무라카미 요시키요의 공격을 받아 일족이 붕괴되자, 유키타카는 일문을 데리고 신겐에게 의탁한 것이다. 신겐은 유키타카를 동 시나노 공략의 선봉에 내세웠다. 이 군공으로 신슈의 지이사가타 군을 하사받고, 사나다를 본거지로 하는 동시에 이름도 바꾸게 된다. 모략가로서도 이름이 높은 유키타카는 신겐 막하의 참모격이었다. 가와나카지마 전을 계기로 가주를 장남인 유키쓰나에게 물려주고 제1선에서 물러나더니 삭발하고 잇토쿠사이(一德齋)라는 법명을 썼다. 그러나 신겐이 병사하자 크게 낙담, 이듬해인 1574년(텐쇼 2년) 5월에 주군의 뒤를 따르듯이 세상을 떠난다.

고사카 마사노부(高坂昌信)

센코쿠 시대 3대 단조(일종의 사정관) 가운데 하나. 신겐과 가쓰요리를 섬긴 대표적인 지장이다. 마사노부의 원래 이름은 가스가 겐고로이지만, 나중에 도라쓰라로 바꾼다. 16세 때 신겐의 수하로 들어가는데, 꽤 미소년이었는지 젊은 신겐의 총애를 받았다. 호위무사에서 출세하여 기마 100기를 거느리는 사무라이 대장이 되고, 그후 다시 50기가 추가되어 신겐 막하의 중신 대열에 끼게 된다. 마사노부의 작전용병의 묘는 가내에서 수위를 다투었으며, 신슈의 성들에 대한 공략을 비롯하여 신슈·에치고 결전 때는 전선 기지가 된 가이즈 성의 대장을 맡는 등 신겐으로부터 전폭적인 신뢰를 받았다. 가와나카지마 전투 후 북 시나노의 경영에 주력하여 그 공적을 높이 평가받았다. 이 공으로 신슈의 명문인 고사카를 이어받았으나 만년에는 다시 가스가 씨로 복귀했다. 나가시노 전에서 대패한 가쓰요리를 맞아들여 미리 준비해둔 무구와 의복으로 갈아 입혔는데, 이는 패군의 고통을 덜어주기 위한 배려였다. 그로부터 3년 후 52세의 나이로 병사했다.

야마가타 마사카게(山縣昌景)

신겐·가쓰요리 2대를 섬기면서 전투뿐 아니라 외교와 내정 등에서도 뛰어난 솜씨를 발휘한 만능 무장이었다. 신겐의 가까이에서 호위무사를 하다가 나중에 사무라이 대장으로 출세한 엘리트다. 야마가타 씨는 원래 가이의 명문이었는데 노부토라의 미움을 사서 단절되어 있던 것을 신겐의 호의로 마사카게가 다시 일켰다. 그와 동시에 기마 300기를 하사받아 중진이 되었다. 가와나카지마 전에서는 본대를 지휘하고, 미카타가하라 전에서는 5,000 병사를 이끌고 도쿠가와 이에야스 군의 본진에 육박, 이에야스의 간담을 서늘하게 했다. 나가시노 전에서는 가쓰요리에게 전황이 불리하니 "시기가 올 때까지 기다리도록" 간언했으나 받아들여지지 않았고, 결국 예상대로 방어 일변도로 몰리는 다케다 군의 열세를 만회하기 위해 필사적으로 싸우다가 철포의 일제 사격에 쓰러졌다.

바바 노부하루(馬場信春)

신겐의 전성기에 특히 지모에 뛰어났던 무장을 가리켜 후세에 '다케다의 4대 명신' 이라 하는데, 그중에서도 최고의 명장으로 꼽히는 사람이 노부하루였다. 다케다 3대를 섬겨, 노부토라 시대에 공명을 얻고, 신겐에게 신뢰받고, 가쓰요리 시대에는 가로(家老)의 필두 역할을 했다. 신겐이 스루가의 이마가와 씨를 공격, 관에 불을 질렀을 때 "보물을 들어내라"는 명령에 대해, 노부하루는 "적의 보물을 빼앗는 짓은 후세에 웃음거리"가 될 것이라며 정면으로 반대하고는, 가지고 나온 보물을 다시 불 속에 집어던졌다는 일화는 유명하다. 가와나카지마, 미카타가하라 전에서 크게 활약하여 무공을 세웠으며, 나가시노 전에서 전사했다. 당년 61세.

아키야마 노부토모(秋山信友)

가이 겐지 이래로 내려온 다케다 씨족. 자립 직후의 신겐이 뒤를 걱정할 필요없이 동 시나노, 북 시나노 방면으로 병을 출진시킬 수 있었던 것은 후방을 든든히 지키는 노부토모가 있었기 때문이다. 신겐의 6녀(또는 5녀)와 오다 노부나가의 장남(뒷날의 오다 노부타다)이 정략 결혼할 때, 신겐의 사자로서 노부나가에게 간 노부토모는 오다 측 장수들을 위압하여 신겐의 기상을 떨쳐주었다. 또한 미카타가하라 전에서는 야마가타 마사카게 부대와 함께 도쿠가와 이에야스를 추격, 이에야스로 하여금 "노부토모는 다케다의 사나운 소와 같은 무서운 남자"라는 말을 남기게 했다.

나가시노 전에서 대패한 후 노부토모는 신겐 시대에 확보한 다케다의 최전선 기지인 미노의 이와무라 성을 사수하려 했으나, 오다 군에게 체포되어 이와무라 성의 옛 성주인 도오야마 부인(노부나가의 백모)과 함께 극형에 처해졌다. 당시 49세.

아나야마 노부키미(穴山信君)

다케다 씨족. 그의 어머니는 신겐의 누나이고, 아내는 신겐의 2녀다. 신겐과 가장 혈통이 가까운 친족으로서 200기의 사무라이 대장을 맡았다. 일반적으로 노부키미보다 '바이세쓰(梅雪)'라는 이름으로 통용되며, 다케다 멸망 직전에 가쓰요리를 포기한 채 다케다의 가명(家名) 존속을 조건으로 도쿠가와 진영으로 달려갔기 때문에 '배신자'라는 낙인이 찍혔다. 그는 문화적 교양이 풍부했던 무인으로 평가된다. 가와나카지마, 미카타가하라, 나가시노 등의 서전(緖戰)에 출진, 주로 본진 수비를 담당했던 관계로 '무용'은 별로 전해지지 않는다. 혼노지(本能社) 사변 때, 사카이 항에서 이에야스는 해로로, 바이세쓰는 육로로 하마마쓰로 오는 도중에 우지타와라의 산 속에서 토민의 손에 걸려 비참한 최후를 맞는다. 당년 42세.

이타가키 노부카타(板垣信方)

다케다 씨족인 노부카타는 노부토라·신겐의 2대를 섬긴 중진으로, 신겐에 의한 부친 추방 사건 때 신겐의 고충을 헤아려 무혈 쿠데타의 성공에 원동력이 되었을 뿐 아니라 노부토라를 이마가와 가로 보내는 역할도 맡았다. 청년 신겐의 좋은 보좌역으로서, 때로는 목숨을 걸고 신겐을 말린 일화도 있다. 젊은 신겐에게 그는 가이의 노장임과 동시에 두려운 존재이기도 했다. 정치기구의 최고직을 맡아 신겐의 군정·민정을 뒷받침하는 큰 힘이 되었으며, 신겐도 이런 노부카타에게 절대적인 신뢰를 보내고 때로는 스승으로 모시기도 했다. 남 시나노의 스와 지방을 다스리기 위해 군다이(郡代)로서 선정을 베풀어, 시나노 전토를 경략하기 위한 거점을 마련한 공적이 크다. 1548년(덴분 17년) 2월 북 시나노의 무라카미 요시키요와 벌인 싸움은 신겐이 평생 단 한 번 겪었던 쓰라린 패전이었는데, 노부카타는 부상당한 신겐을 안전권으로 철수시키기 위해 마지막까지 전선에서 싸우다가 무라카미 군대에 의해 장렬한 죽음을 맞이했다.